講談社文庫

いのちがけ

加賀百万石の礎

砂原浩太朗

JN041478

講談社

◉目次

壱之帖

いのちがけ……8
泣いて候……46

弐之帖

好かぬやつ……96
不覚……142
賤ヶ岳……198

参之帖

影落つ海……280
花隠れ……331
知るひともなし……376

解説　縄田一男……448

いのちがけ　加賀百万石の礎

壱之帖

いのちがけ

一

むせかえるような雨の香りが書院まで押しよせてくる。文机《ふづくえ》にむかっていた村井《むらい》長《なが》頼《より》は、筆をとめて軽く眉をひそめた。

大気までが汗ばみ、いまにも滴《しずく》があふれおちてきそうだ。真夏に入るまえのこの季節が、長頼は苦手だった。じっとしているだけで肌が粘り、帷子《かたびら》がはりついてくる。まだどこかしら幼い貌《かお》にあえてたくわえた自慢の髭《ひげ》が、この時期だけはわずらわしかった。夜半をすぎた今になっても、涼しげな風はいっこうに吹くきざしを見せない。

長頼はかすかな溜め息をもらすと、そっと腰をあげた。足音をたてぬよう奥の間のほうへ歩をすすめ、襖《ふすま》に手をかける。

あけようとして、やめた。

ようすをうかがうまでもなく、奥の間にひとの気配は感じられない。湿った匂いが襖のあいだからただよってくるだけだった。

——もう三日じゃ。

あるじ前田又左衛門利家《まえだまたざえもんとしいえ》の不在が、であった。

とはいえ、ここは尾張《おわり》の前田屋敷ではない。国ざかいを越え、三河《みかわ》は御油《ごゆ》という宿場のはずれにある郷士《ごうし》の館であった。ほぼ一年前、清洲《きよす》城下を出奔した主従は、尾張国内を転々としたあと、ここに転がりこんだのである。なんでも、この家のあるじ林《はやし》政右衛門《まさえもん》と利家の父が若いころの知己だそうだが、くわしいことは知らぬ。知りたいとも思わぬ。

すべては利家の短慮が引き起こしたことであった。主君・織田上総介信長《おだかずさのすけのぶなが》の同朋《どうぼう》・拾阿弥《じゅうあみ》を無礼の廉《かど》ありとて斬り捨て、放逐《ほうちく》されたのである。それを思うと、なんど溜め息をついても足りない。

——これだから、傾奇者《かぶきもの》というやつは……。

愚痴のひとつも出そうになるが、言うても詮《せん》ないことである。

奇矯な衣装や振る舞いで衆目をあつめる男たちを傾奇者という。主君の信長自身が稀代の傾奇者として、「うつけ」と呼びならわされた男であった。髪を茶筅《ちゃせん》に結い、湯帷子の袖をはずして肌脱ぎのまま、柿にかぶりついて町なかを闊歩《かっぽ》する。火打石を入れた袋を腰からぶらさげ、朱鞘《しゅざや》の大刀を佩《お》びて鷹狩りや鉄炮《てっぽう》うちに興じる——その奇行は誰知らぬ者もなかったが、利家もまた、いっぱしの傾奇者として主君に付きしたがっていたのである。

だがそれも数年前までのことで、家督を継ぎ美濃《みの》の斎藤道三《さいとうどうさん》が娘を娶《めと》ったころから信長のうつけぶりは目につかなくなった。どころか同族間の抗争に競り勝って尾張一国をほぼ平定し、上洛して将軍足利義輝《あしかがよしてる》に拝謁を果たすまでになったのである。小姓から馬廻りに取りたてられた利家も数々の武功をあげ、ひとかどの武士として名を高めていた。長頼が召し抱えられたのもそのころで、利家に仕えると決まったときは、なにやら胸が躍る心地となったのをおぼえている。

しかし、人間そうそう変わるものではない、ということだろう。有為転変《ういてんぺん》は乱世のつねと言いながら、いまの境遇をおもうと、呆然とするしかなかった。

なんでも拾阿弥が利家の刀の笄《こうがい》を盗んだというが、いかにとはいえ殺すほどのことではあるまい。長頼には、傾奇者の意地の立てどころがよくわからぬ。短気な信長に手討ちにされなかっただけ、幸運というものだろう。

おまけに、最初のころこそ、「ぬきんでた武功をあげ、疾《と》く帰参せん」と誓っていた利家だったが、一年たつうちに、はやくもその気概を失いつつあるようだった。げんに、この館に身を寄せてからも日がないちにち無為にすごしたかと思えば、今回のようにふらっと出かけて数日かえらぬ日もある。見かねた長頼が諫言《かんげん》しても、聞く耳をもたぬ。

——おまつさまに縋《すが》るよりない。

思いあまって筆を執《と》った長頼だったのである。

まつは利家の妻で、まだ十四歳ながらすでに一女の母であった。十歳違いのめおとは珍しくもないが、まだ少女の面影を色濃く残したまつが赤ん坊を背負っているのはなんともふしぎな風情《ふぜい》で、子守りの下女かなにかのように見えなくもない。

それでも、利家とまつのむつまじさは長頼もよく知っている。奥方から奮起をうながす書状でもたまわれば、と考えて墨を磨《す》ったはいいが、あるじを腐すような文言を書きつらねるのもはばかられ、一刻ちかく呻吟《しんぎん》していたのであった。

長頼は汗ばんだ頬を掻くと、あきらめて筆をおいた。「まことと耐へがたき雨にて候へば」としか記せなかった書状は、まるめて文机の隅に押しやってしまう。

ほとんどうめきにも似た声を吐きだすと、長頼はふたたび腰をあげた。まだ雨の音はつづいているが、すこし外の気を吸いたくなったのである。

広縁に出て、息ぐるしいほどの緑の香をかぐ。

室内からの灯が、三間四方ほどの坪庭をほのかに浮かびあがらせている。松や樫が無造作に植えられただけの空間を見るともなく眺めていた長頼は、ふっと視線を左方へすべらせた。

ふた間ほどむこうの縁に所在なく腰をおろす、浅葱色《あさぎいろ》の小袖すがたに覚えがあった。この家の娘みうである。長頼よりひとつ下と聞いた記憶があるから、十七歳ということになろう。十三でおなじ郷士の倅《せがれ》に嫁いだものの、二年足らずで夫が戦死し、子もなさなかったため実家にもどされたという。

――不愍《ふびん》とはおもうが、よくあること。

と、長頼はかくべつ気に留めることもなかった。みうの容貌が、とりたてて特徴のない、平凡なものだったということも無関心の一因ではあろう。

であるのに、いま目が吸い寄せられたのは、たんにひとの気配を感じたというだけではなかった。

ところどころ洩れでる明かりが、広縁に坐すみうを取り巻いている。まだらな灯火は女のまわりを複雑な陰影でつつみ、その相貌にもつねにはあらわれぬ彩りを投げかけていた。

ただの無表情と思っていたまなざしが、ゆらゆらと動く火明かりのなかで物憂げな色をたたえ、どことなし濡れているようにも見える。小ぶりな八重歯のおかげでわずかにめくれた上唇が、みょうになまめいていた。これまで見過ごしていたが、小袖の胸元も思いのほかゆたかに盛りあがっている。そのあたりになにか光るものがうかがえたので目を凝らしたが、はっきり見えるほどの近さではなかった。

長頼が、つと息を呑んだのと合わせるかのように、みうがこちらを向き、ゆったりとしたしぐさで会釈をおくってくる。

ぎこちなくうなずきかえし、われながら大仰な動きで坪庭へ視線をもどした。

「……か」

ふいに呼びかけられて、長頼は身をすくめた。雨音に掻き消されがちなか細い声は、むろん、みうのものであろう。この女の声すらろくろく知らなかったことに、今さらながら思いいたる。

「え――」

長頼が問いかえすのと、

「お寝《やす》みではございませぬか」

みうがふたたび発するのが同時であった。

「……殿がいっかなお戻りになられぬゆえ」

おぼえず、きまりわるげな声が出る。重い湿り気のむこうで、みうが小さな笑いをもらしたような気がした。

二

雨は朝までにあがり、ひさかたぶりの晴天がもどってきたが、時おりこぼれる日差しはすでに真夏のするどさであった。長頼は綾藺笠《あやいがさ》をかぶってはきたものの、畦道《あぜみち》からの照りかえしが額に突き刺さる。長頼は馬上で汗をぬぐった。

林家で借りた鹿毛《かげ》の牝馬で野がけに出たのである。人目が多い宿場の方角は避け、野面《のづら》へと馬を飛ばす。山沿いにのびる道の左右では植えたばかりの稲がまぶしい緑をふりまき、おもいきり駆けさせると、つかのま気鬱を押しやることができた。

田圃《たんぼ》に入っている人影はそれほど多くないが、草取りでもしているのか、屈《かが》みこんで立ち働く男女がところどころ見受けられる。

やがてつよい渇きをおぼえた長頼は、大ぶりな黒松の幹に駒をつなぐと、腰をおろして竹筒のさきを口にふくんだ。とうにぬるくなった水は生ぐさく、うまくなかったが、それでもひとごこちつくことができた。

日陰に入ってはじめて気づいたのだが、いつしか微風が吹きはじめており、すこしずつ汗が引いていった。時おり農夫が通り、長頼にかんたんな挨拶をして過ぎてゆく。長頼もときどきはそれに応えながら、かるい疲労をむしろ愉《たの》しんでいた。

――尾張と変わらぬな。

こうしていると、他郷をさすらっている身の上を忘れそうになる。あるじ利家が帰参の志を失い、無為な日々に埋没しつつあるとしても、無理からぬことかもしれなかった。

とくに近年、東海一の弓取りと名高い駿河《するが》の今川義元《いまがわよしもと》が、尾張との国境をさかんに侵していた。信長の居城・清洲から四里半の至近にある鳴海《なるみ》城ははやくから今川の手に落ち、中島《なかしま》・善照寺《ぜんしょうじ》といった砦を築いて抑えとしているものの、喉もとに刃《やいば》を突きつけられた状態であることは明らかだった。四万とも号される今川軍が尾張へ侵攻してくるのは時間の問題で、兵力十分の一にも満たない織田家など、ひとたまりもあるまい。

――むりに戻っても、犬死にするだけか。

長頼はあくびをもらすと、打飼《うちが》いをほどき、握り飯を取りだした。香ばしい焼き味噌の匂いが鼻をくすぐる。今朝、野がけに出ようとした長頼を呼びとめ、みうが手早くこしらえてくれたものであった。

ひとくちかじって飲みこむと、ごくふつうの握り飯がやけにうまく感じられた。

朝の光のなかで見たみうの顔立ちは、やはり平凡なものだったが、長頼に向ける視線が、心なしかきのうまでと違っている気がしないでもない。一度そう思うと、髪に手をのばしたり、にわかに目をそらしたりと、女のしぐさすべてが、なにやら意味ありげに見えてくる。

長頼も女のからだを知らぬわけではないが、いまだ独り身ではあるし、女人のあつかいになれているとは言いがたい。ふって湧いたようなみうとの関わりは、とまどいがほとんどではあるものの、どこかしらはずみ立つこころを抑えかねるのも事実であった。

甘やかな息をつきかけた長頼の全身が、しかし、瞬時にこわばった。

――不覚……。

浮わついた想念にとらわれ、背後から近づく足音に気づかなかった。首すじに大刀の切っ先が突きつけられていた。

三

蹴りたてるようにして押しこまれたのは、うすぐらい小屋のなかだった。背後ですばやく扉がとじられ、閂《かんぬき》の差しこまれる音が重苦しくひびく。

長頼は首をもたげて周囲を見まわした。もともとは兵糧蔵なのか、ぱらぱらと米俵が積まれているが、それもほんの数えるほどで、天井だけがむだに高い、がらんとした空間に饐《す》えた臭いがこもっている。

ここがどこなのか、長頼には見当もつかぬ。大小を取りあげられ、馬首に面《おもて》を伏せるよう言われて牽《ひ》かれてきたのである。おのれを拉致した者の姿はちらと見たのみで、色褪《いろあ》せた袴《はかま》をまとった中年の武士としか判別できない。

ただ、運ばれた時間と背を灼《や》く陽光の方角からして、西へ向かってそう遠からぬ場所であることは察せられた。まずは御油から四里前後というところであろう。

丸腰で、まったくの身ひとつである。窓もないこの蔵から逃れる術《すべ》があろうとは思えなかった。

――あるいは、ここで果てるか。

怖れる気もちがないといえば嘘になるが、死はつねに身近である。いまだ二十歳に満たぬ若輩とはいえ、それなりの覚悟は据えているつもりだった。

せめてもう一度みうに会《お》うてみたかったが、と思いをめぐらしたとき、閂のきしむ音が耳朶《じだ》に飛びこんできた。

ぎりぎりと扉が開くと、西日を背にした影がふたつたたずんでいる。逆光になっているため、しかとは見えぬが、ひとりは白髯《はくぜん》をたくわえた老武士、もうひとりは長頼をここに引っ立ててきた男ではないかと思われた。

老武士が先に立ち、歩をすすめてくる。中年の武士は、あとに従いながらも油断なく入口を塞いでいることが見てとれた。

隙がない。

黒雲にのしかかられるような心地が胸にひろがった。老人の皺《しわ》ばんだ口元がひらく。発せられたことばに、長頼は息を詰めた。

「尾張の者だそうじゃな」

しわがれ、聞きとりにくい声だったが、胸をじかに刺すような鋭さだった。

立ちすくんでいる長頼をあざけるように、中年の武士が低く告げる。

「……百姓どもはさよう申しております」

咄嗟《とっさ》にはなんのことか飲みこめなかったが、一瞬の間をおいて背筋が凍えた。

木陰で休息しているあいだに、通りすぎた何人かの百姓とことばをかわした。ほんのひとことふたことの挨拶だったが、長頼のことばに尾張の訛《なま》りを嗅ぎつけ、注進におよんだ、ということのようであった。

とはいえ、長頼もここが自国でないことくらいは承知している。尾張ことばも軽々しく出ぬよう、日ごろから気をつけていた。

だが、三河の百姓どもは何枚も上手だったらしい。

――ではおそらく、こやつらは岡崎衆《おかざきしゅう》。

今川の麾下《きか》に属する、三河岡崎の領主・松平元康《まつだいらもとやす》の家臣と見た。あるじの元康は幼いころから人質同然の身として義元の居城・駿府《すんぷ》にあり、家臣たちがほそぼそと故地を守っていると聞く。

つまりは敵方である。

ぐらぐらと揺れる視界の隅で、中年の武士が大刀の柄《つか》に手をのばした。

一太刀すら浴びせられぬのは心残りだが、せめてもののふらしい最期を、と長頼は懸命に息をととのえた。ほんの少しずつだが、慄《ふる》えがおさまってくる。

中年の武士が一歩、前にすすんだ。

「お待ちを――その者、それがしの存じよりにて」

大音で発しつつ駆けこんできた長身の人影を認めて、長頼は瞠目《どうもく》した。

ゆくえ知れずのあるじ、前田又左衛門利家であった。

四

夜ふけ近くもどった長頼をむかえて、さすがに林家の者たちは案じ顔であった。あるじの政右衛門と内儀がよく似た丸顔を抱えてあたふたしている後ろで、みうが静かにひかえている。

「夜分まことに相すまぬが、ただいまより出立いたす」

長頼が告げると、政右衛門が不審げに問うた。

「これからとは……。いかなる仕儀にござりますか」

「それは申せぬ」

というより、わからぬ。突然あらわれた利家に命ぜられるまま、使いに走らねばならない。

行き先は織田方の最前線・丸根砦《まるね》だという。使いのおもむきは託された書状のなかにあるらしく、長頼はまったく与《あずか》りしらぬことであった。

遠まわりを承知でこの家に立ちよったのは、具足《ぐそく》を身につけていくよう命じられたからである。くわえて、林家の者にかならず声をかけていくよう言いふくめられてもいた。主従ふたりして忽然《こつぜん》と消えては、いらざる騒ぎが起きるということらしい。あきらかにただごとではないが、おかげでもう一度みうと顔を合わせることができた。

いそぎ居室にもどり具足櫃《びつ》の蓋をあけていると、広縁のほうから遠慮がちに呼びかける声がした。

「お手伝い、いたしまする」

かたじけない、と応えると同時に、みうが室内に滑りこんできた。

非常のときゆえ、長頼も躊躇《ちゅうちょ》なく接することができる。下帯ひとつになるときはさすがに気おくれをおぼえたが、みうはほのかに顔をあからめながらも堂々と鎧の着つけを助けてくれた。臑当《すねあ》てと佩楯《はいだて》を身につけ、胴にからだをいれる。これまでにないほど近くに、みうの匂いとぬくもりがあった。このさき、なにが待っているのか推し量れるはずもないが、ふしぎと不安は湧いてこず、気もちはむしろ昂《たかぶ》っていた。

甲斐甲斐しくはたらくみうの胸もとから、なにやら黒光りするものがこぼれおちる。拾ってみると、椿《つばき》の柄《がら》をあしらった螺鈿《らでん》の櫛であった。昨夜、みうの懐で目にとまったのもこれであろう。が、奇妙なことに半分しかない。ほぼ真ん中のあたりで折れているのだった。

長頼がだまって差しだすと、はじめてみうの顔がくもった。

「……お許しくだされませ。見苦しいものをお目にかけました」

「いや――」

「亡き夫が都で買いもとめたものにて……」

早々に戦死したと聞く。半ばで折れているのも、そのあたりの事情と関わりがあるのだろうか。

――生きてもどれたら、わしが新しいものを買《こ》うて進ぜたい。

身につけてもらえようか、そのようなことばも脳裡《のうり》をよぎるが、しれっと口にできるほど色巧者ではない。ただ胸の奥で思ったのみである。

最後に阿古陀形《あこだなり》の兜をかむると、黙礼して前庭におりた。みうも無言のまま、ついてくる。すでにこの家の中間《ちゅうげん》が葦毛《あしげ》の駒を一頭用意してくれていた。

馬上となった長頼は、政右衛門夫妻に礼をのべると、最後にみうへ目を据えた。

「いずれ、また」

これが精いっぱいであった。みうがうなずいたような気もしたが、たしかめるまえに長頼は馬腹を蹴っていた。

さえざえとした月明かりをたよりに東海道を駆けぬけた長頼は、明け方ちかく、沓掛《くつかけ》へ差しかかる手前で往還を南にそれた。桶狭間山《おけはざまやま》を右にのぞむ道筋が、丸根へと通じている。そのまま過ぎて黒末川《くろすえがわ》の河口ちかくまで進めば鷲津《わしづ》であった。

いずれも今川方の大高城《おおだか》を抑えるため構えられた砦であるから、つねに臨戦状態といってよい。黒末川をわたった鳴海城が今川の最前線であり、いかに深く敵方に入りこまれているかが分かる。鳴海と大高の行き来を寸断するために、丸根・鷲津のみならず、中島・善照寺といった砦までが築かれているのだった。もともとの兵力で劣るにもかかわらず、これだけの砦に数を割《さ》かざるを得ないことが織田家の苦境をあらわしている。

やがて道は上りにかかり、急ごしらえの城砦が行く手に見えてきた。長頼はかけ声を発し、速度をあげる。

柵門のむこうで見張りの兵がこちらに気づいたらしく、にわかに騒然となった気配が伝わってきた。足軽たちがさかんに移動し、物具《もののぐ》のこすれ合う音がひびいてくる。

長頼は唾を呑みこんだ。まったく事情を知らされぬまま動いているため、おのれの立場がまるで見えぬ。あるじ利家が岡崎衆のもとにいたのは、今川に寝返ったということであろうか。信長の勘気《かんき》をこうむっている利家であれば、それはそれでありうるようにも思えるが、とすれば、いま自分は敵地へ駆け込もうとしていることになる。

――まこと、もののふというやつは、いのちがいくつあっても足りぬ。

口中でつぶやきながら、長頼は目のまえの砦をつよく見据えた。

丸根砦の守将・佐久間《さくま》大学《だいがく》は、剛《こわ》い口髭をしごきながら、長頼の手渡した書状に視線を落としていた。中天にのぼった日差しが武者窓から入りこみ、鳶色《とびいろ》がかった佐久間の双眸《そうぼう》を照らしだしている。そこにかすかな驚愕の色が浮かんだように思えたが、それも一瞬のことで、発せられた声音はごく平静なものであった。

「委細、承知――」

「はっ」

長頼は低頭して次のことばを待った。それだけでは、この後いかに動けばよいのか

た。

佐久間もそのことに気づいたらしく、目元だけで笑って、あらためて長頼を見つめ

考えもつかぬ。

「……その方、なんと申したかの」

「前田又左衛門利家が家臣、村井長頼にござります」

気負いが声に出た。考えてみれば、この一年、織田家中の士とは、まともに言葉をかわすことさえなかったのである。

その力みがおかしかったらしく、佐久間は声に出して笑った。

「長頼か、いくつに相成る」

「十八にて」

佐久間はふっと遠いまなざしを浮かべた。軍馬の嘶《いなな》きや兵士たちの喚《おめ》きが櫓《やぐら》うちまで流れこんでくる。

「又左が二十三、四であったな……若い主従じゃ」

「…………」

どう答えてよいか分からず、無言のまま控えていると、佐久間は武者窓のむこうを見やるようにして言った。

「ゆけ」

「――は」

「中島砦じゃ。そこで待てと書状にある」

「うけたまわりました」

一礼した長頼が立ちあがり、踵《きびす》をかえすと、佐久間の太い声が追いかけてきた。

「いまこそ死にどきぞ――励めよ」

五

中島砦の背後には海へ通じる黒末川の支流がひかえている。潮の引く時刻には鳴海・善照寺から川床をわたって行き来することができた。善照寺は味方の出城だが、鳴海はとくから今川の手に落ちている。いずれにせよ、一瞬たりとも気を抜くことができない。

ここで数日をすごした長頼だが、あるじ利家からはいっこうに指示らしきものが届かぬ。

このまま待っていてよいのか、と落ちつかぬ気分を持てあますようになった夕刻、ふいに気づいたことがあった。

砦の空気が変わっている。長頼のごとき軽輩にはなにも知らされぬが、砦うちを見まわる部将たちの表情が、いつしか格段に厳しさを増したように思えてならない。いや、厳しさというよりは焦燥と呼ぶべきものであるように感じられる。

――今川が来た。

だてに流浪の月日を送ってはいない。そのくらいのことは察せられた。だが、どこまで来ているのか、どの程度の兵力なのか、といったことまで分かろうはずもない。

いちど御油の林家にもどり、利家からの沙汰がないかたしかめるか、とも考えていたが、今川方が尾張へ進軍しているのなら、三河へ向かうは敵へと進んでいくことになる。とりあえず、その策はついえた。

悶々として妙案も浮かばぬまま、砦の片隅で長頼は眠りに落ちた。

揺りおこされた長頼が最初に感じたのは、湿った土と潮のにおいだった。つかのま、自分がどこにいるのかわすれている。

それほどふかく眠りこんでいたらしい。

が、目に飛びこんできた貌を認めて、いちどに我へかえった。

烏帽子形《えぼしなり》の兜に緋縅《ひおどし》の具足をまとった利家が、そこにいた。すこしまなじりのあがった目元と小ぶりな顎《あご》が、土豪の小倅とも思えぬ品格をその姿に与えている。

「殿っ」

おもわず大声が出て、むしゃぶりつくように利家の籠手《こて》をつかんだ。

利家は黙ってうなずくと、長頼の肩にかるく手を置いた。その掌《てのひら》があたたかい、と思った瞬間、不覚にも涙がこぼれそうになって、あわててうつむく。

どうにかこらえて顔をあげると、利家はおなじ姿勢のまま、おだやかに長頼を見つめていた。

こころぼそかった、とは己《おのれ》にむかってさえ言わぬ。が、あるじがそうと分かっているであろうことは、ふしぎといやな気分ではなかった。

「殿……」

つぎに出た声は、すでに落ちつきを取りもどしている。「いったい――」

ようやく発した問いも終わらぬうちに、利家は立ちあがっていた。横たえていた朱《しゅ》柄《え》の槍をすばやく手に取っている。

「ゆくぞ」

「……は」

咄嗟にどう応じてよいのかわからず、長頼はただあるじを見上げるばかりであった。

「刻がない」

「今川がそこまで来ておる。話はひと働きしてからじゃ」

「とき……？」


寝入っているあいだに夜はとうに明け、薄墨を溶いたような雲が空いちめんをおおっていた。そのなかへ吸いこまれるように、ひとすじの煙が立ちのぼっていることに気づく。南の方角だった。長頼の視線をたどった利家が、眉をくもらせる。

「鷲津が陥ちた……丸根も、な」

長頼の足がとまった。鳶色の瞳をした部将の風姿が瞼《まぶた》の裏をかすめる。

「佐久間さまは」

利家はかぶりをふった。あえて足を速めたらしく、見る間に先へすすんでゆく。長頼はあわてて後につづいた。周囲は馬蹄の響きや物具の音が渦まき、土煙で三間よりさきは視界がふさがっている。

馬場にはぞくぞくと軍兵《ぐんびょう》が集結し、隣にいる者の声が聞きとれぬほど騒然としていた。

脇へ目をやると、すっと伸びた樫の大木に、おのれの葦毛と利家の栗毛がならんで繋《つな》がれている。いそぎ駆けより、二頭の轡《くつわ》を取った。哮《たけ》るような鼻息をおもうさま浴びせられる。手綱《たづな》を差しだすと、利家は無言のまま、握りしめるようにして受けとった。

桶狭間山に本陣を据えた今川義元は、丸根・鷲津陥落の報を聞くと、つづいて中島砦を揉みつぶすべく進攻の準備をすすめていた。

これより以前、丸根・鷲津より急を知らせる使いが清洲にとどき、急遽《きゅうきょ》信長が兵を発したのは、この日、永禄三年五月十九日の早暁《そうぎょう》であった。真っ先に城門を飛びだしたのが、総大将の信長をふくめ、わずか六騎という。主君を追って全軍が熱田《あつた》神宮《じんぐう》に集結したときには夜も明け、両砦は今川勢の先手・松平元康らの猛攻をささえきれず陥落していた。

そのまま二千の兵をすすめた信長は、すでに黒末川をはさんで後方の善照寺砦まで到着しているという。このしらせを受けた中島砦より、佐々《さっさ》隼人正《はやとのかみ》らが、いちはやく功名をたてるべく三百の手勢をもって押しだしたのだった。

その人馬のなかに、利家と長頼もいる。今川方はどう少なく見積もっても、織田の十倍は下るまい。これ以上ないほど絶望的な状況だが、長頼には久方ぶりのいくさ場に出る昂揚がまさった。腹にひびく馬蹄の轟きが、これまでの屈託を押し流してくれる。引き離されぬよう、利家の背を見つめながら、さらに馬腹を蹴った。

道はおもくるしい曇天へむかってのぼりつづけ、しだいに馬速が落ちはじめた。まるで頃合いを見はからっていたかのように、禍々《まがまが》しい羽虫のごとき黒い塊《かたまり》があらわれ、見る間に敵軍の姿をかたどって迫ってくる。張り詰めた空気が味方の勢をつらぬいた。

ふたつの突風がぶつかり合い、うなるような地響きが下腹を揺さぶった。

利家がこちらをうかがったのが、首の動きでわかる。しっかりと頷《うなず》きかえし、おのが手のうちにある槍を握りなおした。

利家の槍さばきは織田家中でも知られたもので、「槍の又左」という通り名までたてまつられている。とくに稲生《いのう》のいくさで宮井勘兵衛《みやいかんべえ》という豪の者を討ちとった折のはたらきが名高かった。このときの功で加増され、かかえた家臣が長頼だから、当然ながらあるじの功名を目にしてはいない。長頼自身は、何度かいくさ場を踏んではいるものの、かほどの規模の野戦ははじめてであった。

——お手並み、見せていただきますぞ。

とうそぶくゆとりなど、端《はな》からない。ただ奔流のひと滴となって駆けていくのみである。

が、しだいに味方のいきおいは弱まり、一歩ずつこじあけるようにしか進まなくなっている。

鈍い金属音と絶叫があちこちではじけ、じわじわと近づいてきた。いつのまにか、からだが小刻みに震えだしている。止めようと思っても、意のままにならぬ。

いきなり突き出された槍をとっさに叩き落とす。縛《いまし》めが解けたかのごとく、腕と腰が勝手に動いて槍を繰りだしていた。敵と思われるあたりをむやみに突き、手ごたえもあったが、仕止めたかどうかはわからない。おのれの籠手があかく濡れているのは目に入ったが、それが誰の血なのかもはっきりしなかった。

頭の芯が熱く、かと思えば震えるほど冷たい。耳を覆う喧噪《けんそう》もやけに大きく聞こえたり、突然聞こえなくなったりした。

気がつくと、手をのばせば触れられるほど近くに利家の背がある。あるじは、ひどくゆっくりとした動作で槍をふるっていた。

からだの動きに無理がない。ほぼひと刺しで対手の喉元や札《さね》の間をつらぬき、確実に斃《たお》していた。いくたりかの敵がいちどきに群がると槍をまわして遠ざける。その隙に駒を進めてひるんだ対手《あいて》を追いたて、とどまることなく屍《しかばね》の群れをつくっていくのだった。

――これが、我があるじ……。

呆然となって、わずかに槍の穂先が下がる。見すごさず斬りかかってきた足軽が、とつぜん転倒した。

盆《ぼん》の窪《くぼ》に利家の小刀が突き立っている。馬上から抛《ほう》ったものらしかった。

そちらを見やったが、あるじは毛ほども乱れぬまま刀槍をふるいつづけている。

「油断すな」

などとは言いもせぬ。だが、長頼はいちどきに気もちが落ちついてくるのを感じた。

およぶべくもないが、あるじのように、ひとりずつ薙《な》ぎたおして前進してゆけばよいのだ、と思えたのである。長頼はいまいちど槍をかまえ、ひといきに眼前の敵を突きとおした。

それから、いかほど刻がたったかわからぬ。急に槍が動かなくなったと思うと、馬上で利家に柄をつかまれていた。

「……聞こえなんだか。退くぞ」

「は――」

応えるよりさきに、利家に手綱を引かれ、馬首が中島砦のほうへ返る。それが合図ででもあったかのごとく、織田軍は坂道を駆け下って潰走をはじめた。砂人形が崩れるように隊列が乱れ、来た方向へ逃げもどってゆく。

「さすが駿河衆……強いのう」

あるじがどこか楽しげにつぶやいたのは、砦のうちへ入ってからである。敵方は深入りをさけたらしく、追撃してこなかった。利家はいつの間に掻き切ったのか、首級をひとつ下げている。言うまでもなく、長頼は空手であった。

「負け、でござりまするか」

沈鬱な口調で問うと、

「今はな」

淡々とかえした利家の視線がふいにおおきく動き、一点に釘づけとなった。

長頼もそのさきを凝視し、息を呑む。

五間ほどはなれた馬場の中央に、あざやかな緋色の陣羽織をまとった骨のほそい影がたたずんでいる。

織田上総介信長であった。

六

長頼は陪臣《またもの》であるから、信長に対面する機会はほとんどない。清洲にいたころ、一度か二度、鷹狩りの折に遠目で見たくらいである。

それでいて、研《と》ぎすまされた刃のごとき風貌が、つよく記憶に残っていた。どちらかと言えば小柄な身のうえに、ほっそりとした顔が載っている。その面ざしのなかで、瞳だけが闇夜に歩くけだもののようにぎらぎらと光っていた。

信長ひきいる本軍は善照寺砦から川床をわたって到着したところらしく、人馬とも夥《おびただ》しい土くれを全身にこびりつかせていた。

そんななか、すでに着替えをすませでもしたのか、信長だけが揉烏帽子《もみえぼし》に泥撥《どろは》ねひとつ見せない白糸縅《しらいとおどし》の具足を着している。非常時だけに、その異様さがきわだっていた。

利家はゆっくりとした足どりで、信長のほうへ近づいていく。長頼もあとにつづいた。

重臣とおぼしき侍たちが信長を取りかこみ、さかんに言葉をたたかわしている。ついに今川本軍との対峙《たいじ》をむかえた今、いかにして抗するかを議論しているらしい。昂った声が、とぎれとぎれに聞こえてくる。

と、輪の外にいた足軽がひとり、いちはやく利家たちを認めたようすで歩みよってきた。

「前田さま」

長頼はその男に目を向けた。相手は如才《じょさい》なく長頼にも会釈を送ってくる。利家とおなじくらいの年齢だろうか、ひどく矮小《わいしょう》で猿を思わせる皺くちゃな顔つきだが、えもいわれぬ愛嬌があった。

「藤吉郎《とうきちろう》――。足軽になれたのか」

利家が応じると小兵《こひょう》の男は、へへと照れたように笑った。

「草履《ぞうり》とりからみれば、いかい出世でござりましょう。こたびこそ前田さま、おもどりに相違なしと、藤吉郎こころまちにしておりました」

ささ、ずずっとお進みをと、まるで自分が重臣のひとりでもあるかのように利家たちのために道をあける。顎髭をびっしりとたくわえた武士が信長に詰めよっているところだった。宿老・柴田《しばた》勝家《かついえ》である。

「敵は十倍もの大軍。丸根、鷲津を陥して勢いにも乗ってござりましょう。まともにぶつかって勝てるはずもございませぬ。いったん清洲まで退くが上策と」

何人かの重臣が口々に賛意をあらわす。

「うつけが」

斬り捨てるような甲高《かんだか》い叱声《しっせい》が大気をつらぬいた。長頼は初めて聞いたが、それが信長の声であるらしい。

柴田が顔をゆがめた。うつけで知られた信長に言われたのだから、面白かろうはずもない。そのまま引き下がるつもりはないらしく、苦々しげに口をひらいた。

「うつけとは、なにゆえ――」

「丸根、鷲津を陥したからこそ、敵は疲れ、いささか気もゆるんでおろう」

信長はうんざりした顔で告げた。そんなことも分からぬのかと言いたげである。

「見よ」

片手を差しあげ、上空を指さす。その場にいた全員が、引きずられるように面をあげた。

朝からおもく曇っていた空は濁りを増し、黒い斑《まだら》もようがいちめんに広がっている。

「じき雨となる。それに乗じて敵本陣へ攻め寄せ――」

手をおろし、誰にともなく断じるように発した。「義元の首をとる」

驚愕のざわめきが場を揺すった。長頼とて例外ではない。が、ふと隣を見やると、利家は眉ひとつ動かした気配もなく、しずかにたたずんでいた。さらにふしぎなことに、藤吉郎と呼ばれた足軽も、むしろ楽しげに信長を見つめている。

「下知《げち》を待て」

それ以上説明するつもりはないらしく、信長は陣羽織の裾をひるがえして櫓に向かおうとする。そのするどい視線が、利家をとらえた。長頼にはそれがわかった。利家が手にした首級を掲《かか》げる。信長はほんの一瞬だけ動きをとめたが、無言のまますぐに歩をすすめた。重臣たちが追いすがろうとしたが、取りあわずにそのまま櫓へ入っていく。

べちゃっ、と音がしたので目をむけると、首級が泥まみれになって転がっていた。

利家が抛り捨てたらしい。

「なにをなさる——」

驚き、つかみかからんばかりにして、あるじにすがりついた。だが利家は呆れるほど平然とした表情で、指一本ずつ解きほぐすように、長頼の手をはずしていく。

「まだ、帰参はかなわぬ——」

「は……」

「いま、お館さまがそう仰せられた」

ことばを失っていると、

「——いや、言うてはおられぬが……ともかく、そういうことじゃ」

あらためて長頼を見まもると、意を決したようにうなずき、馬場の片隅にそびえる杉の巨木を顎で指す。そこで話をしようということらしかった。

はっと気配を感じて振りむくと、藤吉郎が背後にひかえている。まるで、とうから一味だとでも言わんばかりであった。苦笑した利家が、

「すまん、藤吉郎」

言うと、

「これまた、ご無礼を——」

さも残念そうに去っていく。飛び跳ねる猿のように軽々とした足どりであった。

七

「拾阿弥は今川の間者《かんじゃ》での――」

杉の根方に腰をおろすなり利家が告げたので、長頼はしんそこ仰天した。拾阿弥とは、長頼たちが流浪する原因になった同朋衆ではないか。信長の身辺を世話する役目の者で、利家とひと悶着あって斬り捨てられたはずであった。

「か、間者とは」

思わずうめき声をあげると、利家はかたちのよい眉を怪訝《けげん》そうにひそめた。

「他国に忍んで、ひそかに内情を調べる者のことじゃが……」

そのくらいのことは長頼もわかっている。

「――いや、さにあらず……いかなる次第かとお尋ねしておりまするので」

ああ、とつぶやいて、利家は話をつづける。砦のあちこちで兵たちが決戦まえの腹ごしらえをしながら、たわいもない話に興じていた。このひとときだけ、なごやかな空気が満ちている。

「最初に気づいたのは、藤吉郎よ」

「……さきほどの足軽でございますな」

「そのころはお館さまの草履とりでの。拾阿弥めのまなざしがどうにも油断ならぬというので、わしが相談をうけた。まさかと思うたが、内々にさぐってみたら、彼奴《きやつ》のいうとおり、今川ものだったのじゃ」

長頼は息をすることさえ忘れそうになっている。この一年が、最初からすべて崩れてゆくような心もちだった。

「お館さまへひそかにお知らせしたところ――」

利家はことばを切った。長頼は身じろぎすることなく、あるじに見入っている。

「斬れ、と仰せられた」

「…………」

「――そして、清洲を離れよ、と」

「そんな」

長頼は頭をかかえた。はげしい動悸《どうき》を覚えはじめている。

そのようすを見つめながら、利家は落ちついた声で問いかけた。

「理不尽、とおもうか？」

長頼はこたえられなかった。利家がそのまま語を継ぐ。「わしはそう思わなんだ。ただ斬れば、間者だと見破ったことが今川に伝わる。織田信長、油断ならじとなる。わしが逐電《ちくでん》すれば、私闘じゃと解されよう」

「お館さまがそう仰せられたので――」

長頼はしがみつくように、利家の草摺《くさずり》をつかんだ。おのれの声がみっともなく裏返っていることに気づいたが、もはやどうでもよかった。

「言わずともわかる」

利家は皓《しろ》い歯を見せて、大きく笑った。長頼が今までだれの面にも見たことがないほど、すがすがしく、あでやかな笑みであった。「主従ゆえ、な」

「…………」

喉につまったものを吐き出すようにして、長頼は嗚咽《おえつ》していた。傾奇者、とどこかであるじを軽んじていた。それでいながら、こころの奥底では頼りきってもいたのである。おのれが恥じられてならない。できることなら、このまま消えてしまいたかった。

――わしは、この方のことをなにも分かっておらなんだ。

これからでも取りもどせるだろうか、利家のいう「主従」になれるのだろうか、と問うた。

わからぬ。ただ、従《つ》いてゆこうとおもった。

どれくらいの刻が経《た》ったか、ようやく慟哭《どうこく》がおさまってきたころ、かすかに顔にふりかかるものがあった。

雨粒である。信長のことばどおりなら、出陣が近い。

「な――なにゆえ」長頼はかすれた声を懸命にしぼりだした。「なにゆえ、殿にはいまだ帰参がかないませぬのか」

利家は坐したまま、愛用の槍を引きよせるようにした。

「松平元康どのが、幼きころ、織田の人質となっておったのは存じておろう」

急に話が読めなくなって戸惑いをおぼえたが、そのことは知らぬわけでもない。信長がまだうつけとして市中を闊歩していたころ、ほんらい今川へ送られるはずの元康が拉致され、何年かを織田のもとで過ごした。のちに人質交換で今川へもどされたというが、いずれにせよ、ずいぶん昔のことである。元康、いまは紛れもなく義元の配下であった。

「お館さまはそのおり、元康どのと知り合われての。その器量を見こんで、いつかは手を結びたいものと考えつづけておられたのだ」

「それも――おわかりになられたのでございますな」

「さよう」利家はうなずいた。「浪々の身となったをさいわい、わし自身で元康どのとつなぎをつけたいと思うたのだが、さすがに今川の本拠駿府に潜りこむ手蔓《てづる》はなくてな。おなじ三河の御油に腰を据え、岡崎衆に近づいたのじゃ」

「されど……丸根を陥したのは、その元康ではございませぬか」

鳶色をした佐久間の瞳が思いおこされ、長頼は憤《いきどお》りのこもった声をあげた。

「間に合わなんだ」利家はいたましげに面を伏せた。「岡崎の留守居・鳥居忠吉《とりいただよし》どの――そなたを検《あらた》めたご老人じゃ――忠吉どのは、万が一にも駿府におられる元康どのに累《るい》がおよばぬよう、おのれの一存でわしとつながっておった。元康どのは、いまだこのことを知らぬ」

「では――では、佐久間さまは犬死にでござりますか」

「犬死になどない」

利家はするどく言い切った。「もののふは、いつもいのちがけじゃ。そなたとて、そうであろう」

かえすことばもなく、長頼はあるじの貌を見まもっていた。利家が、ふっと表情をゆるめる。

「そなたに託した書状な――岡崎衆が知らせてくれた今川の動きが記してあったのじゃ。おかげで行軍の日どりなども、およそはわかっておった」

「…………」

「佐久間どのは、じゅうぶんに備えることができた。怠りなく目をくばっておったればこそ、いちはやく今川の来襲をお館さまへ知らせることもかのうたのじゃ」

「なれど――」

「それが、いまの岡崎衆にできるせいいっぱい……。攻めよといわれれば攻め、死ねといわれれば死なねばならぬ身の上じゃ。佐久間どのも、力のかぎり戦われたことであろうよ。元康どのが討たれることとてありえた」

長頼にはもはや、なにもいえぬ。

「いま元康どのが寝返ったところで、今川はびくともせぬ。お館さまが見ておられるのは、もっと先のことよ。そのときこそ、わしの帰参もかなうであろう。おそらくは……な」

「もっとさき……」

「われらが義元を討った、そのさきじゃ」

長頼はあるじの貌をふかく見つめる。利家の表情には、「そのさき」を迎えることへのうたがいなど、微塵《みじん》もうかがえなかった。

出陣を知らせる法螺貝《ほらがい》の音が鳴りわたった。主従は腰をあげ、槍を抱えなおすと、馬場の中央にむかって歩きだした。すこしずつ、雨脚が強まっている。

利家は思いだしたように、懐へ手を差し入れた。「よいものをやろう」

突き出した掌にのせられたものを見て、長頼は目を見張った。半ばで折れた椿模様の櫛――みうの物憂げなまなざしが胸をかすめた。

「これは……」

「お護りがわりじゃ」

利家はすこしきまり悪げにつづけた。「この片割れをさる女子が持っておってな。

　形見の品だそうじゃが、目の前でばきっと割って渡してきた。もういちど、この櫛が合わされますように、というわけだが……そなたの方が、まだお護りが要《い》り用であろう」

「と、殿がいただいたので――」

「む、閨《ねや》のなごりにな」

「ねや――」

　声が揺れていた。

「まつにはないしょぞ」

　利家はいたずらっぽい口調で告げると、歩みをはやめて、整列しつつある軍勢のほうへむかっていく。織田家の紋である木瓜《もっこう》の旗指物《はたさしもの》が隙間なくならび、吹きはじめた風になびいていた。

　長頼はつかのま立ち尽くして、あるじの後ろ姿を見送っている。そんな場合ではない、とわかっていても、おんなの面影を反芻《はんすう》すると胸の奥底がいたんだ。

「どうした――疾《と》く来い」

　利家が振りかえって呼んだ。この場に不似合いなほどの明るい表情をうかべている。だれよりもあざやかで、こぼれるようなあの笑顔だった。

見ているうち、ゆっくりと全身のこわばりがほどけていく。ふかく、おおきく息を吸いこんだ。

——仕方ないのう。

苦笑して、槍を小脇にかいこむ。

男も惚れる笑みじゃ、胸のうちで力づよくつぶやき、長頼は駆けだした。

泣いて候

一

伏せていた面をあげると、思いがけぬほど近くにそのひとがいた。
長頼は、食い入るように相手の貌を見つめてしまう。

いっそ、撫でまわすように、といってもよい。左右に居ならぶ者たちに非礼を咎《とが》められるやもしれぬ、ということは頭から消し飛んでいた。どんな人物なのかこの目でたしかめたい、と逸《はや》る気もちをおさえきれない。
上畳《あげだたみ》に腰をおろした若者は、よく陽《ひ》に灼けているものの、素襖《すおう》の襟元からわずかにのぞく肌はそれほどでもなく、元来は色白なほうかと察せられた。下ぶくれの頰にも、どこかあどけなさが残っている。ひそかに猛々《たけだけ》しい風貌を思いえがいていた長頼は、虚をつかれた心地になった。若者は、落ちついた声音で発する。

「前田どののご家中よな」

「いかにもでござりまする。村井長頼、蔵人佐《くらんどのすけ》さまには、初の見参《げんざん》にて」

蔵人佐――松平元康、というのが目のまえに坐している若者の名だった。今年でやっと二十歳と聞いている。三河の小領主の子に生まれ、幼きころより人質として織田、今川のあいだを行き来した。昨年の五月、桶狭間で今川義元が討たれたのを機に、旧領であるここ岡崎へもどったのである。

長頼のあるじ前田利家は二年にわたり浪々の日々をおくっているが、その間、ひそかに元康とつなぎをつけ、織田・松平同盟の下地をかためていた。とはいえ、いまだ帰参まえの身であるから、おもてに立つことができぬ。そろそろたがいに正式な使者をたて、しかと談合にかかろうという頃おいとなり、

「そなたも一度、岡崎どののお顔を拝してくるがよい」

というあるじの言によって、この地までおもむいたのであった。

「以後は、水野《みずの》さまが仲だちとなられる由《よし》にて……」

長頼はひとことずつ区切るようにして言上する。これを告げることが、本日だいいちの役目なのだった。

水野さまとは元康の伯父《おじ》、つまり母の兄にあたる三河刈谷《かりや》の領主・水野信元《のぶもと》のことである。すでに十年以前より織田方に属しており、この任にはうってつけといえた。

もっとも、この伯父が織田についたため、元康の母は今川をはばかって松平を去らねばならなかった。桶狭間の前夜には、元康みずから生き別れた母の再嫁さきまで訪ねていったと聞く。目のまえの若者にとっては、やはりつらい記憶にちがいないのだろうが、こうなってみると、今さらながら乱世にはどのような目が出るか知れたものではない。

あるじ利家がどのようにして諸方とつなぎを取っているのか、今もって長頼にはわからぬ。元康ともむろん幾度か会ってはいるのだろうが、くわしいことは聞かされていなかった。童《わらべ》の使いじみているが、今日もただ言われたとおりを伝えているだけなのである。不満がなくはないが、こうした密事はかかわる人数がすくないほどよい、とあるじが言うので、そういうものかと呑みこんでいるのだった。

「前田どののお骨折り、これよりのちもけっして忘れぬ」

元康が律儀《りちぎ》に頭をさげる。長頼もあわてて低頭した。口調はすこぶる落ちついているのに、元康の声は、若さを通りこして意外なほどのおさなさを感じさせる。その落差がどうにもふしぎだった。

「おことば、あるじともども、ありがたく頂戴いたしまする」

「上総介どのも、しびれをきらしてこられたご様子。こちらも、はきとしたところを見せねばの」

気がかりなことを早々に切り出され、長頼は安堵《あんど》の息をついた。

織田上総介信長が、岡崎の北方にあたる高橋郡《たかはしごおり》に攻め入ったのは、つい半月ほどまえのことである。二、三の城を攻め立てたのみで引きあげたが、元康のいうとおり、かるい恫喝《どうかつ》というところだろう。

内心、松平方が殺気だっているのではという懸念もあっただけに、いちどに緊張がとけた心地だった。じつは出立まえ、あるじにそのあたりのことを質《ただ》してみようかとも思ったのだが、おそれていると見られるのが厭《いや》さに平気な貌をつくって出てきたのである。

長頼の心もちがつたわったのか、元康はかすかな笑みをうかべた。しずかにこちらの面を見つめてくる。

とおもうと、

「――ま、攻められっぱなしというわけにもいかぬが」

突然、ひどく冷ややかな声が笑顔の下からこぼれ出た。長頼はおぼえず身をすくませる。元康の貌に見入ったが、人好きのするおだやかな表情にはいささかの変化もうかがえなかった。

――いまのは、どういう意味じゃ。

ことばどおり取れば、元康からもひといくさ挑んだのち和議へのぞむであろう、と聞こえる。

たしかに、いま慌てて和を講ずれば、ささいな脅しに屈して尻尾を振ったと見えぬものでもない。ここで岡崎衆の気骨を示しておくのもありえぬ選択ではないと思えた。

が、それはあくまで、言われてみればの話である。みずから思いいたるかどうかは全くべつの問題であった。

――このお方はいったい……。

目のまえの相手が、にわかにつかめなくなる。くすんだ色の雲が胸のうちにひろがっていくようだった。眉がしらが歪みそうになる。

「そう申せば」元康が唐突に口調をかえた。「そこもと、当地ではえらい目にあわれたそうな」

どうにも黙っておられぬ、といった体《てい》でおかしそうに問いかける。さいぜん垣間見たうそ寒い気配は跡形もなく消え失せ、齢相応の無邪気さをのぞかせていた。

「いや、まことそれがしの不調法にて――」

とっさに左右を見まわす。わざわざ探すまでもなく、元康のいちばん近くに家老・鳥居忠吉の白髯がひかえていた。さすがに表情を動かすこともなく端座している。その隣に一年まえ、尾張の間者と疑われた長頼は、この老人の検めをうけたのだった。

座をしめる中年の侍が長頼を拉《らっ》し去った男で、石川清兼《いしかわきよかね》という名はあとで知った。忠吉はともかく、石川の面もちには、いまだ尾張への警戒心が滲《にじ》みでている気がしてならない。

――どうも三河ものは苦手じゃ。

われながら狭量とは思いつつ、岡崎衆の頑《かたく》なさがどうにも煙たく感じられる。いちど利家にそう告げたこともあるが、

「あたまの固さでは、そなたもひけはとるまいよ」

笑いとばされて、それきりになってしまった。

元康は屈託のない笑顔となって語りかける。

「許されよ。当家のものは、他国の方に壁をつくるくせがござっての」そこでことばを切った元康のまなざしが、にわかに翳《かげ》りをおびた。右の拳が吸いこまれるように口もとへはこばれ、かふかふ、という耳なれぬ音が、しずまりかえった広間にひびく。家臣たちが、そっと面を逸らした。

長頼は、異様な生きものでも見るような思いで、眼前に坐す若者を凝視する。爪を噛んでいるのだ、と気づいたとき、ようやく元康が語を継いだ。「……長らく、小そうなって生きてまいったゆえ、な」

そのことばが胸のうちによみがえったのは、役目をおえ、岡崎城の大手から退出し

たあとのことである。手綱をにぎりなおし、来た方角をふりかえると、本丸の櫓に夕日がさし、橙色《だいだいいろ》をおびた光のつぶがあたり一面に散っていた。あるいはいま、元康たちも、まばゆい照り返しのむこうから長頼をうちまもっているのやもしれぬ。目をほそめて光の幕を透かし見る。夕映えがつよすぎるのか、岡崎城ぜんたいがうずくまる土竜《もぐら》のように黒くしずまっていた。

――小そうなって、か……。

長頼はふかい吐息をつく。松平氏はもともと独立した領主であったが、弱小の身ゆえ今川に依《よ》らざるをえなかった。譜代《ふだい》の家臣でない分、理不尽なあつかいも多かったと聞く。かつておのれが押しこめられた兵糧蔵にはほとんど米がなかったが、大半を供出させられていたということだろう。

――もしかしたら、いちばん小そうなって生きてきたのは、元康どののご自身かもしれぬ。

そんな考えが頭をかすめた。脳裡にきざまれた元康の印象は、ふしぎなほど定まらない。まだおさないようでもあり、やけに老成しているようでもあった。ひややかなものを感じもしたが、熱く粘《ねば》ついた網に搦《から》めとられた気もする。結局のところ、長頼には元康がわからなかった。

騎乗しようとしたものの、ふいに言いようのない疲れをおぼえて、菅生川《すごうがわ》を見下ろす土手に腰をおろす。烈《はげ》しいまでに照りつけていた夕日ははやくもさかりをすぎ、幅のひろい流れはおもく沈みはじめていた。うかと手綱をはなしてしまったが、葦毛の駒は動きまわるでもなく、わずかに鼻息をたてるだけで、その場に脚をとどめている。

——暗くなるまえに発ちたかったが、いささかむずかしい。

いまは前田家の本拠・荒子《あらこ》へ居をうつした長頼たちである。国ざかいを越えて尾張に入り、熱田神宮よりもさらに西方であった。今日中にもどれる距離ではない。桶狭間の直前には夜どおし東海道を駆けたが、非常時ならではのことである。どこで野伏《のぶせり》に襲われるかもしれず、やたらにするものではなかった。あるじ利家にも、もどりは明日といわれている。

といって、岡崎に宿をとる気にはなれぬ。

——ならば……。

おのれの心もちがある土地へむかっていることを長頼は自覚している。そこへは目をむけぬよう気を張っていたのだが、全身をおおう疲労で箍《たが》がゆるんだのだろう。

御油という宿場がその地であった。いまだそこにいるはずの女を思いうかべぬよう、藍色の流れへことさら瞳をこらす。日中さかんにゆきかっていた船影は姿をひそめ、いくつかの灯火だけが対岸の土手を心細げに動いていた。

桶狭間の直前まで主従は御油の郷士・林家に身をよせていたが、いくさがおわってそのまま荒子へ引きあげたため、行き来は断ち切れている。今川義元というおおきな軛《くびき》がなくなり、元康も独立というかたちでなしくずしに故地へ帰還した。利家と松平のやりとりにもそれまでのような困難はなくなり、林家へとどまる必要がなくなったのである。

この岡崎からせいぜい四、五里の近さにある土地や、そこに暮らしている人びとが、いまはひどく遠い。それでいて、思いだすたびに感じる胸底の疼《うず》きはきのう負った傷のようにあたらしく、なまなましいのだった。

あるじ利家の想い女だったその家の娘が、どういう心もちで日々をすごしているのか、想像さえつかぬ。女子の気もちなどというものを推し量るのは、なにより不得手であった。

長頼は重いからだを引きずるようにして立ちあがった。せめて鳴海あたりまではもどらねばと思ったのである。

手綱をとって馬上となり、東のかたを振りかえった。空はすでに墨染《すみぞめ》といえるほど黒い色におおわれ、やけに白っぽい月がひえびえと街道を照らしている。

みう、という名を口にしてみたかったが、とうとうできなかった。もう会うことはないのだ、という予感がたしかなものになってしまいそうだからである。

かけ声を発し、長頼はようやく馬腹を蹴る。じぶんでも、その声が湿っているとわかっていた。

二

おのれの予感などというものが、いかに当てにならぬかということを長頼は思い知った。

みうが目の前にいるのである。

荒子へもどり、復命のまえに装束《しょうぞく》をあらためようと長屋に立ちもどってみれば、上がり口からつづくせまい板間のすみに、旅すがたの女がちんまりと坐しているではないか。おもてを伏せ、これ以上ないほど軀《からだ》をちぢめてはいるが、見まちがえようもない。平凡な顔立ちはかわるはずもないが、いくぶん痩せたらしく、すこし肉のおちた頰が、かえって一年まえとはちがううつやめきをその面ざしにくわえていた。

あまりのことに言葉をうしなっていると、

「村井さま」

背後から声をかけられ、おもわず身をすくめた。土間のすみにも、誰かひかえていたらしい。動転していたとはいえ、人ひとりいるのに気づかぬとは、われながら迂闊《うかつ》なことである。

振りかえって目にした顔にはおぼえがあった。名はわすれたが、たしか林家の中間《ちゆうげん》である。いつも妙に顔色のわるい四十男だった。

中間はあたまを下げながら、ひとあし進みでた。「さぞかし驚かれたことと存じまするが……」

それだけいうと、みうに視線を向けてだまりこんでしまう。長頼は中間とみうを交互に見やり、木偶《でく》のように土間へ立ちつくした。

――もしや……。

ようやく思いいたったのは、さすがに脚のつかれをおぼえ、草鞋《わらじ》も脱がぬまま上がり框《がまち》に腰をおろしたころである。

――わが殿に会いに来たのか。

そうとしか思えなかった。にわかに動悸がはやまる。

あたまのなかが掻きみだされて、なにがなにやらわからぬ。ともあれ、これ以上、登城を遅らせるわけにはいかなかった。

「すまぬが、身支度《みじたく》せねばならぬゆえ、少しのあいだはずしてくれぬか」

そう告げるのが、せいいっぱいだった。

利家は不在であった。

あわてて登城してみればそうと聞かされ、長頼は総身から骨をぬかれたような心地となった。控えの間の畳に腰から下が沈みこんでゆきそうになる。

「今朝がた、にわかにどこぞへ出立なされて……」

おまつさまが気の毒そうに眉根をよせた。切りそろえた下げ髪のしたで、よくうごく大きな瞳がこちらを見つめている。紅を差しているわけではなさそうだが、頬はいつもすこし上気したようにあかく、見るからに健やかであった。まだ十五歳だから、つかれも知らぬのであろう。萌黄色《もえぎいろ》のはなやかな小袖がよく似合っていた。

まつと対していると、長頼はいつもふしぎな心もちになる。あるじの奥方というより、鮐下《こう》のいとことでも話しているような気分になってしまうのである。三歳となる娘の幸を膝に座らせてはいるが、知らぬものが見れば姉としか思うまい。鮐もわかいが、くわえて小柄なほうで、みうとならべば三、四寸はちいさかろう。

——……みう、か。

どうも困ったことになった、と畳の目に視線をおとす。どこまでのことをのぞんで御油から出てきたのかはわからぬが、いかにも時がわるい。

利家もひとかどの武者であれば、隠し女のひとりやふたりいたとて不思議はない。みうのことを知れば無下《むげ》にはせぬであろう。おまつさまとて文句は言えまいが、気もちはまた別のものにちがいない。その程度のことは長頼にもわかった。

なにしろ、荒子で親子三人暮らしはじめて、まだ半年ほどにしかならぬ。主君信長の同朋衆・拾阿弥を斬り捨て清洲を逐電したときは、おまつさまも平静ではいられなんだであろうし、周囲のまなざしも、あたたかいものばかりではなかったはずである。

利家と長頼が荒子へ身をよせたのは桶狭間の直後であるが、ほどなく利家の父が亡くなった。家督を継いだ長兄の利久《としひさ》が、まつたちを呼びよせてくれたのである。あるいは、うすうす事情を察しているのやもしれぬ。

ともあれ、ようやく薄闇のなかから這いだしかけたかに見えるいま、みうの出現は前田家にとって嘉《よみ》されざるものにちがいなかった。

――わしの心もちはさておいても、じゃ。

おのれへ念を押すように心中でつぶやく。すこし落ちついた心地となり、おもてをあげようとした瞬間、いきなり、ぐい、と髭を引っぱられた。おかげで、妙な体勢で横を向くことになる。

いつの間に近づいたのか、幸がそばに来て長頼の髭をもてあそんでいた。ひげどの、ひげどの、と片言を発しながらにこにこ笑っている。

止めようとしたまつが、吹きだした。長頼も苦笑しつつ、されるがままになっている。

髭あそびにもすぐ飽きたらしく、幸は満面の笑みをそのままに、まつの膝にもどっていった。

「お許しなされてくださりませ。童のなすことゆえ」

まだすこし笑いながら、まつがかるく頭をさげた。

「むろんでござります」

わざとおどけた表情をうかべ、髭をにぎって箒《ほうき》のように振ってみせた。幸がきゃっ、とうれしげな声をあげる。

「……長頼どのは、なにゆえさほどに長《なご》うお髭をのばしておられまするので」

まつがいくぶんくだけた口調できいた。いかにも、よもやま話といった風情である。

たしかに、長頼の齢でこれだけゆたかに顎髭をたくわえている者はすくない。あるじ利家でさえ、すこし口髭をはやしている程度である。

長頼はさして考えることもなく、

「強う見えましょう」

あっさりと言い切った。じっさい、そのつもりで生やしているのである。

まつは一瞬ふしぎそうな面もちとなり、おおきな瞳をくるくると動かした。なにか

考えるような間がうまれたが、じきに、

「いかにもさようでござりますなあ」
二、三度ふかくうなずいてみせる。
「では、ひとまずこれにて」

長頼は低頭すると、ゆっくり膝をおこした。おまつさまと話しているのも楽しくはあるが、あるじの不在中に奥方のもとで長居するのは憚《はばか》られる。

「――そう申せば」

ふいにまつが声をあげた。長頼は半端な体勢のまま、うかがうように若い奥方を差しのぞく。

「長頼どののお住まいに、なにやらご来客とのこと」

背筋がぴくりと撥《は》ねた。砦同然の小城とはいうものの、耳がはやい。まつの表情は、ふだんのごとくつやつやと機嫌よいものに見えたが、どこまで知っているのか、なにを思っているのかまで推し量れる長頼ではない。かといって、探りをいれるようなことをすれば、たちまち馬脚をあらわすであろう。

「もうお会いになられましたか」

「いや……」

「まだ？」

怪訝そうに眉をひそめ、長頼の袴に視線をそそぐ。衣をあらためてきたことに気づいているのだろう。

「……いそぎ罷《まか》りこしましたゆえ、見落としたのやもしれませぬ」

われながら益体《やくたい》もない言いわけを口にすると、長頼はあわてておまつさまに背をむけた。

三

日向《ひなた》くさい四つ辻でふたり組の芸人が剽《ひょう》げた踊りを披露している。周囲の人だかりから、歓声と笑いのまじったどよめきが上がっていた。足を止めそうになった長頼だが、思いなおしてそのまま歩をすすめる。綾藺笠に手をのばし、こころもち目深《まぶか》にさげた。

二年ぶりにおとずれた清洲城下はさまがわりしていた。知らずに足を踏みいれれば、おなじ町とは思うまい。以前にはなかった店や長屋がいかにも急ごしらえの体でそちこちに建てられ、行き交うひと通りもあきらかにふえていた。

なにより、空気があかるい。

――勝つとはこういうことであったか。

いまさらのように思い知った。

尾張の弱小領主と見られ、じっさいそうであった織田信長は、今川義元を屠《ほふ》った途端、世の注目をあびる存在となっていた。そうとなれば、城下にひともあつまり、ものもあつまる。民草《たみくさ》の嗅覚はあなどれぬものであった。

むろん、まだまだ駿河府中《ふちゅう》や美濃の稲葉山《いなばやま》城下にはおよばぬであろうが、いきおいという点では、いっとう地を抜くやもしれぬ。

その光景を見るにつけ、よろこびよりも、むしろざわりとした焦りのような感情が湧くのをおさえかねた。

なにしろ、いまだ主従そろって浪々の身なのである。清洲城下がにぎわえばにぎわうほど、その喧騒から取りのこされた気になるのだった。

ひそかに清洲へ来るよう利家から指示がとどいたのは、長頼が荒子にもどった三日後である。たかだか三里ほどの距離ゆえ、暁け方に出立すれば徒歩《かち》でも昼まえにはつく。持参した握り飯は早々に平らげてしまったので、脚はこびもより身軽であった。

みうは、そのまま長頼の住まいに逗留《とうりゅう》している。ふた間しかない侍長屋であるから、窮屈なことこのうえもないが、なにやら急に一家をかまえたような華やぎもあった。

ただ、みうがしゃべろうとせぬ。

もともと口数のおおい性質《たち》ではないが、それにしても度を越している。荒子に来てから、まだ「はい」と「いいえ」以外のことばを聞いたことがなかった。

もっとも、みうからしてみれば、ほかに知りびともないとはいえ、無理やり押しかけてしまった長頼へのすまなさと、おのれ自身を持てあましているのとで、なにを話してよいかわからぬのだろう。

いきおい供の中間に質すこととなる。例の顔色がわるい四十男で、与助《よすけ》という名であった。当のみうを前にあれこれ尋ねるのもはばかられるから、ちょっとした合間にぽつぽつ聞きだすかたちになる。

「殿の側女《そばめ》になりたいのか？」

ささやくと、与助は首をかしげる。「さて……」

「ちがうのか？」

「むろん、そうなれば御身《おんみ》のさいわい、これに過ぎるはござりますまい。が、そこまで考えてのこととも思われませぬ」

「…………」

「ただ荒子へ行くとの一点張りにて……」

父母もとうとう根負けし、与助を供に送りだしたのだという。

長頼は、なかば開いた襖ごしに隣の間へ視線をそそぐ。みうが粗末な夜具にくるまり、横になっていた。肩の線も、いくらか細くなったように見える。

——踏みこえたのだな。

ただ会いたかったのにちがいない、と長頼にはわかった。おのれが岡崎から御油をおもいながらも越えられなかった道を、みうはやってきた。あのとき長頼は、役目があるとか、それどころではないとかいう理由を胸のうちで並べたてた気がするが、詰まるところ、それは小心さの言いわけでしかなかったのだろう——。

長頼は漆器の露店を横目に胸もとへ手をのばした。懐の奥にある固い手ざわりをたしかめるように、しっかりとおさえる。みうが利家へわたした櫛の片われがそこにあるのだった。今川の本陣へ攻めよせる直前に利家から受けとり、以来そのままとなっている。おそらく、みうもいまだその半分をたずさえているのだろう。

あれこれ思いまどっているうちに、目指すところを通りすぎそうになっていた。長頼はあわてて足をもどす。おのれの住まいよりわずかばかり大きいが、なんの変哲もない侍長屋の一軒である。すこしあたりを見まわしてたしかめたが、書状で指示された家に相違なかった。

「ごめん候《そうら》え」

呼ばわると、内側からがたがたと音がして、じきに戸が開かれた。

出てきたのは、縹色《はなだいろ》の小袖をまとった若いおんなである。おまつさまと同じくらいの齢だろうが、やや小太りのからだつきであった。目はやさしげに細められ、ぷっくりした頬は、つまむとさぞ気もちよいだろうと思われる。

名乗るよりさきに、

「村井さまでござりますな」

心得顔でなかへ招じ入れられる。お着きでござりまする、と奥へ呼びかける声に親しさが滲みでていた。

――また女か……。

いささかうんざりした心地になった。隠れ家めいた場所を預かっているらしき相手である。ただの知りびとということがあるわけもない。

――いかにとはいえ、艶福《えんぷく》がすぎよう。

いまだけは家臣の身をわすれ、いくばくかの妬ましさをおさえきれぬ長頼である。まるい鼻がぴくぴくと膨らんだ。

利家は奥の間に端座し、なにやら書物をひもといていた。低頭した長頼がおもてをあげると、その顔を見て怪訝そうに首をかしげる。

「――なにか怒っておるのか？」

長頼ははっと我にかえり、あらためて頭をさげた。

「滅相もござりませぬ。早発ちでござりましたゆえ、いくらか疲れておるのやもしれませぬな……不調法なことで恐れ入りまする」

気を取りなおし、ことさら丁重にわびる。さきほどの女が白湯《さゆ》をはこんできたが、にこやかな会釈をのこしただけで下がっていった。

利家もいつもの鷹揚《おうよう》さでかさねて問うこともなく、

「さっそくじゃが」

と告げた。「じきに美濃の義龍《よしたつ》が死ぬ」

「……いよいよでござりますな」

居ずまいをあらため、膝をそろえなおした。

利家がふかくうなずく。長頼はあるじの貌にまなざしを据え、話のさきを待ちうけた。みうのことを伝えるべきか、という思案もあったが、どうも機をうしなった、とおのれに言いわけする。

美濃の国主・斎藤義龍は、信長の正室・帰蝶《きちよう》の兄にあたる。つまり義兄であるが、今川義元なきあとの次なる敵でもあった。先代である父・道三とは血のつながりがないとささやかれるほど仲が悪しく、ついには干戈《かんか》をまじえて敗死させた。桶狭間から四年まえのことである。そのおり道三が、娘婿である信長に美濃一国をゆずると遺言をのこしたという。

むろん、そのようなことは名分《めいぶん》にすぎぬ。土地も肥え、商いも盛んな隣国は、信長としてもぜひに我がものとしたいところだった。今川は義元の嫡子・氏真《うじざね》が継いだもののの、昔日のいきおいを失っている。背後を衝かれるおそれのない今こそ美濃攻めの好機であった。が、義龍はなかなかに油断のならぬ相手で、尾張との国ざかいもおこたりなく固めている。

その敵が病篤《あつ》いという。刻が近づいたということにほかならなかった。

「ひと月ともたぬそうじゃ」

「では……」

長頼は唾を呑んだ。喉の奥がごくりと鳴る。

武功をあげる機がおとずれたということでもある。

利家が帰参するには、それ相応の功が必要であった。桶狭間の折いくつもの首級をあげて不足はないはずだったが、元康とのつなぎも緒《ちょ》についたばかりゆえ、時期尚早として見送られたのだろう。

であれば、織田・松平同盟もかたちを取りつつある今、もうよいではないかと長頼はおもうのだが、それは浅慮《せんりょ》であるとたしなめられた。ちょうど岡崎へ発つまえのことである。

「お館さまのそば近く仕えておった拾阿弥は、今川の間者でございましたと皆に触れあるくのか？」

呆れたような表情で利家はいった。

「いや、それは……」

言われてみればそのとおりで、主君の身辺にはべる同朋衆が間者であったなど、おおやけにできるはずもない。明るみに出せば、家中にいらざる動揺が起こることとなろう。ここはだれもが納得する功をたて、公明正大に帰参するしかないのだった。

――なにやら、わが殿ばかりけわしい道を強いられておる気がするが。

釈然としない長頼ではあるが、当の利家が受けいれているのだから従うよりない。

ひと息ついて白湯をすすったところで、表戸のひらく音がした。

目をむける間もなく、やけに小がらな影が長頼たちのあいだへ割りこんでいる。

「あっ」

とっさに声をあげたのは、相手におぼえがあったからである。中島砦で出会った足軽にちがいない。やたらとなれなれしい男で、たしか藤吉郎とか呼ばれていたはずだった。

「おぼえていてくだされたか……うれしゅうござりまするぞ」

あいかわらずの人なつこさで、歯を剝き出しにして笑顔を向けてくる。

「おまえさま、すすぎもせずに……」

ぷっくりとした頰の女が雑巾をもって駆けより、藤吉郎の足うらをふいた。うひゃあ、とくすぐったそうな声があがる。どこかしら見せつけるようでもあった。

——おまえさま……？

してみると、ふくよかな顔をしたこの女は藤吉郎の女房ということになろう。ほっとしたようでもあり、よけい面白くないようでもある、なんとも言いがたい心もちだった。

「もう引きあわせはおすみですかな……わが女房のねねでござる」

女の肩へ手をのばし、抱きよせるようにして長頼に告げる。ねねは恥ずかしがるでもなく、さらりと夫の手をはずし、愛想よく一礼すると、そのまま土間のほうへもどっていった。

利家がおかしくてならぬというふうに破顔し、揶揄《やゆ》するような口調でいう。

「うれしくてたまらぬのよ、もろうたばかりの女房ゆえな」

いやいやさようなことは、などと返しながら、赧《あか》らんだ顔を両手でなでまわしている。どうやら本気で照れているらしかった。

「——さて」

言いざま利家が立ちあがった。長頼がとまどいながら見あげていると、

「わしはいったん荒子へもどる」

すずしい顔で言い放つ。

「は……」呆けたような声が喉から転がりでた。

「そなたはしばらくここで厄介になり、いよいよとなれば、ただちにわしへ知らせるのじゃ」

――ここでか。

うかがうように藤吉郎の顔へ目をやると、おまかせあれ、というふうに力づようなずきかえされた。

正直なところをいえば、日中ねねとふたりというのは気づまりだし、帰宅した藤吉郎の浮かれぶりを見せつけられるのも業腹《ごうはら》である。さはいえ主命でもあり、たしかにいまの利家主従には必要な役目でもあった。

「かしこまってござりまする」

長頼はふかぶかと腰を折った。

「うむ」

そのまま身支度にかかろうとした利家だが、

「まあ、そう急《せ》かずとも、かるく腹ごしらえなどしてから発たれては」

藤吉郎がひきとめると、

「さようか――では、馳走になろう」

あっさりと腰をおろした。

「粗末なものしかございませぬが……」

もともと用意をととのえていたらしく、ほどなくねねが膳をはこんでくる。たしかに麦飯と大根汁だけの質素な食事だったが、せまい室内がにわかにかぐわしい匂いで満たされた。

「うまい」

箸をつけた途端、長頼はつぶやいた。世辞ではなく、味噌の塩加減が絶妙である。大根の歯ざわりも、かたすぎずやわらかすぎず、口中で麦飯と混ぜあわさるとほのかな甘みさえ感じられ、いくらでも入りそうであった。ながく歩いて空腹をおぼえてもいたところだから、夢中で食べつづける。

「……なにか?」

ふと気がつくと、ねねもふくめて一座の視線がおのれにあつまっている。訝《いぶか》しくおもい、あるじにうかがいをたてるような眼差しを向けた。こたえるかわりに、利家はあかるい笑い声をあげる。

「いや、よい食べっぷりじゃと、感心して見ておったのでござるよ」

藤吉郎がいって、びっくりするほど大きな声で笑った。

「まこと、こしらえがいがござりまする」

ねねも、もともとのえびす顔をさらにほころばせる。

にわかに恥ずかしくなり、そこから先はいそいでかきこみ食べおえた。

ねねが淹《い》れてくれた麦湯をすすっていると、

「いかがでござる、女房というはよいものにござりましょう」

藤吉郎がいきなり言いだした。なんとこたえたものか迷っていると、

「村井さまは、まだおひとりでござろう。ねねの妹があと何年かすれば熟《う》れごろとなりまするぞ。……あ、ちなみにそれがしにも妹がござりましてな」

真顔でにじりよってくる。いよいよ困惑したが、

「まあ、そのへんでよかろう」

利家が助け舟を出してくれた。ねねは平然と聞きながして膳の片づけをはじめている。夫の言うことにいちいち取りあわない、という呼吸ができているらしかった。そのはたらきぶりを見ていると、どうしてもみうのことを思いだしてしまう。

――だれかが待っておるというは、よいものであろうな。

じっさい、夫婦《めおと》でも許嫁《いいなずけ》でもないが、いま荒子の長屋にはみうが残っているのである。それだけで、どこかしら気もちの張りになった。とはいえ、おのれがもどるまで待つよう言いふくめてはいるが、長引けばどうなるか分からぬ。それをおもえば、すこしもはやく武功をあげて凱旋したかった。

――さっさといくさがはじまらぬものか。

不謹慎とは知りながら、そうした思いが湧きだすのをとどめられぬ長頼であった。

四

塵ほどの大きさにしか見えなかった黒いつぶが霧雨を押し分けるように近づき、人馬のすがたをあらわす。愛用の朱槍を手にした利家であった。まとっているのは見おぼえのある緋縅の具足だが、いつのまに手に入れたのか、はじめてみる鹿角《しかづの》の兜をかむっている。いかにももと傾奇者らしい派手やかさで、遠くからでもひときわ目についた。あるじのいでたちには馴れたはずの長頼でさえ、つかのま視線をうばわれてしまう。

ひるがえっておのれを顧みれば、騎乗でこそあるものの、使いふるしの桶側胴《おけがわどう》と錣兜《しころかぶと》で、いささかみすぼらしい。かたわらに馬首をならべる藤吉郎がいそぎ調達してくれたものであった。斎藤義龍の病死につづき、すぐの出陣と触れがあり、荒子へ走ろうとした長頼だったが、

「それには及びませぬ」

藤吉郎がひきとめた。配下の者を使いにやり、間に合わせながらいくさ支度をととのえてくれたのである。聞けば、端からそういう手筈になっていたという。

「なれば──」

おのれが清洲に逗留することもなかったではないか、と言いかけてやめた。

元康へ使いさせたのもおなじ意図だろうが、殿はわしと秀吉《ひでよし》をつなげたかったのだ、と気づいたのである。

木下《きのした》秀吉、が藤吉郎のあらたな名のりであることは、利家が荒子へ発ってから知った。まだ足軽とばかり思いこんでいたが、十人ばかりの小勢とはいえ配下をもつ侍になったという。いまだ浪々の身である前田主従とは、立場が逆転したといえなくもなかった。秀吉もねねも、立身を鼻にかけるそぶりなどかけらも見せぬが、長頼のほうで焦りをおぼえてしまう。

──こたびこそ、帰参していただかねば。

そして、はれやかに荒子へ、つまりはみうの元へもどりたい、とこれまで以上に気もちがたかぶるのであった。

おりよく小休止の号令がかかり、隊列はゆっくりと進度をおとした。長頼たちを見つけた利家が馬をとばし、軍勢に合流する。

「報せ、かたじけない」

馬首をよせ、秀吉にかるく礼をする。兜の角がひゅっと大気を切り、かすかに雨のしずくが跳んだ。

「なんの——奥方とは存分に睦《むつ》まれまいたか」

秀吉はおどけた口調でいうと、おおきな声で笑った。いくさ場での猥談は厄を払うともいわれる。そうと知りつつも、おまつさまの風姿がなまなましく浮かんでしまうだけに、長頼はつい顔をしかめてしまった。

「まあな」利家がさらりと応える。「年明けには子が生まれよう」

虚をつかれ、長頼の表情はしかめたままで固まってしまう。秀吉も毒気をぬかれた体で、口を半びらきにしたまま手綱を握りなおした。

「ほ、それはまた……」

口の立つこの男にしてはめずらしく、切りかえしに困っているようすである。利家はしてやったりというふうに笑い、

「おなごの戯《ざ》れ言よ」唖然としているふたりをおかしそうに見やった。「なんでも月にいちど、下腹がきゅっと痛む日があるそうでな。幸のときも、その日に孕《はら》みましたゆえと申しおる」

「いや、孕む日がわかるとは、たのもしい奥方じゃ。うらやましいかぎりにて」秀吉がいつもの調子にもどって破顔する。「男子なれば、なお目出とうござりますのう」

「いかさま、な」

利家の心もちはすでにその話柄にないらしく、行く手を見据えて唇を引きしめてい

る。その横顔を見つめながら、長頼は胸中のみだれを抑えかねていた。

——孕む日がわかる。

とは、まことであろうか。女子のからだのしくみなど知るわけもないが、なかにはそのような者もおるやもしれぬ、とおもう。なによりまず、かるがるしく空言《そらごと》をいうおまつさまではなかった。じっさいに孕む孕まないはべつとして、ある程度、根のある話なのだという気がする。

むしろ長頼の胸を刺したのは、おまつさまがそれを口にした、ということのほうである。ふつうに考えれば、子を宿したとわかってから告げればよいはずだった。

——言わねばならぬわけがあったのだ。

目をふせ、おのれの籠手をうちまもる。降っているのを忘れるくらいの細い雨だが、いつのまにか滴がしたたるほどに具足ぜんたいが濡れていた。

わけとは、むろん、みうであろう。

長頼の住まいへ転がりこんだ女子にただならぬものを感じたおまつさまが、からだを張ってたちふさがったのだ、という気がしてならぬ。まさかに、奥方のほうから閨をもとめたとも考えにくいが、

「いまは、なりませぬ」

おおきな瞳に懸命な色をたたえ、両手をひろげて通せんぼしている姿が見えるよう

だった。

　正室の懐妊中に妾《めかけ》をもつことはめずらしくもないが、すくなくとも、いまの利家はそれをすまい。幸をやどしていたあいだ、それとなくまつを気づかっていたことも長頼は知っている。まして、ようやく荒子での暮らしがはじまったところであった。孕んだかもしれぬというだけで、じゅうぶんな枷《かせ》となろう。艶福なだけあって、そういう機微には通じたあるじなのである。

　あさい吐息がこぼれでた。奥方の振る舞いをしたたかとは思えぬ。まつにはまつで、どうしても守りたいものがあるのだろう。

　――それとしても、不愍じゃな。

　みうのことである。所詮、はいりこむ隙などなかったのだ。われながら馬鹿だとおもうが、痩せほそったおんなの肩をもろ手でさすってやりたくなる。

　みじかい休息がおわり、織田の隊列はふたたび進軍をはじめた。長頼たちが位置しているのは末も末、しんがりに近いところゆえ、総大将信長や重臣たちの姿は雨にまぎれて影すらうかがえない。

　飛騨川《ひだがわ》ぞいの森部《もりべ》とよばれる低地に差しかかったころには、すでに日は傾き、尖った風が夏草の原をそよがせている。雨つぶが目庇《まびさし》の下に吹きつけ、梅雨どきとも思えぬ寒さが急速にあたりへ落ちてきた。おぼえず背筋がふるえる。

長頼は槍を小脇にかかえ、息を吹きかけながら掌をすりあわせた。当面の攻撃目標である墨俣《すのまた》まではほどもないが、すでに日暮れもちかい。あるいはこの辺で野営の令がくだされるやもしれぬ。

――あたたかい汁にでも、ありつきたいのう。

秀吉の住まいで日々馳走になっていた味噌汁の香ばしさが、むしょうに懐かしい。胸のうちまで寒々しく、こごえるようだった。とつぜん空腹をおぼえ、呼吸がみだれる。長頼は籠手であらあらしく額のあたりをこすった。

その途端、隊列の前方が騒然となり、荒波のような喚声がうねってくる。

――来たか。

われにかえり、槍をもつ手へ力をこめた。すぐ前をすすむ利家の背が、にわかに大きくなったように思える。あるじもまた、あらためて闘志をみなぎらせたのだろう。

――とにかく、美濃のやつばらを蹴散らし、みうのもとへ帰るのじゃ。

すべてはそれからだと、長頼はおのれへ言い聞かせた。

周囲の兵が、雄叫《おたけ》びをあげて敵へ殺到する。長頼たちもいきおいに呑まれるまま、ひたすら馬速をあげた。跳ねあがった泥が顔にまで降りかかってくる。長頼は懸命に瞼をひらき、まえを見据えた。

ひと脚ごとに喚き声や刀槍のひびきが近づいてくる。魚の群れが渦の只中へ吸いこまれてゆくようだった。

はやくも斎藤家の旗指物が目に飛びこんできた。とおもった刹那《せつな》、右耳をかすめるように槍が飛来し、とっさによけたものの、おおきく体勢がくずれた。

気づいたときには、腰をしたたか打ち、視点が極端に低くなっている。泥撥ねの散った馬腹と、鐙《あぶみ》にかかる誰かの武者草鞋が眼前にせまっていた。

――落ちた。

あわてて立ちあがり、おのれの馬を懸命にさがしたが、溢れでる濁流に押しながされたごとく、影すらうかがえない。

なすすべもなく立ちすくんだ。

利家や秀吉ともはぐれている。あれほど目立つ鹿角の兜や朱柄の槍が、どこを見まわしても目に入らなかった。

呆然としているうちにも、人馬の群れが容赦なく打ち寄せてくる。なにかに引っかかって槍が動かなくなり、あらがっているうちに手から捥《も》ぎはなされていった。

全身がとめどなく震えだす。せめて大刀を引きぬこうとするが、身動きもままならなかった。空手のまま、ただ流されてゆく。いま槍のひと突きでも喰らえば、ふせぐ間もなく絶命するであろう。体中が濡れているのに、口のなかだけはひりひりと渇いていた。

みうのおもかげが脳裡をかすめる。功名は次でよい、とにかく生きて荒子へ帰るのだと、幻へすがるように念じつづけていた。

いきなり伸びてきた槍が、隣にいた足軽を突きとおす。喉のあたりを貫かれた男は、呻き声をたてる間もなく泥濘《ぬかるみ》のなかへ倒れこんだ。とっさに視線をとばすと、長い柄のむこうにはげしく息を喘《あえ》がせる敵の姿が立ちはだかっていた。おのれと同じほどの齢かと思われる雑兵だったが、まだ髭もはやさぬ顔を汗と泥でよごし、目を血走らせている。長頼はおもわず後じさったが、三歩もさがらぬうち兵の奔流に堰《せ》きとめられてしまう。呑みくだす唾さえ湧いてこなかった。わかい雑兵が、こちらを睨み据えてひとあし踏みだす。

――もう退がれぬ。

叫びだしそうになった瞬間、背後から肩をつかまれた。

子兎のごとく身をすくめ、振りむいた長頼の貌に、こまかい雨粒が吹きつけてくる。真っ白にけむった帳《とばり》を突き破るようにして、やけにおおきな拳が差しだされた。相手もたしかめぬまま夢中でつかむと、おどろくほどのいきおいで引っ張られる。

「ようござった……肝を冷やしましたぞ」

大力のぬしは、意外にも秀吉であった。矮小なからだのどこからと、信じがたいような力で長頼を馬上へ引きあげ、おのれの後ろにまたがらせる。

「と、殿は――」

楽にふたりが乗れるような馬体ではなく、目のまえの腰へしがみつくかたちになった。秀吉はくすぐったそうに身をよじると、五間ほどさきを指さす。

「あれに」

飛騨川にそった土手のすぐ下にあるじの姿があった。馬上で槍をかまえ、侍大将とおぼしき敵と対峙している。対手は利家よりいくらか齢上と見える武者で、おなじような緋縅の具足に鯰形《なまずなり》の変り兜をかむっていた。槍はあるじのものより半間は長い。すでに何合か打ちあっているらしく、双方とも肩を荒々しく上下させていた。

「ひとかどの武者と見た。名のり候え」隙を誘いだす意図もあるのか、敵将が野太い声をあげる。「かく申すそれがしこそ、頸取《くびと》り足立《あだち》なり」

周囲にどよめきがおこった。長頼もその名にはおぼえがある。斎藤家でも知られた猛者《もさ》で、足立六兵衛《ろくべえ》というものだろう。

利家は朱槍の穂先を対手へ向けたまま、口をひらこうとせぬ。焦れたようすで、足立が唸り声をあびせた。「名のれっ」

「――前田又左衛門利家」

じつに不機嫌な口調で利家がこたえた。おのれは派手やかな装いをこらしているくせに、大仰な名のりをあげる武者が嫌いなのである。

――わざわざ挑発じみた振る舞いをなさらずとも……。

長頼があたまを抱えるよりさきに足立が喚《おめ》き、するどく槍を繰りだして利家の喉をねらった。が、それよりはやくあるじの長槍が閃き、突きかかる穂先を払いのけている。わずかに構えのみだれた足立の脇へ渾身の一撃を叩きこんだ。

が、さすがの槍さばきで足立がそれを防ぐ。見まもる長頼は生きた心地もせぬ。

足立は柄を持ちなおすと、熊のごとき唸りをあげて打ちかかってきた。槍と槍が目まぐるしく交叉し、二度三度と甲高い金属音がとどろく。

するうち、足立の身ごなしにかすかな疲労がまじった。重い突きをどうにかはらい、一瞬うごきのとまった兜へ、利家が横ざまに柄を打ちつける。おおきく体勢をくずしたところへ、ひるがえした槍先でついに喉輪を突きとおした。足立は吸いこまれるように馬から落ちる。鯰兜が軍兵の濁流に呑まれ、あっという間に見えなくなった。

周囲にいた美濃勢がいちどきにひるんだ。かわりに織田の軍兵が喚声をあげ、力づよく進軍を開始する。混沌をきわめていたいくさ場に、ひとつの流れが生じたようだった。振りおとされぬよう、長頼はしがみついた腕を組みなおす。秀吉が、もう一度くすぐったそうな声をあげた。

美濃勢を駆逐したあとは、野におびただしい屍が横たわっていた。あちこちで織田方のあげる勝鬨《かちどき》が、暮れはじめた空をどよもす。いつのまにか、雨もほぼやんでいた。

秀吉とわかれた長頼は、あるじをもとめていくさ場をさまよい歩いていた。追撃戦にまぎれ、ふたたび見失ってしまったのである。小休止している隊列のあいだを縫い、長身の影を追って足をすすめた。

耳鳴りがするほど動悸がはげしい。爪先がいくたびもふらつき、とうとう叢《くさむら》のうえに腰をついてしまった。肩をあえがせて目をおとすと、泥だまりへ沈みこんだ指さきに蟷螂《かまきり》がまつわり、緑色の肢体をじっと憩《いこ》わせている。

「ほれ、あそこに」

いつのまにか追いついてきた秀吉が、背後から大声で呼びかけた。顔をあげると十間ほどむこうの草原に、藍色の大気へ溶けこむようにして利家のうしろ姿がたたずんでいる。まわりには人馬の影もうかがえず、屍すらない。凱歌のにぎわいから一人はなれ、なぜかひどく寂しげに見えた。

立ちあがろうとした長頼のかたわらを、とつぜん風のごときものが吹きぬけていく。

おもわずそちらへ顔をむけた。数人の武士が通りすぎたらしい。

先頭へ立つ人物に目をとめ、長頼は息を詰めた。暮れなずむ野にありながら埋もれようのない威圧感が、赤い陣羽織の背から放たれている。

「お館さまじゃ――」

秀吉に教えられるまでもない、織田上総介信長に相違なかった。柴田勝家や丹羽長《にわなが》秀《ひで》といった重臣たちを引きつれている。柴田が手にする鯰形の兜首におぼえがあった。足立六兵衛のものにまぎれもない。おそらく、あるじが柴田を通じて届け出たのだろう。

信長はおどろくほどの速さで利家に近づいていく。といって、いそいでいる様子はないから、つねにそういう歩きかたをするのだろう。柴田ら供の者たちは、ほとんど走らんばかりになってつづいていた。長頼も引き寄せられるようにして立ちあがる。

気づいた利家はひざまずき、主君を待ちうけていた。

信長は、そのかたわらで足をとめ、じっと鹿角の兜を見おろしている。重臣たちは、おそるおそるといった体で距離をおき、うかがうように立ちすくんでいた。

長頼は息を喘がせながら近づき、さらに離れたところで止まる。そばに行きたいと思っても、それ以上、足が動かぬ。冷えた空気を一度に吸ったせいか、喉がひゅっと鳴った。

「――許す」

甲高い信長の声が耳朶をそよがせる。夕日の照り返しにそまった細い影が身をかがめ、利家の肩にそっと手をおいた。

それもほんの一瞬で、瞳を凝らしたときには、すでに赤い陣羽織が来た道をもどりはじめている。蹴散らすようないきおいで長頼のそばを通りすぎた。平伏する間もないほどの速さである。気づかないのか関心がないのか、こちらには一瞥《いちべつ》も投げかけない。柴田らがおもい足どりを奮いたたせるようにして、主君のあとを追った。

「……かたじけなく、うけたまわりまするっ」

利家の叫びが聞こえたときには、信長たちの姿は宵闇にまぎれ見えなくなっている。

ようやくいましめが解けたようになり、からだが動きだす。長頼は飛び跳ねんばかりにして、あるじに駆けよっていった。

ことばが足りぬところはあいかわらずだが、信長の言は利家の帰参を許可するものにちがいない。

「殿っ、おめでとうござりまする」

腹の底から喜びの声をあふれさせる。

利家が伏せていた面をあげた、とおもう間に、長頼は胴にはげしい衝撃を感じ、仰向けに倒れこんでいた。後頭部をしたたか地にうちつけ、つかのま目がくらむ。

どうにか顔だけ起こし、あるじを見あげた。

利家は、朱柄の槍を逆さにかまえたまま、滾《たぎ》るような憤怒をたたえた瞳で長頼を見おろしている。どうやら石突《いしづき》でしたたか胴を打たれたらしい。その部分がくすぶるような熱をもって疼いていた。

「と、殿?」

「――目出とうないっ」

利家がけだもののごとき声で吠えた。長頼は呆然となって、からだを起こすこともできない。やがて全身が小刻みに震えはじめた。

なにがおきたのか分からぬ。利家がこれほどの怒りをあらわしたのは、はじめてのことであった。敵にむかってこそ鬼神のごとき槍さばきを見せるが、たいていは機嫌のよいたちで、感情にまかせて周囲のものを打擲《ちょうちゃく》するような振る舞いからはもっとも遠いはずである。

「ま、前田さま。なにゆえのお怒りで――」

駆けつけた秀吉が、まとわりつくようにして利家をなだめにかかる。この男もふだんの飄々とした態度は消しとび、まるっきり度をうしなっていた。

「どけっ」

かるがると振りはらわれた矮軀《わいく》が、きゃっというような声をあげて尻もちをつく。

ばしゃっと泥のしぶきがあがり、あたまから秀吉にふりかかった。

「うぬは――」利家が長頼を見すえて叫んだ。「死にとうないと思うたであろう」

長頼は絶句した。打たれた胴がびくびくと痛む。

おのれの怯懦《きょうだ》をかくそうとしたつもりはない。いや、そんな余裕すらなかった。落馬して利家たちを見失い、ただ逃げまどっているうちに戦がおわってしまったのである。

だが、あの乱戦のなか、あるじはそんな自分をしかと見ていたらしい。そう気づくと、いたたまれぬほどの羞恥心が衝きあげてきた。

長頼は重いからだを引きずり、這いつくばるようにして平伏する。胴の疼きに声をあげそうになったが、もっともっと痛んでくれ、と願った。

「……おゆるしなされてくださりませ」ようやくしぼりだした言葉は、親にしかられた童のようにふるえていた。「死にまする――つぎこそは死にまするゆえ」

「ちがうっ」

利家の絶叫が野に散る。その声は、怒りのなかにもどこか寂しさをふくんでいるように聞こえた。

「生きたい死にたいなど二の次」いつしか利家の言葉もふるえをおびている。「ただ目のまえの敵を斃《たお》せ――それだけを考えよっ」

言い放つと、あるじは貌をふせ押し黙ってしまう。長頼も平伏したまま、黒くしめった大地を喰い入るように見つめていた。草と土のまじったにおいが、やけにつよく鼻腔《びこう》を突く。

どれほど刻がたったか、やがて利家の武者草鞋がゆっくりと動いた。泥濘を踏みならして歩きはじめる。

「……とうに分かっておると思うていた」

擦れちがいざま投げかけられた声は、ひろがりはじめた宵闇のように暗く、おもい。長頼は振りむくこともできぬまま、ただ遠ざかる足音を聞いていた。

五

頭ががくんと落ちて、われにかえった。いつのまにか、座りこんだまま眠っていたらしい。まだぼんやりする頭をかるくふりながら、まなざしをあげる。背をもたせた多宝塔の甍《いらか》ごしに鱗雲《うろこぐも》のただよう夕空がうかがえた。

――帰ってはきたが……。

荒子城のそばにある観音寺《かんのんじ》の境内《けいだい》である。長頼自身、幼いころからたびたび遊んだなじみの場所でもあった。いくさの都度、ここへ戻ればほっとするのが常であったが、こたびばかりはこの先どうしたものか考えもつかぬ。そこに思いおよぶと唇《くち》もとがゆがみ、わななきそうになる。

森部の地で勝ちをおさめた織田軍はそのまま墨俣にすすんだが、美濃勢の反撃もはやかった。十日ののち、十四条《じゅうしじょう》で手痛い敗北を喫した信長勢は、つづいて西軽海《にしかるみ》でどうにか逆襲に成功したものの、それ以上、敵領にとどまる余力はなく、すばやく尾張へ引き上げたのである。

その間、あるじ利家は必要な指示のほか、いっさい口をひらかぬ。秀吉が滑稽なほどしょげた表情で、

「しばらく清洲のわが家におとどまりあれ。前田さまにはそれがしからお願い申しあげるゆえ。……な、そうなされ」

しきりにすすめてくれたが、それはそれでこころ憂《う》くおもわれ断った。主従して無言のまま荒子まで戻ってきたのである。あるじが居館のなかへ入るのを見届け、長屋にも帰らずさ迷い出た。

雨の気配はないが、うんざりするほどなまぬるい宵である。長頼は首すじに滲んだ汗を拳でぬぐい、おもい息をついた。

――生きたい死にたいなど二の次、か。

あるじの叱責が脳裡によみがえる。

もっとも、そうした心がまえでいくさ場にのぞめるのは、ひとにぎりのつわものだけであろう。あらかたは、ただ勢いに押され、むやみと物具を振りまわしているにすぎぬ。

とはいえ、長頼とてひとにぎりを目指すものではある。あるじの怒りを理不尽とは思えなかった。

むしろ、いまおもく胸をしずませているのは、おのれが利家を失望させたということのほうである。森部のいくさ場にたたずむあるじの長身からは、功をたてた晴れがましさを塗りつぶすほどの、ふかい寂寥感が漂っていた。

――せっかくの帰参に水をさしてしもうた……。

主従ふたり、馬鹿のようになって喜びたかった。長頼もまた、その日を夢みて励んできたのである。それをおもえば、いくら悔やんでも足りなかった。

身につけた鎧がひどくおもたく感じられる。兜はとうにはずしていたが、こんどは肩口に指を伸ばした。かたくむすばれた高紐をほどくだけで疲れ、半端に具足が脱げた状態で面をふせる。

――これから、どうすればよいのか。

長頼はそのまま瞼を閉じた。しばらくそうしていると、さきほどまで気づかなかった河鹿《かじか》の啼き声や、かすかにそよぐ松の葉ずれがたしかな響きとなって耳の奥を通りすぎていく。するうち、ふと胸をよぎる思いがあった。

その考えをたしかめるように、呼吸をととのえる。さまざまな音がつらなり、幾重にもかさなりあう流れとなって周囲に満ちていた。その流れへあわせるようにして息をつないでゆく。川に身をうかべ、はこばれているごとき心地だった。そのまま行き先を見極めるように目をひらくと、腰のものに手をのばす。すらりと小刀を抜き、頸すじのあたりへ当てたところで動きがとまった。

ゆっくり顔をあげると、目のまえに小袖すがたの女がたたずんでいる。息をはずませ、あおじろい頰をこわばらせていた。

「――みう……殿？」

呼びかけてから、この女の名を口にするのは初めてだったと気づく。林家に寄宿していたときでさえ、それはなかったのである。「なにゆえここに――」

「お城へ鎧武者が入られたとうかがい、あるいは、と……」

みうが面を伏せた。利家がいくさに出たということは城下へも知れているだろうから、ずっと身を案じていたのだろう。城へ押しかけ問うわけにもいかぬから、長頼を探しだしてたしかめるしかない。

こちらへ向ける面ざしがひどく緊張して見える。長頼はなだめるように笑うと、ひといきに発した。

「殿はご無事じゃ——帰参もかのうた」

みじかく告げてから、かまえたままの小刀を握りなおす。安堵の色をうかべたみうが、ふたたび身をすくませる。

長頼はおもわず苦笑した。鎧の前をはだけ、頸すじに小刀をあてがっている。しかも寺の境内だった。たしかに、なんと見られても仕方のない図ではある。

「ご案じめさるな」

言い捨て、ひといきに小刀を引いた。ひとつかみの髭がばさりと落ちる。みうは呆然とした表情で立ちつくしていた。

——強う見えましょう。

そう嘯《うそぶ》いたおのれにおまつさまが向けた、いぶかしげな面もちが頭をよぎる。

——つよく見えるがだいじか、とお思いになったのだ。

長頼はのこった髭を丹念に剃りつづける。なんども肌を切り、血がにじんだが、手はとめなかった。みうは無言のまま、じっと長頼を見まもっている。その頰に、すこしずつ血の色がもどってきた。

どれぐらい刻がたったか、剃りおえた長頼を見て、みうがはじめて顔をほころばせた。

「お若うみえまする」

「――もとより青二才でござれば」

こたえながら、長頼は気づいていた。心中にのしかかっていた雲のおもさが、わずかながらやわらいでいる。

目のまえに立つみうの面ざしをそっと見やる。めずらしく浮かべた笑みのおかげで、平凡だったはずの貌だちがつねよりもうつくしく見えた。

この女がいれば明日もまた戦える、と長頼はおもった。それを逃げ場にしてしまったのは、おのれ自身のもろさであったろう。

そっと懐へ手をのばす。みうが利家にわたした櫛の半ばがそこにおさまっている。みうもまた、その片割れを身につけているにちがいなかった。

――いつか、わし自身の櫛として合わされる日がくるであろうか。

気がつくと、胸に手を当てたまま黙りこんだ長頼を、みうがふしぎそうなまなざしで見つめていた。

面映《おもはゆ》くなり、わずかに顔をあげる。暗くなった空からひとひらの月光が降りかかり、長頼の目に飛びこんできた。

弐之帖

好かぬやつ

一

だれにでも、気にくわぬ相手というものがある。

村井長頼《ながより》にとって、それは奥村助右衛門家福《おくむらすけえもんいえとみ》ということになろう。ふたつ齢上にすぎぬが、あるじ利家《としいえ》の兄・利久《としひさ》につかえる筆頭家老である。

そこも何とはなし気に入らぬ。ほかにも、おのれより上背《うわぜい》があるとか、細面で秀麗といっていい貌立ちをしているとか、癇《かん》にさわるところを挙げればきりがない。

物言いが尊大である、ということもおおきい。控えの間で、あるじに借りた「孫《そん》子《し》」を読んでいるところへ通りがかり、じろじろ覗きこんだあげく、

「――真名《まな》が読めたとは知らなんだ」

言い捨てられたときは、さすがに刀へ手がのびた。が、居候の身でもあるし、ここ

で遺恨をふくんではならぬとみずからに言いきかせた。

しかし、結局はむりであった。心もちが抜き差しならなくなったのは、あるじが帰参かなった森部のいくさの直後である。

すっぱり髭を剃りおとし荒子の城へのぼった長頼を見て、助右衛門が嗤《わら》った。これではっきり、

——好かぬ。

ということになった。もののふにとって、わらわれるということは何より見すごしにできぬものなのである。

とはいえ、ようは相性であろう。あるじ利家とて髭のない長頼を見てわらったのはおなじであった。

もっとも、

——わらい方がちがう。

と長頼は思っている。

助右衛門は、

「鼻で嗤う」

とはこういうことであったか、とまざまざ見せつけるようにわらった。じっさい、鼻息さえ浴びせられた気がする。

いっぽう利家は、長頼の貌を見るや、ほんの一瞬まなざしに驚きの色をうかべたものの、すぐに、くすっという笑いをもらし、

「痛そうじゃの」

とみずからの顎をなでた。長頼が小刀などで剃るものだから、あちこち傷だらけだったのである。

「……恐れ入りましてござりまする」

ほとんど這いつくばるようにして平伏したが、森部での失態については一切ことばがなかった。

まさかに髭を剃ったくらいで赦《ゆる》されたとも思えぬが、あるじがどういうつもりでいるのか、まるでわからぬ。むろん、質すことなどできようはずもない。

ともあれ、

——わが心もちをお汲《く》みくださった。

と受けとめることにした。いわば、生まれなおすほどの覚悟を据えたつもりなのである。それが通じた、と思えるのは、やはりうれしいことにちがいなかった。

——それにひきかえ、かの者の憎さげなることよ。

ということになる。もともと長頼は、ごくみじかい間ながら荒子への出仕が奉公はじめである。助右衛門ともかねてから面識があった。なにもわからぬまま夢中で日を

過ごすうち利家に仕えることとなり、清洲へうつったのである。そのころの印象はほとんどないが、前田家譜代の家柄である助右衛門はすでに家老見習いのような立場であった。軽輩の長頼とろくに接点はなく、好きも嫌いもなかった気がする。

つまり、長頼の助右衛門ぎらいは、桶狭間ののち荒子へもどってからということになる。

だが、もうそんなことはどうでもよい。

はれて帰参もかない、ふたたび清洲へ居をうつすこととなった。助右衛門と顔をあわせることもぐっと少なくなるであろう。

明日は荒子を発つというまえの晩、あるじ一家と長頼は、うちそろって城主・利久のもとへ伺候《しこう》した。荷の支度に時をとられたため、なまぬるい闇のひろがる頃おいとなってしまっている。まだおさない幸などは、廊下をあゆみながらいくども欠伸《あくび》をもらしていた。おまつさまもさすがに疲れたとみえ、めずらしく表情から快闊《かいかつ》さが消えている。

広間で待ちもうけていたのは、利久と妻のかね、娘のよしであった。それともうひとり、

――こやつか。

奥村助右衛門がひかえている。が、こちらとて長頼がしたがっているのだから、な

んのふしぎもない。舌打ちしそうになったが、すんでのところでこらえた。

「ながらくご厄介になり、お礼の申しようもございませぬ」

たがいに一列となって向かいあい、まずは利家が丁重にあいさつを述べる。それにあわせて長頼たちもふかぶかと一礼した。ぼんやりしていた幸の辞儀がおくれ、まつに突つかれて急いであたまを下げる。

円座《えんざ》に腰をおろした利久が、微笑みながらうんうんとうなずいた。利家とは十歳以上離れているものの、よく見ると意外に似ている。背もたかく、切れ長の目におだやかな光がたたえられていた。

――だが、肉がつきすぎている。

野駆けも弓の鍛錬もおこたっているのだろう。恰幅《かっぷく》がいいというよりは、あきらかに肥えていた。長頼が仕えていたころはそうでもなかったが、いまの利久は武門のにおいから遠くへだたっている。武功をあげたという話も絶えて聞かぬ。

それでも、好人物であることにちがいはない。桶狭間のあと利家を受けいれ、いちはやく清洲からまつや幸を呼びよせてくれたのも利久なのであった。いまも弟の帰参をよろこんでいる気もちがかざりなく伝わってくる。ひとり娘のよしも、年ごろの女にしては痩せぎみな面へ笑みをうかべ、ことほいでくれていた。

――ひるがえって、この面《つら》つきはなんであろう。

利久が妻かねのことである。笑顔ひとつつくるでなく、沈鬱とも不機嫌ともとれる表情をたたえて押し黙っている。いっぽう、長頼の正面に坐す助右衛門は、ふだんとおなじ小面憎《こづらにく》い無表情をきめこんでおり、さっぱり心もちがよめぬ。

「姉上さまにも、たんと、たんとお世話になりまして……」

まつが、嫂《あによめ》のほうへ笑顔をむけた。かねはわずかに頭をさげたものの、娘に輪をかけて痩せぎすな顔をほころばせるでもなく、むっつりしたままである。

やがて酒肴《しゅこう》がはこばれ、ささやかな宴となった。幸は母の膝にうつ伏し、はやくも眠りこけようとしている。あわてて起こそうとしたまつを、

「よいよい」

利久が鷹揚にとどめた。

長頼も利家もほどほどに盃を干していたが、ふと気づくと、助右衛門の頬がすでに赤く染まっている。さして呑んではいないはずであった。

──や、彼奴《きゃつ》いけぬ口であったか。

なにとはなし愉快な気分になる。とはいえ、色白な助右衛門は酔った風情もどことなくさまになっており、それはそれで面白からざるところがあった。ともあれ、ここぞとばかり、見せつけるように盃を口へはこぶ。

「まつ殿も召し上がられませ」

やけに尖《とが》ったかねの声が上座からこぼれてくる。つられて目をやると、膝で臥《ふ》す幸の肩に手をそえ、おまつさまが困ったような表情をうかべていた。言われてみれば、膳の上の盃は最初にそそがれたまま、いささかも嵩《かさ》がかわらぬように見える。まさかにこの席で奥方が呑みほうけるわけにはいくまいが、いますこし口にしてもよかろうとは思われた。

「おゆるしなされてくださりませ。本日は気色《けしき》あしく……」

おまつさまが面を伏せながらこたえる。朝から顔色がすぐれなかったのはまことであった。が、それを聞いて、かねがあからさまに眉をつりあげる。

たわいない遣《や》り取りだったはずが、なにやら得体のしれぬ強《こわ》ばりが座へ落ちかかる。うかがうようにあるじへ視線を這わせると、なにか発しようとするらしく、今しも膝を進めんとしていた。

「お子ができたのでは？」

それよりはやく、かねの問いかけがするどく放たれる。

「お、お子――？」

われながら滑稽なほどの大声が出て、長頼はおもわず右の掌で口をおさえた。一座のものから、いっせいに視線が向けられる。おまつさまが顔をあかくしてうつむいた。

「……これは、ご無礼つかまつりました」

満座にむかってあわてて低頭すると、助右衛門が盛大に例の嗤いをもらした。しんとなった広間に、かの者の鼻息が響きわたるようである。

――敗けた……。

いつのまにやら勝負のつもりになっている長頼である。酒でひと勝ち、この失態でひと敗けと数えた。もっとも、助右衛門には端からそんな肚《はら》などあるまいから、ひとり相撲もよいところである。

「――まだ、しかとはわかりませぬが、おそらくは」

利家が場を救うようにさらりと発し、兄夫婦にむかって一礼した。「明日は早立ちでござれば、今宵はこのあたりでお暇《いとま》いたそうかと存じまする」

利久は、またうんうんとうなずき、

「だいじにするがよい」

いたわりの色をこめて、まつを見つめた。

「かたじけのうござりまする」

おまつさまが両手をついて、こうべをさげた。その動きで目がさめたらしく、母の膝で寝こけていた幸がおおきく手足をのばす。

「つぎは男子《おのこ》だとよいですね」

よしが無邪気な調子でいう。

その瞬間、かねの相貌をどす黒い影のようなものがよぎった。長頼にはそう見えたのである。他の面々はといえば、利久はあいかわらずにこやかに微笑んでいたが、助右衛門の顔はにわかに曇り、こころもち面をふせ唇を嚙みしめているようだった。

さきほどから感じていた居心地わるさが、肚のうちではっきりしたかたちを成していく。つかのま目をつむり、一拍おいてゆっくりとひらいた。

――そういうことであったか。

さまざまなことが、まとめて腑に落ちた。

――わが殿をおそれておわすのだ。

利久夫婦にはいまだ男子がない。側室がいるかどうかは知らぬが、いずれにせよ子どもはよし一人であった。ただでさえ武名のたかい利家に、このうえ跡継ぎまで生まれては、利久の地位がおびやかされはすまいか、と危惧《きぐ》しているのだろう。助右衛門が長頼に尊大な態度をとるのも、根に利家への警戒心があるのやもしれぬ。

――それにしても、まこと孕まれるとはな。

森部のいくさ場で、あるじが戯れごとめかして口にはしたが、いざ現実となると、さすがに瞠目する思いだった。意図しての懐妊かどうかなど知るべくもないが、天運というものがあるなら、それは今おまつさまに微笑んでいるような気がする。

――そして、おそらくは男子が生まれよう。

そう思えてならなかった。長頼はそっとおまつさまの横顔に目をやる。むずかる幸を手遊びであやしている姿は、やはり年端もゆかぬ子守り女のようだった。

たいしたお方だ、と長頼はおもった。いとけない少女のように見えて、おのれなど比べるべくもないほど肚がすわっているのやもしれぬ。あるじ利家と子どもたちのためなら、おそらく、いのちをささげることすら厭うまい。

――殿やおまつさまといっしょなら、もっと遠くへゆけよう。

胸が躍った。うらさびしい流浪の歳月をひといきに取りもどすべく、行く手がとつぜん明るく照らされた気がする。

――が……。

このことを告げねばならぬ女子がいる、と気づき、長頼はわれにかえった。それが、越えずにはすまぬ峠なのだとおもえる。

利家があらためて暇をつげ、長頼も腰をあげた。最後に、いまいちど助右衛門のおもてへ視線をむける。その貌からはすでに赤みがひいており、いつもの傲然たる無表情にもどっていた。

二

「ようよう、ここまで来たのう」

秀吉が感慨ぶかげにつぶやいた。かたわらの利家が、そっとうなずきかえす。むろん、長頼とておなじ気もちであった。

聳《そび》えたつ山肌を見あげているのである。秋のさかりとはいえ、いまだ噎《む》せかえるような緑のかたまりがこちらまで伸《の》しかかってきそうだった。

美濃・斎藤家の居城が築かれている稲葉山である。織田方はふもとに鹿垣《ししがき》を結いまわして囲み、峰つづきの瑞龍寺山《ずいりようじやま》に陣をかまえていた。

「まこと、山の上にもほどがあるわ」

おどけたように秀吉がつづける。こちらの陣もかなりの山上であるが、敵はさらなる高みにあった。ゆうに百丈はこえている。こうべをめぐらせれば、ここからも飛騨川や木曾川《きそがわ》が視界をよぎり、澄んだ大気をとおして乗鞍《のりくら》や御嶽《おんたけ》の峰々さえうかがえるが、稲葉山からは想像もつかぬほどの絶景がのぞめるのだろう。難攻不落と称されるも道理である。

その本丸がちょうど長頼たちの正面に坐している。秀吉がとつぜん具足の籠手をあげ、指を頭上に突きたてながら稲葉山をさしのぞいた。

「――いかがした」

利家がふしぎそうに問うと、

「いや、小指の先で撥ねとばせそうじゃと思うての」

照れたふうにわらう。なるほど、長頼がおなじように手をかざしてみると、本丸の櫓がちょうど小指ほどの大きさに見えた。むろん、弓も鉄炮もとどくような距離ではない。

斎藤家の者たちがいまあの櫓から眼下を見やれば、隙なく包囲された自城のさまを突きつけられるであろう。とてものこと、眺望をたのしむ気分になどなるわけもない。

尾張守となった織田信長の美濃攻略は、最後の局面に入っていた。おそらく信長が本気で美濃の併呑を考えたのは、舅《しゅうと》である斎藤道三が倅《せがれ》・義龍とたたかい敗死した折であったろう。今からすれば十年もまえのことになる。噂の域を出ぬが、ふしぎと気があった道三から美濃一国のゆずり状まで贈られたと聞く。

が、この時点での信長は、尾張一国さえしたがえきれぬ弱小領主にすぎない。その後、桶狭間のいくさで勝利したことはもちろんだが、いまは徳川三河守家康《とくがわみかわのかみいえやす》とあらためた松平元康と同盟がなり、背後の不安が消えたからこそ美濃へ全勢力を差しむけられたのである。そのとっかかりをつくったあるじ利家の功績は大きい、と長頼はおもっている。

——お館さまも、そうお考えにちがいない。

森部のいくさ場で、あるじの肩へそっと手をおいた信長のすがたはいまも忘れがたい。おのれにとってのお館さまは、ひたすら近寄りがたい存在だが、利家とのあいだには余人のうかがいしれぬ通いあいがあるのだろう。

とはいえ、美濃とのいくさは困難をきわめた。義龍の死に乗じて攻めこんだ森部のいくさでは勝ちをおさめたものの、跡を継いだ龍興《たつおき》のまもりも予想以上にかたく、進んでは退くのくりかえしが延々と積みかさなっていったのである。

それでも信長は執拗だった。美濃にちかい小牧山《こまきやま》へ居城をうつしてまで、いつ果てるともしれぬたたかいを倦《う》むことなくつづけたのだ。

鍛えぬかれた鎧も何百回と突かれるうち脆《もろ》さを生じ、いつしか貫きとおされるように、斎藤家のいきおいは少しずつおとろえていった。竹中半兵衛《たけなかはんべえ》なる臣に、稲葉山城を乗っ取られたこともある。信長はすかさず城を明けわたすよう交渉をおこなったが、もともと主君にたいする諫言《かんげん》のためとかで、私することなくじきに返してしまった。

酔狂な男もいるものだと呆れたことをいまも長頼はおぼえている。

その後もなお、美濃は国をたもちつづけた。龍興も気を引きしめなおしたのか、昨年の閏《うるう》八月には濃尾国境の河野島《こうのしま》で織田方が大敗して退いている。秀吉が墨俣に「一夜城」なる砦を築いて頽勢《たいせい》をもりかえし、おおいに味方の士気をあげたのはこの直後だった。

一気に形勢がかわったのは半月ほどまえのことである。美濃三人衆とよばれる重臣たちがこぞって内応を申しで、人質を差しだす旨の書状をよこしたのだ。これぞ末期《まつご》のしるしとみた信長は、その人質すら着かぬうちに兵をおこし、稲葉山城下へ火を放って包囲した。いまごろは仰天した三人衆が、血相かえて龍興へ降伏をうながしているにちがいない。

いずれにせよ、長かった美濃とのいくさも間もなくおわるであろう。

長頼はそっと息をつき、あたりを見まわした。

これほどの高みにいると、空に浮かんでいる心地さえする。ふだんは頭上を飛んでいる鳶《とび》が、風にまかれてはるかな眼下をすべり、緑の奥へと吸いこまれていった。

陣へもどって湯漬けでも食うか、と秀吉が伸びをする。それを合図に踵《きびす》をかえしたところで、長頼は足をとめた。

入れちがいに山道をのぼってきた男に見おぼえがある。

奥村助右衛門であった。

色じろの長身に朱や黄、紫などさまざまな色で縅《おど》した具足を着し、一の谷とよばれる兜を身につけている。ゆるやかに波うたせた鋼《はがね》が頭頂をかざる派手やかなかぶりものであった。

——あいかわらず恰好ばかりよいやつじゃ。

とりあえず文句をひねりだす。とはいえ、助右衛門の武功はじゅうぶん勇士とよべるほどのものだし、かたわらの利家にしてからが、新調したての紫縅二枚胴具足に朱色の烏帽子兜という人目をひく姿である。長頼の難癖もいまひとつ冴えようがない。

助右衛門もはっとしたようすだったが、黙礼だけして通りすぎようとした。

「兄上はご息災《そくさい》か」

すれちがいざま、利家が声をかける。助右衛門は立ちどまり、ふかぶかと低頭した。表情ははっきりうかがえぬが、かえす声音におもさが感じられる。

「……いまだ御気色《みけしき》あしく、こたびもそれがしが名代《みようだい》をつとめさせていただきまする」

「さようか——心得た」

みじかい遣りとりをのこし、ふりかえりもせず助右衛門が去ってゆく。長頼は見るともなく、その後ろ姿を見送っていた。心なしか背すじが前かがみにくずれている。いつも傲然と胸をそらしていた男にしては、ふさわしからぬたたずまいだった。

嫁入りしたよしが二年まえに他界してから、利久はおどろくほど老けこんでいる。

まだ四十をすぎたところなのに白髪も目立ち、場合によっては五十にも六十にも見えるという。

　それが人づてに聞いた話であるのは、利久が荒子に籠っているからである。利家は主君・信長にしたがい小牧に居をうつし、まつは嫡男の犬千代《いぬちよ》と、つづいて次女の蕭《しょう》を生んだ。顔を合わせるおりが少なくなるのはやむをえなかった。機会があるとすればいくさ場だが、ここしばらくは助右衛門を名代にして、利久自身は出陣していない。

　身内の懸念を戦場に持ちこむ利家ではないが、会うなり助右衛門に尋ねたところをみれば、やはり日ごろから気にかかっているのだろう。あるじの眉宇《びう》がくもって見えるのも、思いすごしではないようだった。

「そういえば、長頼」

ふいに呼びかけられ、われにかえった。秀吉がにやにや笑いながら、こちらへ顔を向けている。

「そなたのところ、お内儀がみごもられたそうな」

「は――」

どう応じたものか迷ったが、かくすことでもないから、

「そのようです」

とこたえた。秀吉はうんうんともっともらしく頷いていたが、やがて首をひねって発する。

「はて……ご妻女はどちらのお身内であったかの」

「——お館さまの弓頭《ゆみがしら》・川崎十左衛門《かわさきじゆうざえもん》どのが娘にて、はまと申しまする」

かすかな胸の痛みをおぼえながら長頼はいった。秀吉がいささか大仰に眉尻をさげる。

「うらやましいことじゃ。又左のところは三人、長頼もいよいよ。子なしはうちだけか……」長頼がねねのぷっくりした頬を思いだし言い淀んでいると、秀吉ははっとなってことばを切った。ことさら顔をくしゃくしゃにして大声でわらう。「稲葉山の猿でも連れかえろうかのう」

「それはよしてもらおう」

利家が言い放ったので、長頼と秀吉は怪訝な面もちでそちらを見つめる。「……うちは犬千代ゆえ、いさかいが起きる」

秀吉が大笑したところで木下の陣にたどりつき、そのまま別れた。

歩をすすめながら、長頼は視線をおとす。ふみしだく青草にそそいでいた日ざしが雲にかくれ、いつしかおのれの影も消えていた。冬のおとずれはまだまだ先と思っていたが、にわかに肌寒ささえおぼえる。

――又左に、長頼か。

はじめて会ったときはただの足軽だった。が、秀吉は見る間に立身をとげ、今や利家と同格か、へたをすれば上位の部将となっている。はじめてあるじが「又左」と呼ばれているのに気づいたとき、長頼はあとで利家に詰めよったのだが、

「朋輩となったからには、前田さまとも呼べまいよ……わしより齢下のくせに、頭のかたいやつじゃ」

かるくあしらわれてしまった。あるじがこだわっていないのだから、おのれがどうこういうわけにもいかぬ。

長頼はおもい息をはいた。前かがみに歩く助右衛門のすがたが、なぜか脳裡から去らない。

――まこと人の世とは入り組んだものじゃ。

利久一党があるじにいだく思いも、これと似たものなのかもしれぬ。そうおもえば、どうにもやるせなかった。

自陣の近くまでもどると、朋輩の小塚藤右衛門《こづかとうえもん》が駆けあがってくるところに出くわした。長頼とは似た年ごろで、いくぶん小柄であるが槍の腕前はあるじ利家に次ぐであろうと噂されている。

「いかがした」

歩度をゆるめつつ利家が発する。藤右衛門はひざまずき、汗をぬぐいながら告げた。

「稲葉山より、降伏の使い着到の由にて――ただちにご本陣へ参集するよう触れがまわっておりまする」

あるじの横顔へ目をやる。利家はまなざしをあげ、すでに歩みをはやめていた。長頼たちもいそいで後につづく。足もとの草むらが、やけにかわいた音をたてた。

三

「――そのようなこと、小者にやらせればよいではないか」

縁側を通りかかった高畠《たかばたけ》九蔵《きゅうぞう》が、訝しげな声をあげる。かたわらでは、兄の孫十《まごじゅう》郎《ろう》も同意をあらわすようにうなずいていた。

長頼が、館の庭であるじ利家の母衣《ほろ》を虫干ししているのを見かけ、声をかけてきたのである。

すこしも似ていない兄弟だった。兄の孫十郎はいかにも武人然とした姿で、みっしり筋肉のついた頑健な長身に、仁王《におう》のようないかつい風貌をしている。弟の九蔵はまるで茶坊主のように線がほそく小柄だった。それでいて、打ちものをとると、弟のほうに分があるというからわからない。

ともに利家の家臣である。ふたりとも幼少のころより近侍していると聞くから、先達《せんだつ》ということになる。おまけに六つも七つも齢上であった。

にもかかわらず、ふたりともやけに長頼をたててくれる。それも、しんからのものであることが伝わってくる。

一目おかれているのだ。

あるじ利家が清洲を出奔したおり、おのれひとりが供をおおせつかって、二年間の流浪生活をともにした。高畠兄弟はそれを多としているらしい。

うれしくないはずはないが、丁重にされすぎるのもくすぐったい。そんなわけで、長頼は、この兄弟のまえでかえって恐縮したような顔をしていることが多いのである。

いまもそうであった。

母衣のあかい生地をやわらかな陽光にかざしながら、

「……いや、こうしておるのが好きでござりましてな」

きまりわるげにこたえる。

じっさいそのとおりで、長頼にとって、この布は誇りなのであった。

帰参以後たびたびの武功が賞せられ、利家は昨年、赤母衣衆《あかほろしゅう》に任じられた。いくさ場でつねに君側《くんそく》へ侍し、部隊間の連絡を受けもつ親衛隊といってよい。黒母衣・赤母衣の二隊があった。

母衣はそのしるしで、鎧の背をかざるものである。それぞれの色に染めた布の内がわに母衣串とよばれる籠をとりつけ、風になびくような形にふくらませている。これを身に負って疾駆するさまは、まさしくいくさ場の華であった。ふたつの隊に上下があるわけではないが、赤のほうがあでやかなのは言うまでもない。

あるじが赤母衣衆となってからも、すでに織田軍は近江《おうみ》から京へと転戦をかさねている。

足利義昭《よしあき》を征夷大将軍とすべく上洛したのだった。

義昭は十二代将軍義晴《よしはる》の次男である。出家して奈良《なら》一乗院《いちじょういん》の門跡《もんぜき》となっていたが、四年前、兄である十三代義輝が三好《みよし》三人衆と松永久秀《まつながひさひで》に弑《しい》され、畿内を脱出して還俗《げんぞく》した。各地を放浪して味方となる大名をつのったが、いちはやく応じたのが信長である。はやくもその年のうちには、いずれ義昭を奉じて入京する意向をつたえている。

とはいえ、美濃を片づけぬうちは動くこともならぬ。二年まえに稲葉山を陥したことで、ついに上洛が現実のものとなったのである。昨年七月に義昭をむかえた信長は九月に出陣、近江や摂津《せっつ》などの諸国を斬りしたがえて京に入り、もくろみどおり義昭を将軍とした。

長頼が京を目のあたりにしたのは、そのおりが最初である。

はじめて足を踏みいれた都は、想像をはるかに上まわる宏大さに瞠目《ま》したものの、いっぽうでは思いもおよばぬほど荒れはてていた。いたるところで築地塀《ついじべい》がこぼれ、乞食か町民か判然とせぬ者たちがうごめいている。裸同然の子どもがやたらと目についたのは、ちょうど人の子の親となった直後だからでもあったろう。

――これでは、美濃尾張のほうが、よほどましではないか。

これが日《ひ》の本《もと》のかなめたるべき土地かとおもえば、あらためて乱世のすさまじさに呆然となった。

が、いずれのいくさ場でも、風きって駆ける利家の姿はこころを奮い立たせてくれるものだった。今さらながら長頼ですら見惚《みと》れてしまうほどなのである。小者などにそのだいじな赤母衣をまかせる気にはならなかった。

というようなことをつらつら説明できるほど弁が立つわけではないから、ことば少なに母衣の手入れをつづけていると、高畠兄弟が心得顔でかってに感心してしまう。なんともやりにくかった。

いかがあしらったものかと思案しているうち、おりよく縁側に足音が立ち、あるじ利家があらわれた。城からさがってきたところらしい。これでうまく話柄がそらせようと目をやって、おもわず息をつめた。

利家のおもてに、これまで見たこともないほど苦しげな色がうかんでいる。なんと声をかけたものか見当もつかず、

「……おもどりなされませ」

とだけ告げて低頭した。高畠兄弟もそろって頭をさげる。

「すぐに皆をあつめよ」

発した利家の声は、表情とおなじく、ふかく重かった。

その日、利家が城へあがり信長のもとへ伺候すると、すでに兄・利久がひかえていたという。

城というのは、清洲でも小牧でもない。

岐阜《ぎふ》とあらためた稲葉山城のことである。斎藤龍興をくだした信長はこの地を居城とさだめ、利家たち側近もこぞって住まいをうつしている。いっぽう利久はつねに信長のそば近くあるわけでなく、ふだんは荒子にいて、いくさのたびに軍役を果たすというかたちをとっていた。

その兄が平時に岐阜城の広間で端座しているのは、めずらしい光景である。ひさしぶりに顔をあわせた利久は、いちだんと弱々しく老いて見えた。それでいて、下腹などは袴へかぶさるほど迫《せ》りだしている。

やがて姿をあらわした信長は、見るからに不機嫌そうな表情をうかべていた。いつものとおり、前置きもなしに甲高い声で発する。

「家督の儀は又左とせよ」

なんのことかわからなかったが、肩をならべた利久が、びくりと体をふるわせるのが伝わった。兄がためらいがちに、なにか応えようとするよりはやく、

「しかと心得《こころう》べし」

こんどは利家にむかってするどく告げる。「はっ」といらえて、ふかく上体を折った。信長に否という返答がありえないことは、だれよりもわかっている。近年はことにその傾向がつよい。

美濃を手中にした信長は、みずからの印章に「天下布武《てんかふぶ》」という文言をつかいはじめた。おのれこそが天下に武を布《し》く――この上なく大胆な宣言というしかない。岐阜という名も、古代中国を統一した周《しゅう》王朝の故地・岐山《きざん》にちなむという。信長はあきらかに天下を視野に入れはじめていた。

それでいて、将軍義昭から管領《かんれい》就任を要請されても、すげなくことわっている。幕府に取りこまれるつもりなど、はなからないのだろう。信長がなにを目指しているのか、余の者にはうかがうべくもないが、いずれにせよ、なみいる大名たちのなかではっきりと一歩先んじたかたちである。もはや尾張一国の小大名ではなかった。

同時に、信長自身も確実に変わりはじめている。もともと気むずかしいたちではあるが、その度が増していた。わずかな笑みをうかべることさえなくなり、がんらい色じろの頬が蒼白に見えるほど癇が立つことも多い。ささいな落ち度をゆるさず、家臣にはげしい打擲をくわえることも目につく。否といえる空気はもはや消えていた。

話はそれだけですんだらしく、信長はすこし機嫌をなおしたようすで奥へもどっていく。

のこされた利家は、兄と控えの間にさがる。そこで利久が、おもい口を少しずつひらきはじめた。

「ご養子――？」

居ならぶ家臣たちのなかで、はじめに戸惑いがちな声をあげたのは木村三蔵《きむらさんぞう》である。長頼や小塚藤右衛門に近い年輩で、打ちものは不得手ながら膂力《りょりょく》では人後におちぬ。

上畳《あげだたみ》に坐したあるじが、面を伏せるようにして応えた。

「……さよう願いでられたそうじゃ」

「わが殿はじめ、弟御《おとうとご》がいくたりもおられますのに、なにゆえ」

不満げな面もちをかくすことなく、富田景政《とだかげまさ》が吐き捨てる。すでに四十もなかばの重鎮で、みじかく刈りこんだ顎髭にもちらほら白いものがまじっているが、前田家随一の剣客であった。腹からひびく声にも独特の重みがある。が、利家は直接それにはこたえず、

「養子とされたは、滝川《たきがわ》一門にて慶次郎《けいじろう》と申すそうな」

聞いたこともない名であるが、滝川と知って長頼にも察しがついた。利久の内室かねが滝川の出なのである。

「その慶次郎どのとやらに、ご家督をと？」

小塚藤右衛門の声も、つねになく瞋《いか》りでふるえていた。かたわらでは高畠兄弟が、とまどい顔を見合わせている。利家が無言でうなずくと、一座はあらためて剣呑《けんのん》な空気につつまれた。

男子にめぐまれないままひとり娘をなくした利久は、次弟安勝《やすかつ》のむすめを滝川あらため前田慶次郎にめあわせ、家督を相続させるよう信長へ願い出たという。

——無体《むたい》な。

富田景政の疑問が、すべてを言いおおせている。男子が絶えているならともかく、利久には、利家以外にも三人の弟が健在であった。他から養子をむかえて家督をゆずるという法はあるまい。あきらかにかねの差し金であろうが、信長がしりぞけたのも当然であった。そして、家督はあるじ利家が継ぐよう命じられたという。

――道理じゃ。

長頼はあたりの喧騒をよそに、腕組みをして、しきりとうなずいていた。じつのところ、信長はしばしば理不尽な命を発すると感じている。あるじは納得しているようだが、今川の間者である拾阿弥を斬り、逐電するよう命じたのもそのたぐいである。が、こたびは身びいきを差しひいても真っ当な裁定であるとおもえた。家督相続に際しては主君の判断を仰ぐのが決まりだが、前田家の兄弟のうち、利家の武功は群を抜いている。それに次ぐのは、信長の馬廻りをつとめる弟の藤八郎利之《とうはちろうとしゆき》だろうが、すでに良之《よしゆき》と名もあらためて佐脇《さわき》家の養子に入っているし、功からいっても利家にはおよばぬ。あるじが前田の家を継いだとて、織田家中に異をとなえる声などあがるはずもない。かねて利家びいきの柴田勝家など、双手《もろて》をあげてことほいでくれるのではなかろうか。

――しかし、それでいて殿がお顔の晴れなさは……。

見ているこちらが胸ぐるしくなるほどである。かたちのよい眉が見えぬ手でつままれたようにきつく顰《ひそ》められている。

ふいに奥村助右衛門の風姿が脳裡にうかんだ。いまごろ、さぞかし臍《ほぞ》を嚙んでいることだろう。してやったりという心もちになるかと思ったが、前かがみに歩むあの男の姿が利家の表情とかさなり、そうした気分はいささかも湧いてこなかった。

四

かわいた大気を通して、無造作に組まれた土塁が目に入ってくる。利家が右の籠手をあげ、麾下の隊へ停止の合図をおくった。長頼も手綱をひき、馬速をおとす。やがて舞いあがった砂埃が地におち、視界が鮮明さを取りもどした。

平坦な街道のさきに荒子の城が横たわっている。一重の空堀にかこまれているのは、せいぜい三十間四方の構えであるから、砦と呼ぶほうがふさわしかった。ぴたりと城門を閉ざして静まりかえっている。

「誰ぞ声をかけよ」

利家がつねのごとく、おちついた声音で発した。高畠孫十郎が一礼して馬腹を蹴る。

「お館さまの命により、この城うけとりにまいった――疾《と》く開門せられたし」

堂々たる巨軀からほとばしりでた声が、ちぎれ雲のうかんだ空に吸いこまれてゆく。

が、木枯しに吹かれて、ぎいと音を立てたきり、城門は動く気配すら見せぬ。孫十郎の舌打ちが、はっきりと聞こえた。

「開門せよ──信長公の命であるぞっ」

焦《じ》れたように、いまいちど大音を張りあげる。

──よもや、たたかう気でおるのか。

だとしたら、孫十郎は近づきすぎている、とおもった長頼は、とっさにおのれの駒を駆った。庇《かば》うかたちで孫十郎へ馬首をよせたとき、軋《きし》むような音とともに門扉が動きだす。

──まずい。

身をすくめたが、弓も鉄炮も放たれてはこない。むろん、軍兵が押しよせるようすもなかった。

ひらいた城門の向こうからあらわれたのは、いつか見た一の谷兜である。

奥村助右衛門であった。小脇に長柄の槍をかかえている。

空堀にかかる橋をわたって助右衛門ひとりが進みでると、ぎぎっと音をさせてふたたび門がとじられた。

「……聞いたであろう。前田家のご家督、利家さまとさだまり、城うけとりにまいった」

馬上から助右衛門を見下ろし、長頼が告げた。毅然と言いはしたが、二百の勢をまえに、たったひとりで立ちはだかる対手に気圧されるものも感じている。

助右衛門は長頼をみとめると、唇もとをゆがめて特徴ある嗤いをもらした。

「――ことわる」

「なにっ」

叫んだのは、いま一騎近づいてきた高畠九蔵だった。槍をにぎる拳に力がこもっている。

「われらを愚弄《ぐろう》する気か」

茶坊主のような細おもてが赤くそまった。見た目によらず、短気な男なのである。

長頼は左手で制し、

「ことわるとは、いかなる存念あってのことか」

真っ向からことばをたたきつけた。息をととのえ、ひそかに槍を持ちなおす。場合によっては、このまま一気に助右衛門を突きとおすつもりであった。

助右衛門はふたたび唇をゆがめると、傲然と発した。

「われらは信長公の家臣にあらず、利久さまの家臣なり――」

「なんだと」

孫十郎がひくい唸りをあげた。九蔵にいたっては怒りで小刻みにからだをふるわせている。

「利久さまの命なくば、この城わたすなど、思いもよらぬ」

助右衛門の声はするどくも澄みきり、臓腑に突きささってくるようだった。

——こやつ……。

死ぬ気なのだ、と長頼にはわかった。子供だましのような御託《ごたく》が通じるわけもないことは、助右衛門自身も承知しているはずである。ただひとり、ここで果てるつもりにちがいない。いつか稲葉山で見せた前かがみの姿は消え去り、全身から精気がほとばしっている。もののふのこころが躍っているのだろう。この男に晴れの舞台をつくってやったようで、なにやら腹立たしくもあった。

「どうでも渡せぬのだな」

長頼は手綱をあやつり、わずかに助右衛門へ馬を寄せた。槍を握りしめ、対手の喉輪へ狙いをさだめる。助右衛門もおこたりなく構えながら、不敵な笑みをうかべた。

「ほしくば、利久さまの下知状をもて」

「あるかっ、そんなものっ」

かっとなった長頼がおもわず突きかかろうとしたとき、

「——いや、ある」

あるじ利家が駒を乗り入れながら告げた。

「えっ？」

意想外のことばをくらって、とっさに頓狂な声が出てしまう。利家はゆったりと助右衛門に馬を近づけ、それでいて一定のへだたりは置いたまま、懐から奉書紙《ほうしょし》の包みを取りだした。風の隙間を押しひらくような手つきで対手のほうへ投げる。書状は助右衛門からすこし離れた右かたへ、つむじを巻いて落ちた。注意ぶかくにじりより手をのばした助右衛門は、右手で槍をかまえながら、左手だけで器用に包みをひらいて目をとおす。

「助右衛門がこばもうゆえ、これを持てと——兄上がな」

利家がひとりごとめかしていった。助右衛門はうなだれると、ふるえる手から槍を落とし、大地にぬかずく。

「……お渡し申しあげまする」

そのまま、樹木かなにかのように、ぴくりとも動かぬ。

利家はやわらかくうなずくと、つよいまなざしを城の奥へむけた。

「開《あ》けい！」

力づよく発する。孫十郎よりも、さらに耳をつんざく大音であった。

間をおかず、ぎりぎりと呻《うめ》くような軋みをあげて門がひらかれてゆく。味方の勢が一気に押し入っていった。狼藉《ろうぜき》を禁じる野太い声は、富田景政のものらしい。

「下知状のこと、存じませなんだが……」

馬首をならべて入城しながら、いくぶんうらみがましい口調で長頼がいった。利家

はばつがわるそうに苦笑したが、

「あの者の心底を見届けとうてな」

いまだ城門のむこうでうずくまる助右衛門のほうへ目をやった。「ひとりくらい、あのような者がおらねば、兄上も身の置きどころがあるまいよ」


広間へ足を踏みいれ、長頼は立ちすくんだ。

襖といい障子といい、あらゆる開き口にながくのばした紙がくまなく貼りつけられ、まるで部屋全体が封印されたかのようである。かたわらの利家も、この広間そのものが敵であるかのごとく油断なく身がまえていた。

「殿っ、城じゅうの襖になにやら得体のしれぬ紙きれが……」

おくれて入ってきた高畠孫十郎が、あたりを見まわして絶句した。してみると、荒子城の隅々までが、このようなさまなのかもしれぬ。

――なんのまじないだ、これは。

呆然となっているところへ、富田景政が中年の武士をともなってあらわれた。鼻のわきのいぼにおぼえがある。奥むきの差配をまかされていた者であった。蒼ざめた表情で肩をふるわせている。新城主である利家に刃向ったかたちであるから、おびえているのだろう。

ぼりだす。

「このありさま、いかなる仕儀か」

利家がしずかに問うた。くだんの武士は身をちぢめるようにして、かぼそい声をし
ぼりだす。

「奥方さまが……」

「なにっ」

気みじかな高畠九蔵が荒い声をあげ、相手がびくりとからだをすくませる。利家は九蔵を制し、話のつづきをうながした。いぼ侍はおどおどしながらも、どこか腹をくくったような口調で語を継ぐ。

「この広間を手ずからかようにあそばされたあと、侍女たちを駆りだし、城じゅうの襖や障子を封じさせられまして」

「なんと――」

腕におぼえの景政が、まっさきに眉をひそめてつぶやく。まるで護り札でもあるかのように、佩刀の柄をにぎりしめていた。

長頼はこうべをあげ、あらためて広間を見わたす。だんじて利家にこの城はつかわせぬ、という意味なのであろう。隙なく貼りつけられた紙片が呪符のように部屋中をくるんでいる。一箇所だけ紙きれのない襖があったのでこころみに手をかけると、向こうがわでなにかの剝がれる乾いた音があがった。その襖から退出したあと、念入り

にも外から封をしたのであろう。城の隅々までかねの怨念がこもっているようだった。

かすかなふるえが背をつつむ。いくさ場でこわい思いは何度も味わっているはずだが、いま感じている畏《おそ》れはそのどれとも違っていた。いつしか口中が蜘蛛《くも》の巣をはられたように粘ついている。

「……清めまするか」

固太りの丸顔をしょんぼりと伏せて木村三蔵がいった。それはよい、と長頼が口をひらきかけたところへ、

「たわけたこと」

あるじ利家がめずらしく吐き捨てるようにいった。

「は――」

三蔵がおそるおそるといった体で利家を見やる。あるじは一座の皆にとどくよう声を張りあげた。

「呪うて殺せるなら、武士などいらぬ」

「なれど……」

こんどは高畠孫十郎が声をあげる。その気もちも分からぬではない。呪詛《じゅそ》をおそれるのは必ずしも臆病といえぬどころか、むしろごくあたりまえの感じ方なのである。

利家はことさら大きな動きで広間中を見わたすようにした。

「それに、われら、とうに呪われておるわ」

「はっ？」

つい一同の声がそろってしまう。利家はいつもの、くすりという笑いをもらした。

「そなたら、今までいくたりの者を手にかけたと思うておる」

――あ……。

その通りであった。怨念ならすでにありあまるほど浴びていよう。それをわすれて身ぎれいな気になっていたおのれが恥ずかしかった。

「おそれいりましてござります る」

景政がよくひびく低音で告げる。「われら、地獄の果てまで殿にお供するでありましょう」

剣客のくせに意外と口のたつお方じゃ、とおどろいたが、絶妙な助け舟であることはまちがいない。あのまま、しおしおとお清めなどしていたら、利家一党はなにかにおびえながら、あたらしい生活をいとなまねばならなくなるところであった。

「いかにも同心でござりまする――それがし、かの地にて赤鬼と勝負いたしとうござる」

長頼は大音で発した。とっさにうかんだ諧謔《かいぎゃく》ながら、おのれにしてはまずまずであろう。高畠兄弟や木村三蔵もようやく眉をあかるませる。

「されば、それがしは青鬼を」

「わしは牛頭馬頭《ごずめず》じゃ」

力のこもった声があがる。景政が、よくやったというように目配せをおくってきた。長頼はうなずきかえし、あるじの貌へ目をやる。利家はさも困ったというふうな表情をつくり、一同を見やった。

「さすれば、わが対手は閻魔《えんま》か……ちと手ごわいゆえ、景政にゆずろうかのう」

座がどっと沸いた。さいぜんまでの陰鬱な空気は消しとび、はやくも競いあって札をはがしにかかる。長頼はようやく肩の力をぬいた。

「──お知らせいたしまする」小塚藤右衛門がすばやい身ごなしで駆けこんでくる。

「奥村助右衛門どの、利久さまが奥方をお護りして落ちゆかれます。いかがいたしましょうや」

「そのままにせよ」

利家が即座にこたえる。予期していたような口ぶりであった。

──あの者は去るか。

どこまでもかたくなな男だ、と長頼はおもった。城門の向こうでうずくまり、肩をふるわせていた助右衛門の姿が、いつまでも瞼の裏にのこっていた。

五

　くらく湿った夜の風が頬をかすめる。ともすれば昨夜の雨でぬかるんだ山道に馬蹄をとられそうになるが、長頼はこなれた手綱さばきで奔《はし》りぬけていた。脇からせりだした木々の枝に搦めとられぬよう、前かがみとなってひたすら速度をあげる。あるじ利家の背もすぐ前方を疾駆していた。松明《たいまつ》を手にした騎馬兵が一定の間隔をおいて配され、行く手の闇をおぼろにうかびあがらせている。

　近江との国ざかいを抜け、馬首は北のかた越前《えちぜん》へ向いていた。桶狭間のころには思いえがくことさえなかった土地である。が、織田軍の戦線は拡大をつづけていた。都へもいくどとなく往復し、近江あたりはすでになじみのいくさ場となっている。越前への侵攻でさえ、はじめてではない。

　足利義昭が将軍位につき、天下はおさまるかにみえた。が、破綻《はたん》はおもいのほか早かったのである。幕府の権威を取りもどしたい義昭と、将軍など徴《しるし》としか考えていない信長とでは決裂のさけようがなかった。

　当初こそ「御父」などと呼んで信長を立てていた義昭だが、おのれに実権が与えられないとわかると、諸国の大名に檄《げき》をとばして織田を除こうとしはじめた。まず応じたのが越前の朝倉義景《あさくらよしかげ》と近江の浅井長政《あざいながまさ》である。が、両家はひとたび信長を窮地に追いこんだものの、姉川《あねがわ》のいくさで大敗する。

つづく脅威は、甲斐《かい》の武田信玄《たけだしんげん》だった。当代屈指の名将として、その驍名《ぎょうめい》はあまねく知れわたっており、信長も対決を避けつづけてきた相手である。その信玄が義昭の要請に応えてとうとう上洛の途につき、織田・徳川連合軍は三方ヶ原《みかたはら》で一蹴された。利家の実弟・佐脇良之もこのおりの手傷がもとで落命している。

これで織田も最後かとおもわれたが、そうはならなかった。信玄が病をえて撤退し、甲斐への帰路で陣没したのである。息をふきかえした信長は朝廷を動かし、将軍家と和議にこぎつけた。が、義昭はいかにしてもみずから天下の権をにぎりたかったらしい。ほどなく御所からのがれ、宇治《うじ》の槇島《まきしま》で兵をあげた。とはいえ後ろ盾となる大名もなく、孤立無援の挙兵である。城をかこんだ信長軍に抵抗する力はなく、義昭の降伏と逃亡をもって、足利幕府は事実上、二百四十年の歴史を閉じた。それがつい先月のことである。

ようやく岐阜にもどったところへ、北近江の有力領主から内応のしらせがもたらされた。こたびこそ浅井・朝倉両家をしとめる好機と見た信長は、ただちに近江と越前の国ざかいへ兵をすすめ、相互の行き来を絶ったのである。岐阜にいたのはたった四日、まことに息つく間もないが、長頼もこのあわただしさには慣れてしまっている。

ましてや今は追撃戦である。幅もせまく駆けやすい道とはいえぬが、気もちはたかぶっていた。つかれなど覚えるわけもない。

昨夜、風雨をついて大嶽《おおずく》・丁野山《ようのやま》を陥落させた織田軍に、みずから出張っていた朝倉義景はかんぜんに戦意をくじかれた。撤退する越前勢を前田隊が追っている。味方の先駆けなのである。

いまは夜間でもあり伝令役でもないため、利家も母衣をまとってはいない。だが、長頼の目には、こぼれでる月光に照らされ、あるじのなびかせる赤母衣がまざまざと見えるようだった。

「敵兵にござりまするっ」

前方で声があがる。とうとう追いついたらしい。長頼は槍の柄を握りしめ、闇のむこうを凝視した。

見さだめるよりはやく、物具の打ちあう音がひびく。馬速をゆるめず、喧噪のただなかへ飛びこんでいった。蒼白い月光と松明のゆらめきがまじりあい、敵軍をうかびあがらせる。槍を繰りだし、すばやく引きぬいてそのまま駆けた。仕留めたことは手ごたえでわかっている。

振りまわした槍に敵兵がしりぞき、その隙にふかく駒をすすめる。利家の姿は見えぬが、そう遠からぬところを疾《はし》っているはずであった。そして、長頼のあとを高畠兄弟はじめ朋輩たちが追っている。これまた、ふりかえって見ずとも、馬蹄のひびきを縫う声や息づかいでわかるのだった。

長頼はふいに眉をひそめた。なにやらなじみのない気配がまじっているように感じたのである。

気のせいではない。

いや、気のせいというものはない、と長頼はおもっている。感じたことにはかならず理由がある、とこれまでのいくさ場で学んだのだ。

が、いまはそこへ注意を向けるのはやめた。それでよい、とおのれの勘が告げている。

かけ声を発して馬腹を蹴った。見る見る利家に追いついていく。黒光りするあるじの具足が火明かりをはじいていた。たちふさがった敵兵を突きとおして長頼は駆けつづける。

夜どおし追撃をつづけ山中をぬけた織田軍は、夜明けとともに隊列をととのえ小休止をとっていた。このあとは敦賀《つるが》の中心へ兵をすすめ、いよいよ朝倉の本拠・一乗谷《いちじょうだに》を総攻めにするのである。が、一昨日以来、味方の兵はやすむ間もなくたたかいつづけていた。この間に陥した敵の城砦があわせて十箇所、討ちとった首級は三千という。最後の決戦をまえに、ひと眠りもし朝餉《あさげ》もとらねばならなかった。

前田隊もむろん例にもれぬ。なだらかな小丘に陣をかまえ、交代で張り番にたちながら、思い思いに憩うていた。湯漬けをかきこんで腹がくちくなった長頼も、秋の日ざしをあびて、おのが肘《ひじ》をまくらに心地よくまどろんでいる。

どれほど刻がたったか、急にあたりからざわめきが立ちのぼり、ねぼけまなこをこすった。

顔をあげると、ちょうどおのれのすぐそばを通りすぎてゆく者がある。

使いこんだ黒糸縅の最上《も》《がみ》胴《どう》具足に、古い筋兜をかむった武者の背が目にはいった。姿ぜんたいが昨夜の闇から抜け出たようにくろい。顔はわからぬが、前田勢の一員ではないようだった。

――昨夜感じた気配はこのものであったか……。

一座のものがうちまもるなか、黒い背はゆっくりと草むらに腰をおろし、ふかくこうべを垂れた。

利家にむかって、である。

そのまま、頭陀袋《ずだぶくろ》のごときものを差しだして地におく。

「……おあらため願わしゅう存じまする」

ひくく発した声におぼえがあった。

高畠九蔵が駆けより、ちらと武者の顔をうかがってから袋の口をひらく。驚嘆の気配が長頼にも伝わってきた。「――兜首が、三つにござります」

居並ぶものたちの間をどよめきが流れていく。兜首は名ある武将のしるしである。雑兵を何十人討ちとるより兜首ひとつのほうが功としては大きい。

――まして三つとはな。

長頼はふしぎにおだやかな心もちで黒いもののふの背を見つめていた。

「みごとな功名じゃ――奥村助右衛門」

利家が呼びかけた。筋兜のあたまがいっそう低くなる。「……おそれいりまする」

「賞してつかわそう。願いあらば申せ」

利家がしずかに告げると、最上胴の肩がぴくりとふるえた。われしらず、長頼の背までこわばってしまう。助右衛門は、押しだすようにことばを発した。

「まこと身のほどをわきまえぬ申しようながら」かすかに声が揺れている。

「この助右衛門、前田家の者として、いまいちどいくさ場に立ちとうござります」これ以上ないというほど身をひくくする。ほとんど地につかんばかりであった。しぼりだした言葉が、わなないている。「御家中の端なりとお加え願わしゅう……伏して、伏してお願い申し上げまするっ」

最後は辺りがしんとなるほどの絶叫であった。ぬかずいた助右衛門の全身が小刻みにふるえている。

近くの木立ちから鶸《ひわ》の鳴き声がもれてきた。利家がふっとおだやかな笑みをこぼす。「……兄上がおゆるしくだされたのだな」

助右衛門が、ふかく息をはいた。にごりのない大気をつらぬく陽光が、すこしずつ強まっている。黒い具足のおもてで、ひかりが躍っていた。質素ではあるが、よく手入れされた鎧だと長頼にはわかる。

「仰せのとおりにて」

その声から、わずかながらこわばりが解けていくようだった。なりゆきを見まもっていた一座に、ようやく安堵めいた空気がただよいはじめる。

助右衛門はこの四年、あるじと奥方をまもって利久の隠居領にこもっていたという。そのまま生涯をおえる所存でいたが、なすこともない日々は、根からのものののふにとって座敷牢にもひとしかった。おもてに出さぬよう心がけてはいたが、気もちがふさぐのをとどめようもない。とはいえ、奥村家は前田譜代の家柄である。利久を見捨てることはできぬし、まして他家につかえるなど思いもよらなかった。

そんななか、将軍義昭の逃亡と幕府の滅亡を伝え聞いた利久が助右衛門をこっそり呼んだという。時世もかわった、と口をひらいた隠居は、ひとこと付けくわえた。

「もうよかろう、と――さよう申されたか」

遠くを見るような表情で利家がつぶやく。「それのみであろうの」

助右衛門がはじめておもてをあげた。長頼はゆっくりと立ちあがり、利家のかたわらへ近づいてゆく。漢《おとこ》の貌が見たかった。

四年ぶりに会う助右衛門は、いくぶんやつれはしたものの、まなざしのひかりは勁《つよ》く、指さきにまで力がみなぎっている。みごとな面がまえじゃ、と長頼はおもった。

「いかにも、それのみにて」

言いきった助右衛門が、苦笑をうかべた。「奥方さまには、口をきわめて罵《のの》られましたが」

利家もおもわず笑い声をあげた。「さもあろう」

助右衛門が容儀をあらため、いまいちど低頭する。「過日のご無礼、あらためてお詫び申しあげまする」

「なんの」利家がかぶりをふった。「この者もおなじことをしたであろうよ」とつぜん、かたわらの長頼を見やる。目がいたずらっぽく笑っていた。

「は――」

とっさには言葉がでてこない。へどもどしたすえ、「いかにもさようで」などと、どうでもいいような返答がようやく飛びだした。

ふいに妙な音がきこえ、視線を這わせる。

奥村助右衛門が、唇もとをゆがめ鼻息をもらしていた。長頼のうろたえぶりを見て、嗤っているのである。

——……かわっておらぬ。

溜め息まじりの苦笑が、口辺からこぼれ出た。

——やはり、こやつは好かぬやつであったわい。

不覚

一

広間へ招じ入れられた男の風体は、いかにも異様だった。村井長頼も、おもわず目を吸いよせられてしまう。

髷《まげ》は解けてざんばらとなり、下帯以外、なにも身につけていない。軀《からだ》のいたるところに泥がこびりつき、歩くたび板間のうえに水滴がこぼれおちた。かすかに異臭さえただよっている。

男の背後では、武者窓のむこうに夕べの空がひろがっていた。茜色に縁どられたちぎれ雲の群れは、ぼろ布のようななりとは、どうにもそぐわない。左右にわかれて居ならぶ具足すがたの部将たちも眉をひそめていたが、男は気にするようすもなく、その只中に腰をおろした。こうべをさげ、うやうやしげに平伏する。

「名は」

上畳に坐した織田信長が、するどく問うた。一段さがって脇にひかえる徳川三河守家康が、

「申し上げい――」

広間中へ響きわたる声でうながす。男はあらためて低頭し、おもむろに発した。

「長篠《ながしの》城主・奥平信昌《おくだいらのぶまさ》が家中にて、鳥居強右衛門《とりいすねえもん》と申しまする」

ぞんがい声がわかい。よく見ると、双眸に宿るかがやきも、じゅうぶんに精悍だった。なりがなりだけに齢の見当もつかなかったが、せいぜい長頼の二つ三つ上というところかもしれぬ。

「われらが城、敵方にかこまれ、はや二十日あまり。将兵一丸となってしのいでござれども、敵将・武田勝頼《かつより》いよいよ総攻めの覚悟と見え、命運旦夕《たんせき》にせまって候」

ひといきに言いきった。この口上をのべるためにこそ来た、という気概がことばのすみずみにまで満ちている。長頼もこころ揺さぶられるものがあった。

皆もおなじ思いだったのだろう。胡乱《うろん》げなまなざしは消え去り、強右衛門を見やって、感じ入ったようにうなずく者が多い。すぐ前に坐するあるじ利家や、かたわらの奥村助右衛門も視線をそちらへ向けたまま、身じろぎもせぬ。

「――で、あるか」もともと高い信長の声が、つねよりさらに張りつめている。「時

おかず、織田徳川こぞって後詰《ごづ》めいたすであろう」

その刹那《せつな》、一座の気が沸いた、と長頼は感じる。

信玄没後も当代最強とうたわれる甲斐の武田が、いよいよ本気で三河への侵攻をはじめていた。家康から救援をもとめられ、信長みずから出張ってきたのは、それだけ事態が差しせまっているからにちがいない。最前線である長篠城が陥ち、そのまま三河が制されれば、織田は武田とじかに国ざかいを接することになってしまう。ここはどうでも勝頼軍をしりぞけねばならなかった。

とはいえ、驍名とどろく武田軍と相まみえるのだ。岐阜を発ったときは一部に重くるしい空気がただよっていたことも事実だった。それがいま、強右衛門のおかげで部将たちもここちよい猛りにつつまれている。

信長の言にふかぶかと低頭した強右衛門は、顔をあげると、

「まことありがたきおん仰《おお》せ、ただちにもどり、あるじをはじめ皆みなへ伝え申すでありましょう」

腰を浮かせようとする。はずみで鬢《びん》のあたりから、またしずくがたれた。武田方の目をさけ、川をわたってきたのかもしれぬ。

「ただちとな」家康の隣に坐す若武者が、身を乗りだして驚愕の声をあげた。名を信《のぶ》康《やす》といい、徳川の嫡男である。武辺《ぶへん》ごのみときいているが、たしかに強右衛門へむけ

る視線がやわらかい。「いかにとはいえ、しばし休息いたすがよい。着がえと湯漬けを持たせようほどに」

が、強右衛門はほほ笑みながらかぶりを振り、きびきびした身ごなしで立ちあがった。

「ありがたくは存じまするが、やすむなど思いもよらぬこと」

さきほどは気づかなかったが、小兵といってよい。いまや姓も羽柴《はしば》とあらため、長頼の正面あたりに坐している秀吉よりはさすがに上背もあるが、大柄とはいえぬおのれとくらべても頭半分は小さかった。

が、全身をしなやかな筋肉がみっしりとおおっている。ほとんど裸に近いぶん、なおのこと目についた。

「寸時も早《はよ》う、城へ吉報つたえたく」

強右衛門は振りきるように踵をかえす。

その拍子にかたく閉じられていた拳がひらき、なにか丸いものが転がりおちた。ちょうどあるじ利家の膝あたりで止まったため、長頼が一礼して進みでる。拾いあげてみると、

――はて。

ひどく錆び、くろずんだ永楽銭《えいらくせん》一枚である。むろん金はあったほうがよいに決まっ

ているが、後生《ごしょう》だいじに握りしめるほどの額ではない。

ふしぎに思いながら、立ちあがって差しだした。怪訝そうな顔になっていたのだろう、会釈して受けとった強右衛門が、はにかんだ表情をうかべる。

「――お護りじゃというて、せがれが持たせてくれまいてな……まだたいして喋れませぬが」

長頼も唇をほころばせた。なにかことばを返したいとおもったが、とっさに浮かんでこない。

「……ご武運を」結局、ひどく当りまえの激励しか出てこなかった。

それでも嬉しげにうなずきかえした強右衛門が、永楽銭をぐっと拳におしこみ退出する。

家康の目配せに応じて若い武士がひとり立ち、あとを追った。糒《ほしいい》や衣なりとも渡すつもりなのだろう。

――それがしにも、せがれがおりましてな。

そう言えばよかった、と長頼はおもった。ほんの一瞬ではあったが、あの男の生身に触れた気がしている。

どこかしら放心した気分で、強右衛門の坐したあたりを見つめた。板のうえに濡れた痕が丸くなごりをとどめている。武者窓から差しこむほのあかい光が、そのくろずみを浮きあがらせていた。

部将たちにもいったん散会の下知がくだされる。さはいえ、気短かな信長のことである。出立の命があれば、ただちに動けるよう支度をととのえねばならない。

退出しようとした利家主従は、

「前田どの」

ふとい声に呼びとめられた。ふりかえると、あさぐろく日にやけた猪首《いくび》の武将がていねいに頭をさげている。

徳川三河守家康であった。長頼とほぼ同年のはずだが、さすが一方の雄というものであろう、おちついた物腰は十ほども齢上に見える。

「ようおいでくだされた。織田の方々には足むけて寝られぬ」

「めっそうもないこと」

あるじ利家も丁重に腰を折った。「織田・徳川は一衣帯水《いちいたいすい》。こたびは、われら自身のいくさと心得ておりまする」

「そう思うていただけるなら、ありがたい」家康はほうっと息をつき、さがっていく部将たちを見まわすと、声をひそめて告げた。「そのつながりを作っていただいたは、ほかでもない前田どの」

「ふるい話でござる」

あるじはこうべをふった。

家康は利家の背後を覗きこむようにして、長頼にも声をかけてくる。「そなた、岡崎とはよくよく縁があるの」

「……さようでござりますな」

桶狭間の前夜、この城の一角へ拉致されたことを言っているのだ。はじめて目通りしたときにも、その話を持ちだされたおぼえがある。その後、姉川のいくさ場で顔をあわせたときには出なかった話柄だが、岡崎での再会ということから頭にのぼったのだろう。たしかに、他家の城などそうそうあがりこむものではないから、三たびともなれば家康ならずとも興をおぼえてふしぎはない。

とはいうものの、長頼にしてみれば、あまり思いだしたい記憶とはいえぬ。じつのところ、行軍のゆくてに岡崎城をのぞんだとき、かすかながらおもしろくない気もちが沸きあがってきた。鳥居忠吉は先年没したときくが、石川清兼はずいぶんと髪が白くなりながら、いまなお軍議の席につらなっている。家康はすでに浜松《はままつ》へうつり、この城は嫡男信康がかためていた。信長をむかえるため、みずから出向いてきたのである。

長頼が気のり薄なのを察したか、家康はあらためて利家へ向きなおり、表情を引きしめた。

「ご舎弟の件、いまいちどお悔やみ申しあげる」

しずしずと頭をさげる。

「おそれいりまする」

利家も答礼のかたちをとった。

三方ヶ原のいくさに参陣して手傷を負い、ほどなく没した佐脇良之のことである。直後、丁重な書状がとどけられたものの、しばらく顔を合わせてはいなかったから、じかに弔意を告げられるのははじめてだった。とはいえ、良之が没してもう二年以上たっている。

――なんでもようおぼえておられる御仁《ごじん》じゃ。

感心するやら呆れるやらしているうちに、家康は会釈をのこして広間へもどっていった。

「腰のひくいお方よのう」

おどけた口調で発したのは、いつの間に追いついてきたのか羽柴秀吉である。

「いかさま」階《きざはし》をくだりながら、つぶやくように利家がいった。「が、それだけでもない」

秀吉がしきりにうなずきかえす。「むろんじゃ」

「……鳥居強右衛門とやらのことを申しておられるので？」

それまで押し黙っていた奥村助右衛門が口をひらいた。なんのことぞ、と長頼が問うまえに、

「それ以上は、言わぬがよろしかろう」

場違いなほどほがらかな声が頭上から降ってくる。顔をあげると、やけに色のしろい男が階へ足をかけたところだった。なりはどこから見ても侍だが、大店《おおだな》のあるじを思わせるような柔らかい空気をまとっている。

竹中半兵衛重治《しげはる》、という。

いまは秀吉につかえているが、かつては美濃・斎藤龍興の臣であった。主君を諌《いさ》めるため、あえて稲葉山城を乗っとったという、長頼から見れば酔狂きわまりない男である。まさか轡《くつわ》をならべることになろうとは思わなかったが、斎藤家の滅亡後、隠遁していたところを秀吉みずから通って口説きおとしたと聞く。

長頼には半兵衛がなにを言っているのかさっぱりわからぬ。が、当の助右衛門は、

「たしかに」

いくぶんむっつりしたものの、さまで気をそこねたようすもなく、そのまま階をおりてゆく。あとに続こうとした長頼を、半兵衛が呼びとめた。

「村井どの——でござりましたな」

「いかにもさようじゃが……」

その間にも、あるじや助右衛門がみるみる遠ざかってゆく。あわてて追いかけようとした長頼を利家が振り仰いだ。

「先にゆくぞ」

と目が告げている。長頼はうなずいて半兵衛をふりかえった。秀吉も利家たちとともに自陣へむかったらしく、いつのまにか姿が消えている。長頼たちはすぐ下の層でおり、階のわきで向かいあうかたちとなった。

「お呼びとめして、申し訳もござらぬ。どうしてもお尋ねしたきことがござりまして」

話しているあいだにも、つぎつぎ部将たちが通りすぎてゆくが、半兵衛はいっこう気にとめるようすもない。ぐいと近づくように長頼の面をのぞいてくる。

「……なんでござろう」

強右衛門とかわした遣りとりのことか、と見当をつけ次のことばを待っていると、

「村井どのは、なにゆえ髭を生やされませぬので？」

あまりに唐突なことを問われて絶句した。相手は喰い入るようなまなざしでこちらを見つめている。

——不躾《ぶしつけ》なやつ。

腹がたったが、不審自体はむりもない。長頼も三十をこえた。まわりを眺めてみれ

ば、髭をたくわえてないものなど、まず見当たらぬ。
十八、九のころ、齢に似あわぬ大仰な髭を生やしていたことなど、もうだれも覚えていないだろう。森部のいくさが直後、みずから小刀で剃りおとしたのである。むろん、半兵衛が知るわけもない。
あれから干支もひとまわりし、長頼もなかなかに武名をあげた。伊勢《いせ》の北畠《きたばたけ》氏ぜめでは兜首をあげて七十貫の知行を受け、近江金森《かねがもり》城では一向一揆を相手に奮戦、信長から南蛮笠を拝領する栄誉まで得た。まずは勇士といってよい。

それでいて、青二才のようにのっぺりした貌をさらしているものだから、よけいに目立つのである。もともと童顔の気味があるので、なおさらだった。

じぶんでも、そろそろ具合がわるくなってきたことは分かっている。本心をいえば、また髭をのばしたいものと思う。

が、ふんぎりがつかぬ。

森部のいくさ場で、臆病かぜに吹かれたおのれへあるじがくわえた一槌《いっつい》は今もって忘れられない。命じられたわけではないが、失態はくりかえさぬと肚をくくったあかしに剃ったのである。それは利家にも伝わっているはずであった。

周囲からの勇士あつかいに気をよくして、うかと髭など生やそうものなら、

「その程度の功名で驕《おご》ったるか！」

と逆鱗《げきりん》に触れるやもしれぬ。

かといって、おのれが勝手に剃ったのだから、

「――そろそろ髭を生やしてもようございましょうか」

などと聞けるわけもなかった。じっさい、髭のことについては、いささか進退きわまりぎみの長頼なのである。

が、

「……なにゆえまた、さようなことを」

問いかえすもしごく当然であろう。おなじ家中の朋輩ならともかく、さすがに、この男へこたえる義理はあるまい。

半兵衛はつかのま、ばつがわるそうに顔を伏せたが、すぐにおもてをあげ、さらに一歩にじりよってきた。「――どうにも知りとうござりまして」

「え……」気圧されて、さがりそうになる。

「わるい癖と承知しておりまするが、知りたいとおもうと、おさえられぬ性分でござりましてな」

いって照れかくしに笑ってみせる。

――子どものようなやつじゃ。

あきれたものの、いくらか腹立ちが薄まっていた。この男にすこし興味も湧きはじ

めている。いずれ酒でも酌《く》みかわしながら語ってやろうかという気にもなるが、いまは刻がなさすぎた。

「……いや、むれるたちでござりましてな。とくにいまの季節は」

言いおいて階に足をかけた。半兵衛がいかにも落胆したという表情をうかべる。なにやら童の機嫌をそこねたような気になった。


「さきほどのあれは、なんじゃ」

長頼があらためて訊ねたのは、岡崎城の大手を出て、駐屯する自軍のもとへもどってからであった。奥村助右衛門とともに、足軽たちへ野営の指図をしている。すでに日はおおきくかたむき、空に朱の色がにじみはじめていた。

「というと」

助右衛門がいぶかしげに首をひねる。長頼はことさらぶっきらぼうに告げた。

「竹中半兵衛と、なにやら言うておったであろう」

「ああ……」

助右衛門は心得顔になると、

「おぬし、鳥居強右衛門のなりを見て、なにか思わなんだか」

意外にやさしげな声で語りかける。すこしとまどった。教えさとすつもりなら、そ

れはそれで業腹であるが、

「なり……？」

長頼はつと考えにしずんだ。「えらく汚れておった――」

「うむ」助右衛門が仰々しくうなずく。「ほかには」

長頼はさいぜんの光景を脳裡へうかべた。まっさきによみがえってきたのは、くろく沈んだ板敷きである。

「……濡れておったの」

助右衛門は唇もとをほころばせた。くちおしいが、なかなかによい笑みである。たまにはこのような笑いかたもする男であるらしかった。「そこよ」

「はて――」

長頼が首をかしげていると、助右衛門がふいに視線を右かたへ飛ばした。つられて目をやると、十間ほどむこうから、小塚藤右衛門や木村三蔵たちが松明を手に近づいてくる。もうすこし考えさせたかったとでもいうのか、助右衛門はいくぶん心のこりな色を瞳にたたえると口早に告げた。

「庭先なればともかく、いかに火急《かきゅう》の使者とて、広間へあげるに濡れたままということはあるまい」

「む……？」

長頼は眉根をよせた。なにかしらの解が見えるようで見えぬ。助右衛門がこともなげに語を継いだ。

「かるくぬぐえばすむこと。十数える間におわる」

「……つまり？」

「わざと濡れたままにしたということよ」

「なんの故にじゃ」

助右衛門はおおげさに溜め息をついてみせた。「われらが気を引きしめるために決まっておろう」

「…………」

少しずつ話の筋みちが見えてきた。

いま武田の脅威をじかにこうむっているのは、織田ではなく徳川である。利家がいうように、けっして対岸の火事ですまされる事態ではないのだが、すべてのものがそれを心得ているとはかぎらなかった。じっさい、織田軍全体の空気を見ても、ひとごとめいた捉えかたをしている者がないでもない。

「強右衛門とやらのおかげで、織田家中の士気はおおいにあがった」

「――それはたしかに」

「であろう。いっそ、水をかけなおすくらいのことはあったやもしれぬぞ」

まっこうから見つめられて、長頼はつい視線をそらしてしまう。

「そのようなことが……」

「ある」

助右衛門はきっぱりと言いきった。「あの男が、ばりっとしたなりで現れたとしたら、どうじゃ。長篠城まだまだ安泰、われら織田方、あわてて血をながすこともない、とは考えぬか」

なんとこたえたものか思いもつかず、長頼は黙りこんでしまう。その読みをしりぞけきれないのは、板間にのこったくろずみに己もかすかな違和感をおぼえていたからである。いや、助右衛門の話をきいてはじめて、それが違和感であったことをさとったのだった。

「徳川さまとて一国のあるじ。そのくらいのことはやらねばならぬ」

「……半兵衛も、そのように見たということか」

ようやく発すると、助右衛門はおおきく頷いてみせる。「竹中どのだけではない、わが殿も、羽柴さまもであろうよ」

「……………」

「むろん、お館さまもじゃ。いや、もともと三河守さまと示し合わせてのこととも思える」

長頼は肩をおとした。助右衛門の読みがあたっていたとして、それが腹黒いやり方というわけではない。たんなる駆けひきのひとつである。そのくらいのことは分かっていた。

むしろ歯がゆいのは、おのれがまったくそうした読みに至らなかったことである。あの座を思いかえしてみると、鳥居強右衛門の武者ぶりにこころ揺さぶられた体を見せたのは、柴田勝家や丹羽長秀など、こたびのいくさにいまひとつ乗り気を感じさせぬ面々であった。助右衛門の推量がただしければ、家康のもくろみはじゅうぶん功を奏したこととなる。

ひるがえって自らをかえりみれば、しょせん他国の大事などとはおもわぬものの、当代最強の軍団とまみえるのだという緊張と昂揚がまさっていたのは否めなかった。いくさ自体の意味、ましてや全軍の士気をいかに鼓舞するかという視座など、はなから持っていなかったのである。くやしいが、おなじ陪臣《またもの》としても助右衛門や竹中半兵衛のほうが数等上手《うわて》ということになろう。

藤右衛門たちが、声の聞こえるほどにまで近づいてきた。長頼はそっと顎をなでる。つるりとした手ざわりが、いつもよりいまいましかった。

二

武田という家は、先代の信玄以来、なかば神格化して語られることが多い。

信玄がまだ勝千代《かつちよ》と名のっていたころ、今川義元へ嫁いだ姉から、貝覆いという遊戯につかう蛤《はまぐり》が大量におくられてきた。小姓に数えさせたところ、三千七百に及んだという。こころみに、出仕した家臣たちにその数を当てさせてみると、あるものは二万、あるものは一万などとこたえる。

「兵の数など多くはいらぬ。五千もあれば、一万にも二万にも見えるものぞ」

かく言い放ったという。このとき、十三歳。

この慧敏《けいびん》さがうとまれたか、父・信虎《のぶとら》は次男を偏愛し、勝千代あらため晴信《はるのぶ》を廃嫡しようとしたが、先手をうって父を追放し、当主の座についたが二十一歳のときである。

それからの三十年を戦塵のなかに生きた武田晴信、剃髪《ていはつ》して信玄入道は、名将の呼びごえ高いと同時に、人遣いの達人でもあった。

世に武田二十四将などというが、なかでも四将と呼ばれる選りぬきのもののふがいる。

馬場美濃守信春《ばばみののかみのぶはる》
山県三郎兵衛昌景《やまがたさぶろうひようえまさかげ》
高坂弾正虎綱《こうさかだんじようとらつな》
内藤修理亮昌秀《ないとうしゆりのすけまさひで》

この四人をつかうとき、信玄はつねにおのおのの骨柄《こつがら》に応じた組み合わせを考えたという。

すなわち、寡黙にして重厚な馬場には、物言いがほがらかで腰のかるい内藤を、やや性急な気味のある山県には思慮深い高坂を、というぐあいである。

一事が万事であるから、諸士が信玄に服すること、神を仰ぐがごとしであったという。

むろん、このたぐいの話は諸国をめぐる商人や連歌師などが口づたえに残していくものだから、誇張もおおいし、正確とはいいがたい。

が、わかっていても、いちど受けた印象はなかなか拭えぬ。長頼にかぎらず、味方の将士ほぼすべてが、

——武田はつよい。

とおもっているし、それが的はずれというわけでもなかった。

信玄は没したが、跡を継いだ勝頼は猛将とよぶにふさわしい果敢さをしめし、さか

でであることにちがいはなかった。

かる高坂以外の三名がこぞって出陣しているときく。いずれにせよ、容易ならざる敵

んに三河・遠江《とおとうみ》を侵している。くわえて四将も健在であり、こたびは国もとをあず

織田・徳川の連合軍が長篠城の西一里半、設楽《したら》ヶ原《はら》まで押しだしたのは、鳥居強右衛門があざやかな口上をのべた三日後である。信長の本陣は後方の極楽寺山《ごくらくじやま》におかれ、他の諸隊は連吾川《れんごがわ》ぞいに陣をかまえることとなった。

さかんに槌音《つちおと》がひびき、身の丈に倍する木材をかついだ人夫たちがせわしく行きかっている。陣の前面に延々と柵を築くよう指示をうけたのだった。くわしいことは、このあと軍議で伝えられることになっている。

人夫の大半は徴発した地元の百姓たちだった。前田隊でも何箇所かにわかれて家臣が指図しているが、見たこともないほど大がかりな構えゆえ、こちらも今ひとつ要領を得ぬ。しぜん人夫たちのうごきも緩慢となってしまう。気短かな高畠九蔵などはすぐに声を荒らげ、兄の孫十郎にたしなめられていた。

――百姓どもにしてみれば、よい迷惑じゃの。

と思わぬでもないが、長頼などにどうこうできることでもない。せいぜい的確な指示をこころがけるくらいのものである。

「刻限じゃぞ」

木村三蔵がまるい顔から汗をしたたらせつつ呼びに来たので、あとをまかせて持ち場をはなれた。利家の供をして、極楽寺山の本陣へ向かうのである。支度もそこそこに鹿毛の乗馬にまたがった。

主従して、ゆるやかにせりあがった坂をのぼってゆく。濃くたちこめた草の香りが、砂ぼこりとからみあって鼻腔の奥に入りこんだ。たかまりつつある緊張とはうらはらに、うすあおい空から時鳥《ほととぎす》のさえずりがこぼれおちる。つかのまではあるが、いくさ場であることを忘れそうになった。

「又左――」

いちど坂をくだって窪地に出たところで、しゃがれぎみの声に呼びとめられる。馬速を落としてふりかえると、五十年輩の武士が、やはり供をつれて駆けてくるところだった。梅雨晴れの陽光が、色々縅の具足と熊毛の兜にはねかえる。長頼はまぶしさにかるく目をほそめた。

「親父どの」

利家が白い歯を見せてこたえる。

むろん、血のつながった父というわけではない。あだ名のようなものである。

柴田勝家――

織田家中筆頭ともいうべき重臣である。もともとは信長の弟・信行《のぶゆき》の家老であり、桶狭間以前、主君をかついで信長といくさにおよんだこともあった。敗軍ののち赦され、こんにちに至っているのは、それだけの武辺を見こまれた、ということであろう。

「ともに参らん」

勝家のことばにうなずくと、利家はあらためて馬腹を蹴った。会話をかわせるくらいの速さで海原《うなばら》がごとき緑のなかを駆けてゆく。長頼もすぐあとにしたがった。

勝家の供も一騎である。勝政《かつまさ》という名の養子だった。がっちりした体軀のまわりに気負いがまといついているような若者である。とくべつ親しい間柄ではないので、黙礼だけかわして駒をすすめた。

「いよいよじゃの」

勝家の声が、前方から雲のようにながれてくる。もともと地声が大きいたちなのである。おそらくは、「いかにも」などと答えているのだろう、あるじ利家の唇がわずかに動くのが見えた。が、つぎに飛びこんできた勝家の声に、長頼は耳をそばだててしまう。

「――聞いたか、強右衛門とやらのこと」

利家がかぶりをふる。つづけて勝家が発したことばは風にまぎれて聞きとれなかった。長頼はわけもなく鼓動がはやくなるのを感じる。

とつぜん、利家が馬腹をきつく締め、駒をとどめた。長頼たちも、あわててそれにならう。勝家はすこし行きすぎたところで栗毛の脚をとめ、こちらを振りむいていた。

「いま、なんと?」

並み足で近づきながら利家が発する。その声に、あるじらしくもないかすかな動揺がふくまれていた。

「磔《はりつけ》となった」

勝家がいたましげに眼差しをおとした。「長篠の城へ帰るところを捕われての」

「磔……」

長頼は喉の奥でことばを呑みこんだ。武田からしてみれば、強右衛門は敵方の使者である。無念ながら命を絶たれることにふしぎはないが、ころしかたが尋常ではない。いったい、いかなる仕儀なのであろうか。

「織田の後詰めは来ぬと城へ告げよ、さすれば助けよう、といわれたそうじゃ」

あるくほどの速さで馬をすすませながら勝家がいった。「承知したというて、城の間近まで引きだされたところ……」

あるじ利家がふかい息をついた。話のさきに察しをつけたのかもしれない。

「援軍近し、あとしばしのご辛抱なり、と叫んだというわ」勝家の声にはたしかな共感が脈うっている。先だっての軍議でも、強右衛門のふるまいにいたく感じ入ったようすだった。純粋に、つよい男が好きなのだろう。利家の流浪中もなにかと気をくばってくれたと聞くし、帰参後も目をかけてくれている。それもこの伝《でん》にちがいなかった。

もっとも勝家の配慮はいささか武骨すぎるもので、しつこいほど信長に帰参を願いでてくれたのはよいとして、荒子相続のおりは、寿《ことほ》ぐつもりでさんざん兄・利久の悪《あっ》口《こう》をふりまき、利家の気をそこねたという。

そういうもののふなのである。むろん、奥村助右衛門が示したような読みすじなど考えてもおらぬに相違ない。

——見せしめというわけか……。

強右衛門のふるまいに激怒した武田軍は、長篠城へ見せつけるべく、磔に処したのであろう。

——が、かの者には一世一代のほまれとなったにちがいない。

さすがにうらやましいとは思わぬが、もののふとしては決してわるくない最期だという気がする。おそらくあの男も、はげしい苦痛のなか、そう信じながら死ぬることができたであろう。

わしとて強右衛門には負けぬ、とつぶやきながら馬腹を蹴った。これでますます三河守さまのお望みどおりか、という声が耳朶をかすめそうになったが、あわてて押しこめる。

あの男の倅は父の最期を見たのだろうか、と長頼はおもった。

極楽寺山と呼ばれてはいるが、せいぜい小高い小丘といったところである。藍地に木瓜の紋を染めぬいた幕がいちめん張りめぐらされ、にわかづくりの本陣ができていた。部将たちが参集するや、信長らしい性急さでただちに軍議がはじめられる。

信長が説明を嫌うせいで、織田の軍議はいくぶん分かりづらいのがつねであった。最低限のことしか伝達されないため、聞くほうがあれこれ推量して補わねばならず、ひどくつかれる。

が、こたびは三河でのいくさということもあり、おもに家康が状況の説明や指示をおこなっていた。話も的確で、敵方と自軍のありようがするりと頭に入ってくる。それでいて、出しゃばるようなさまは見せず、肝心な指図はいちいち信長にゆずっていた。たとえはわるいが、練達の万歳《まんざい》でも見ているような思いがする。

連吾川へ逆茂木《さかもぎ》をもうけ、馬防ぎの柵を築いて陣をかまえたならば、こちらからは仕掛けず対手の出方を待つこと、徳川の別動隊が隙を見て勝頼の背後、鳶ヶ巣山《とびすやま》を攻略する腹づもりであることが周知される。

「そのお役、それがしにたまわりたい」

嫡男の信康がいきおいこんで願いでたが、

「こたびはこらえよ」

家康に制されて重臣の酒井忠次《さかいただつぐ》が指名された。信康はあからさまに不満げな面もちながらも引きさがる。

連吾川ぞいに配置した本隊と別動隊とで武田軍を挟み撃ちにしようという策である。たしかに、ここは血気さかんな若殿より、老巧の士を配したいところだろう。長頼から見ても、よく練られた作戦だとおもえる。

ただし、それはふつうの敵なら、ということであった。

――あの武田がむざむざ討たれようか。

神速のごとき騎馬隊で挟撃など蹴散らしてくるのではないか、と首をかしげていると、まるでその懸念を薙《な》ぎたおすかのように、信長の声が耳朶をふるわせた。

「――このいくさ、かなめは鉄炮にあり」

ざわり、と部将たちの身じろぎが波騒《なみざい》のようにひろがっていく。

――鉄炮……。

むろん、信長がこの兵器に異様なまでの執着を抱いていることはよく知っていた。

傾奇者《かぶきもの》よ、うつけよと囃《はや》したてられていた若いころ、みずから鉄炮を手に取り、狂気じみた熱心さで稽古にはげんでいたと聞く。利家もそうした主君の姿を目のあたりにしていたはずだった。

それから二十年、たしかに他の大名とくらべて織田の鉄炮装備は充実しており、その傾向もあきらかに拡大をつづけている。

とはいえ、威力はともかく、いまだ希少な兵器であり、いくさ場での要《かなめ》にはなりがたいというのが家中でもふつうにいきわたっている見方であろう。

が、つづく家康のことばに長頼は耳をうたがった。

「こたびは、三千挺の鉄炮をもちいる」

さきほどに倍して騒然とした空気がながれるかと思ったが、一座はむしろ鎮まりかえってしまう。長頼自身、そうであった。息があさくなり、どこへ視線を向けてよいかわからぬ。ややあって、あるじ利家の横顔をうかがうと、やはりわずかながら驚愕の色を眉宇《びう》へ滲ませていた。

想像もおよばぬ数である。織田軍においてすら、それほどの鉄炮を投入したことはなかった。

「これで、武田とておそるるにたらず」

丹羽長秀が勢いこんで発した。柴田勝家につぐ重鎮であるが、武人としてはやや線のほそいところがある。露骨には見せぬものの、こたびのいくさに際しても腰の引けている気配がうかがえた。鉄炮の数を聞いて愁《うれ》いをはらったというところであろう。

「いや――」

利家が口中でつぶやいた。かたわらへ坐す長頼にやっと聞こえるくらいの声音である。いぶかしく思ってそちらへ顔を向けようとするまえに、

「さにあらず」

家康が、やけにつめたい声で丹羽のことばをさえぎった。

「ただ三千挺あるというだけでは、勝てぬ」

「と申されますと……」

丹羽はとまどいとあせりを声へにじませた。

「――弾ごめに、刻を要するのでござるよ」

ふいに、末席のほうから澄んだ声がはなたれた。一座の視線がいちどきにそちらへ吸いよせられる。

萌黄《もえぎ》縅の具足に揉烏帽子をかむった、四十代なかばとおもえる部将であった。足利幕府はすでにほろんでいるが、まるで管領か政所執事《まんどころしつじ》のように落ちついた物腰をし、風貌もどことなく典雅である。それでいて、眼光だけが不似合いにするどかった。

長頼もその男のことは知っている。名を明智《あけち》十兵衛《じゆうべえ》光秀《みつひで》といい、美濃の出であっ

た。信長につかえてまだ十年とはたたぬが、すでに近江坂本《さかもと》の城をあたえられ、京の代官も兼任している。羽柴秀吉とならぶ出世がしらといってよい。はっきりした前歴は知らぬが、斎藤家に仕えていたとも、足利義昭の側近・細川藤孝《ほそかわふじたか》の家人《けにん》であったとも聞く。

末席に坐しているのは、軍議がはじまってから着到したためで、じっさいの席次はずっと高い。九州の島津《しまづ》氏が上洛、その饗応《きょうおう》役をおおせつかり、仕遂げてから三河へむかったのである。ゆえに、先だっては岡崎城へも姿を見せていなかった。

「鉄炮はたしかに並はずれた武具でござりますが、一発放ったのち次の弾をこめ、火縄に点火する……この間《ま》が長うござる。その隙を敵の騎馬隊に突かれれば、ひとたまりもありませぬ」

光秀は補うようにつづける。騎馬隊というのは武田家にまつわる伝説のひとつで、騎兵と駿馬《しゅんめ》のみで構成された精鋭の一群であるという。もっとも、この話もどこまで本当かあやしいものだが、他国にくらべ騎馬の戦力がまさっているのはたしかだった。

いくたりかの将があからさまな落胆の息をはいたが、当の光秀は落ちついた体をくずさず、微笑さえ浮かべている。家康がおだやかに呼びかけた。

「では、ようようそろえた三千挺もの鉄炮、むだとお考えかの」

光秀がゆるやかにこうべをふる。「左様にてはあらず……」

「——迅《と》く申せ」

上席の一角からいらだたしげな声が湧き、座に緊張がはしった。たしかめるまでもなく、主君・信長が不機嫌そうに貌をゆがめ、小刻みにからだをゆすっている。長頼は身をすくめた。信長に前置きはいらない。結論だけが必要なのである。

それに気づいたのだろう、

「おそれいりましてござります——それがし、三段撃ちを具申いたしとう存じまする」

ひといきに告げた。

——三段撃ち……？

なんのことやらわからず、長頼はあるじ利家の貌をうかがった。かるくうなずいているところをみると、光秀のいう意味がわかっているのだろう。あせりにも似た感情が湧きあがる。

こんどは座の反応をたしかめる間もおかず、光秀は口早につづけた。

「射手を前・中・後の三段にわけ申す。前段の者放てば後方へさがりて弾をこめ、その間、中段の者が放ちまする。中段の者終えればまた後方へ、して後段の者放ちおえたるときには、すでに前段の者、用意をととのえ、ふたたび放ちうるという次第でござりまする」

部将たちのあいだに抑えきれぬどよめきがおこった。どちらかといえば文官という印象のつよかった光秀だが、いまの献策は長頼にもみごとなものと思える。が、それでいて、なにやら言いようのないもどかしさを感じてしまう。うまくことばにできぬまま、その感覚を持て余していると、

「おそれながら」

向かいがわから、耳におぼえのある声があがった。目をとばして、「あっ」と声が出そうになる。竹中半兵衛が貌をあげて一座を見まわしていた。

――度胸のある奴じゃ。

長頼は息をつめ、色白のおもてに視線を据えた。半兵衛も長頼とおなじく陪臣である。発言を禁じられているわけではないが、差し出口はひかえるが暗黙の了解であった。

「陪臣はだまっておれ」

案の定、柴田勝家が怒気をふくませた声を投げかける。ひと一倍、こういった乱れを嫌うたちなのである。かつて信長に叛旗をひるがえしたのも、弟づきの家老だったからというだけでなく、人として肌の合わぬところがあるのではないかと長頼はおもっていた。そういえば、桶狭間のおり、中島砦で撤退を主張し、信長からうつけ呼ば

わりされていた記憶もある。

「ま、ま、柴田さま――ここはそれがしに免じて」

半兵衛のかたわらで、あるじの秀吉がわざとらしく剽げた声をあげ、とりなそうとしたが、

「そのほうこそ、だまれ！」

一喝され、これまた大仰なしぐさで頭をかかえる。座に場違いな笑声が湧いた。家康ですら、吹きだしそうな唇もとをかろうじて押さえている。

「――かまわぬ」

信長の声だけが笑っていなかった。いちどにざわつきがおさまり、つめたいほどの静寂がおりてくる。頭上で鳥の羽搏《はばた》くような音がこだましていたが、そちらへ目をむけるものはなかった。

むっつりと黙りこんだ勝家に一礼をおくると、半兵衛はゆるりと座を眺めわたした。

「まことに僭越《せんえつ》ながら――三段撃ちは一見上策と見ゆれど、さにあらず」

「なに？」

不快げな色を隠そうともせぬ声があがる。むろん、明智光秀のものであった。半兵衛はそちらへもふかぶかとあたまを下げたが、きれいな弧をえがいて面をあげると、

りまする」

「第一の理由。せっかく三千挺あるに、三段にわけては鉄炮でまもれる線が短こうな

いささかの淀みもなく述べたてた。それくらいは長頼にもわかる。三分が一となる道理である。

「長ければよいというものではなかろう——弾ごめの刻はいらぬと申すか」

光秀が憮然とした口調で追いすがった。が、半兵衛はさらりとこたえる。

「めっそうもない。むろん、三千挺で一段というわけにはまいりませぬ」

「なれば——」

光秀のことばをさえぎるように、

「第二の理由」半兵衛は淡々と語をついだ。「射手が後方へ動くためには、そのための隙間が要り申す」

「当りまえじゃ」

なにをいいたいのか、つかみかね途方に暮れているような光秀の声音であった。

「さすれば、横にならびし鉄炮同士のあいだひろがり、敵の付け入る隙もまた生じまする」

半兵衛はかまわずつづける。光秀はうつむき、おのれの膝あたりへ視線をおとした。

「第三の理由――射手の動きふえれば、いらざる騒擾《そうじょう》が出来いたすおそれあり。ころび、ぶつかりなどしては剣吞至極。味方の弾で落命するものさえ出るやもしれず」

かろく息を継ぐと、半兵衛は上席に坐す信長と家康を仰ぎみるようにして告げた。

「ゆえにそれがし、二段撃ちを具申いたしまする」

「二段とな」

家康の面に驚きの色が浮かんだ。「くわしく申せ」

「射手を前段と後段に配し、前段の者、放ちたる後ひざまずき、後段の者放ちまする。つぎに前段の者、立ちあがりて放ち、後段の者その間に弾をこめ、火を点じまする。そを繰りかえさば、射手の動き乱れなく、鉄炮の列、隙あらず、しかも長さは二分が一の勘定にて」

家康は腕を組み、つかのま考えにふけっているようだった。「……番がくるまえでも火縄尽きたるときは放たねばならぬ。が、三段ではまえに朋輩がおる」

半兵衛がにこりとほほえんだ。

「二段なれば、前の者ひざまずき、同時に放つも可にて」

「そは第四の理由か」

どこかしら、家康の声がはずんでいる。

「おそれながら、理由は三つあればじゅうぶんでござりまする」

おだやかな声で半兵衛がこたえた。人を喰った言い草ともおもえるが、この男なりに光秀へ配慮しているのやもしれぬ。

その明智光秀はうつむけた首をあげようともしない。揉烏帽子の頂《いただき》がかすかにふるえていた。

長頼にもすでにわかっている。三段撃ちの策を聞いたときには、どうにも絵が浮かんでこなかった。三段にわかれた射手が整然と撃ち、乱れなく移動する姿がいかにしても見えなかったのである。

「――二段とせよ」

うかがいをたてられるまえに、信長が発した。もはや、ざわめきも起こらぬ。まるでひといくさ終えたかのような虚脱感が座をおおっていた。

が、

「うぬは坂本へもどれ」信長がぼそりといい、落ちつきかけた空気がひといきに冷たくちぢんだ。長頼はとっさに末席のほうへ視線をとばす。

色じろの典雅な面ざしが呆然と口をひらいている。坂本というからには、明智光秀へむけられた言葉にちがいないが、本人はなにがおきたか分からぬといったようすである。

むりもない。長頼とておのれの耳をうたがった。献策がやぶれたのは事実だが、竹中半兵衛の案にはしたがえぬと言ったわけでもないし、言うわけもない。まんいちにも遺恨をのこすようであれば全軍の士気にかかわると考えたのかもしれないが、京からいそぎ駆けつけた者に対してあまりな処遇ではあった。あるじ利家もいたましげに眉をひそめ、光秀のほうを見やっている。

「さ、されど――」光秀がすがるように弱々しい声をしぼり出した。信長が無言のまま、苛立たし気に二、三度足を踏みならす。びくりと身をすくめた光秀は、ややあって肩をおとした。そのまま幽鬼のごとく立ちあがり、陣幕の外へ消えていく。

思いたって正面を見やると、竹中半兵衛がべそをかいた童のような表情をうかべている。長頼はおもわず目を伏せた。

だれもことばを発しようとはせぬ。

ことさらふかく息を吸う音が座にひびいた。一気に流れを変えるような大音で家康が呼びかける。「して、要たる鉄炮隊の指図じゃが――」

かたわらで、なにかのそよぐ気配がした。引きずられるように目をやると、あるじ利家が床几《しょうぎ》から腰をあげ、上席を見やっている。いつもとかわらぬ、しずかな声音がその口からもれた。

「そのお役、ぜひとも、われらにお命じいただきとうござる」

三

大気がすこしずつ朱をおび、くろくしずんでいた川面《かわも》が明るみはじめる。昨晩降った雨のなごりが夜露とまじりあって光のつぶをはらみ、みどり濃い下草は微風にそよいでいた。ゆるやかな勾配にそって対岸へ整列した敵の一群は、まるで風景のひとつとも見えたが、耳をすませば物具の音や馬の嘶きが耳奥へはっきりと伝わってくる。

——いつ仕掛けてくるか。

長頼はあるじ利家や朋輩たちと肩をならべ、二段に折り敷いた鉄炮足軽たちの背後にたたずんでいる。昨日、長篠城包囲の部隊を残したまま武田軍が前進し、連吾川をはさんで向かい合うかたちになった。こちらから攻めてはならぬとかたく言いふくめられているが、すでに一夜がたち、将兵の緊張は極限に達している。

足軽たちの前面に馬防ぎの柵、そしてその先には流れる川面と、重くしずまりかえった敵軍があった。

——動かざること山のごとし、であったの……。

疾《はや》きこと風のごとく、徐《しず》かなること林のごとく、侵掠《しんりやく》すること火のごとく、動かざること山のごとし。武田の旗、風林火山は美濃尾張の童ですら知っている。ただのうたい文句と考えていたが、武田全軍が風のごとく火のごとく襲ってくるさまをおもうと、口中の渇きをどうすることもできなかった。すでに喉の奥まで干上がっている。

長頼はつるりとした顎をしきりに撫でた。

竹中半兵衛の創案による二段撃ちが功を奏するか否か、すべてはそこにかかっている。

が、なにしろ希少な兵器であるし、ふつうは鉄炮足軽があやつるものである。長頼自身、つかったことがあるという程度だった。指図する身であるから、この際それはおくとして、射手の腕前にも懸念がある。技倆《ぎりよう》すぐれたものは、織田家にあってさえ数百というところだろう。あとはにわか仕込みの鉄炮隊なのである。

長頼はあるじの横顔へ視線をやった。利家が鉄炮隊の指揮に手をあげたときはしんそこ驚いたが、それは朋輩たちもおなじである。築いたばかりの陣へもどり、ことの次第を利家がつげた時、ほとんどの者が困惑の表情をうかべたのだった。

「けっして、否やを申すわけではござりませぬが……」

まっさきにしぶい顔をつくったのは、前田家一の剣客・富田景政である。「正直なところを申せば、それがし、鉄炮は好みませぬ」

むろん、そうであろう。おのれの剣技を極限まで鍛えあげた男なれば、飛び道具をよろこぶわけもない。

「失礼ながら景政どの、好ききらいの話ではござらぬ」小塚藤右衛門が、やんわりと制した。

「とは申せ、おぬしも同意であろう」

高畠九蔵が揶揄するように合いの手をいれると、

「む……」

図星であったらしく、黙りこんでしまう。口には出さぬが、藤右衛門はおなじものののふとして、武田を敬しているようなところがうかがえる。自慢の槍ひとつでぶつかりたいと思っているのやもしれぬ。

「肝心なのは、さようなことにあらず」

奥村助右衛門がいらだったような声をあげる。「われら、ろくろく鉄炮隊を指図したこともない。三千挺のうち、千挺もの鉄炮をお預かりするは誉《ほま》れなれど、いかに使いこなしたものか」声にはせぬものの、この役目に名のりをあげた利家の真意をはかりかねているらしかった。「いくさの帰趨《きすう》を決する大事のお役、しくじりは許されぬ……」

「――しとげればよい」

さえぎるように発したのは、利家、ではない。

長頼なのであった。「かなめのお役なればこそ、はたせば随一の手柄」

場にしんとした空気がひろがる。あるじは口をはさまぬまま、どこか楽し気なまなざしで皆を見つめていた。

長頼とて鉄炮隊の指揮に自信などあろうはずもない。

が、たんなる思いつきで役目を願いでる利家ではあるまい。功名ねらい、というのも少しちがう気がする。

このいくさに勝てば、織田の戦術はますます鉄炮を重視するものとなっていくであろう。それを見越して、いちはやく身を投じようというのではないか、とこれは想像でしかない。

いずれにせよ、このあるじに従《つ》いてゆくと決めたのである。そこを揺るがしては長頼自身が根から惑うてしまう。

「勝てばよい――のじゃな」

ややあって、小塚藤右衛門がぼそりとつぶやいた。おのれへ言いきかせるような口ぶりである。

「そうは言わん」長頼はゆっくりとかぶりを振った。「が、勝たねば話にならぬ」

鳥居強右衛門とてうかばれまい、ということばが出かかって喉の奥へ落ちる。瞼にうかんだあの男の姿があまりにつよくあざやかで、つかのま気をとられたからだった。

下流の方角でにわかにどよめきがあがった。目をとばすと、敵陣から三騎ばかりの物見が川をわたり、挑発するように徳川軍の前面を駆けまわっている。応じるようにこちらも騎馬武者が二騎、柵の切れ目から出張って矢を射かけた。むろん、不用意に打って出ぬよう徳川の家中にも令がいきわたっているはずだが、このくらいは挨拶のようなものである。げんに矢を射た武士も深追いするようすは微塵も見せぬ。

いっぽう敵の武者は矢をかわしておおきく野を疾駆すると、自軍のほうへもどっていく。

それと同時に武田の陣太鼓がなりわたった。なだらかな傾斜にそってそびえるように居並んでいた隊列がくずれ、潮のごとき勢いでこちらへ寄せてくる。

先がけの騎馬群が見る見る大きさを増し、水しぶきをあげて連吾川を押しわたった。

——疾い……。

風のごとしか、と長頼はかすかな身ぶるいをおぼえた。右手を腰の大小にのばし、柄をにぎりしめる。掌がじわりと汗ばんでくるのがわかった。

「点火——」

奥村助右衛門が一歩ふみだして号令をくだす。鉄炮足軽たちが銃身をかまえなおし、縄へ火口《ほくち》を近づけた。その間にも敵方はつぎつぎと押しよせてくる。

「……間にあわぬ」

だれかが悲痛な叫びをあげた。

その声も途切れぬうちに、前面の柵へ騎馬武者が喰らいつき、隙間から槍を突き入れてくる。叫喚の渦が湧きあがった。何人かは餌食《えじき》になったらしい。

追いついた敵の兵卒が熊手のような得物を柵にかけ、力まかせに引き倒そうとする。みしっ、という音があがった。

――まずい。

槍を手にとり、柵のほうへ向かおうとしたとき、かたわらをなにかが駆けていった。

はっと気づいたときには、すでに利家が柵の際までにじりより、熊手を持った兵を朱柄の槍で貫きとおしている。

「殿――放ちまするっ」

助右衛門の絶叫を掻き消すように、かわいた音が野へこだました。

柵にとりすがっていた騎馬武者が硝煙のむこうで転倒し、あたりに弾薬の匂いが充満する。長頼が噎せているあいだに、煙を掻き分けるようにして利家がもどってきた。

「……おそれいりまいた」

さすがに面目なく、おもてを伏せるようにして低頭すると、

「点火から放つまでの刻が、思うたよりかかる。朝露のせいやもしれぬな」

こともなげに言い放つ。

――こちらも風のごとしであったわ。

からだから、こわばりのほどけていく心地がした。

突然、足もとでなにかのはじける音がするどくひびき、土くれが跳ねる。木村三蔵がひゃっというような声をあげ、奥村助右衛門が振りかえってじろりとにらんだ。

「敵の鉄炮か……」

かたわらで高畠孫十郎がうめく。弟の九蔵が不安げな視線で兄をうかがった。敵方からの銃撃も予想されたことではあるが、弾が飛んでくると、その現実があらためておもみを増す。

長頼は身がまえて馬防《ばぼう》柵のむこうへ目をくばった。砂塵にまぎれ、敵方の射手がどこにいるのか、はっきりとは見さだめられない。

思いきって駆けだし、鉄炮足軽たちの前に立った。

「――敵の鉄炮、われらが十分の一もなし、しかも進みながら放ちおる。当たる道理なぞないっ」

「そのとおりじゃ、ひるまず撃てっ。玉薬《たまぐすり》とて、くさるほどあるわ」

助右衛門が応じながら、にやりと笑みをむけてくる。長頼はうなずきかえすと、

「放てっ」

声を張りあげて下知した。大気を裂くような音が立てつづけに起こり、敵方の騎馬や兵卒がもんどりうって倒れこむ。

――そうか……。

士気をさげぬため、口から出まかせじみたいきおいで叫んだが、ぞんがい当をえていたやもしれぬ。こちらから仕掛けぬこと、と厳命があったのは、まともにぶつかっては武田の強兵に蹴散らされるおそれがあるから、とおもっていたが、銃座を固定し、ねらいをより正確にするためもあるだろう。圧倒的な火力に安んずることなく、確実に勝ち目をふやしていこうというのだ。移動しながらでは敵方の照準があまくなることも織りこみずみにちがいない。

そして柵の際へ近づいた長頼は、今さらながらこの地の形状に気づいた。両軍の陣はともに連吾川へむかってゆるやかな坂をなしている。ちょうど川があさい谷底のようになっているのである。武田の騎馬が突進してきても、いちどはくだり、またこちらの陣めがけてのぼってこなければならない。いきおいは相当そがれるはずだった。

むろん、そこまで承知のうえで陣をさだめたのだろう。それが信長という男なので

ある。

――とてつもないお方じゃ。

が、なぜか畏敬を通りこして、うそ寒いものを感じてしまう。長頼はかるくこうべをふって、気もちをいくさ場へもどした。

味方の陣は連吾川へ沿って南北にながくひろがっている。左翼、すなわち北方に利家はじめ、佐々成政《さっさなりまさ》、福富秀勝《ふくずみひでかつ》、塙直政《ばんなおまさ》のひきいる鉄炮隊がならび、つづいて騎兵と歩兵で構成された徳川勢、織田勢の順に三万の軍が配されていた。鉄炮隊以外の兵も可能なかぎり馬防柵のうちにとどまり、弓で応戦したり足軽小隊を押しだしたりして敵をしのいでいる。

鉄炮にしりぞけられた武田軍は、鉾先《ほこさき》をすこしずつ徳川勢の方へうつしていた。川底の逆茂木を取りのぞき、くりかえし熊手を投げて馬防柵を引きたおそうとする。木の裂ける音がぶきみにひびき、ついに折れる柵が出はじめた。徳川陣のあたりが騒然となってくる。

――いかん。

鉄炮隊のうち、徳川にいちばん近いのは塙直政だが、いっしょになって浮き足だっているように見える。このまま突破されれば、そこから全体へと綻《ほころ》びがひろがってしまう。

長頼は問いかけるように、かたわらの利家をうかがった。あるじはかすかに眉間《みけん》をよせているが、だまったまま動こうとせぬ。だとすれば、おのれが動くわけにはいかなかった。

——こらえてくれ。

祈るようなおもいで息をつめた。織田方の騎兵や士卒も駆けつけ、打ちものふるって敵兵を逐《お》っている。穿《うが》たれかけた穴は、どうにか持ちこたえているようだった。銃弾の音が熄《や》むことなくとどろいている。もはや玉薬の匂いにもなれ、異臭ともおもわなかった。

すでに、いくさがはじまってふた刻以上がたっている。真夏のような陽光が早暁の冷気をはらい、黒漆《くろうるし》で塗りあげた長頼の具足に容赦なく照りつけていた。首すじを絶えることなく汗がながれおち、なんども籠手でぬぐう。すこし顔があがった拍子に空へ目がむいた。いままで見たおぼえのないほど濃い碧《あお》がひろがっている。

ふいに異変がおきた。そう感じたのは長頼だけではない。周囲の士卒も騒然となっている。

敵方の突撃が、にわかに烈しさをくわえていた。騎馬や兵卒のせまりくる速度が目に見えてあがっている。

「――放てっ」

下知する助右衛門の声にも、困惑がにじんでいた。

鉄炮がいっせいに火をふき、敵の人馬が薙ぎたおされる。息つく間もなく後段の鉄炮足軽が立ちあがり、つぎの弾を放った。ひと撃ちごとに屍の数が増していく。それでも苛烈な突撃はやまず、長頼たちの周囲にたちこめる硝煙も途切れることがなかった。

――なぜ退かぬ。

いぶかしくおもったが、すぐにさとった。作戦どおりならば、別動隊が敵の背後・鳶ヶ巣山を急襲したころおいである。おそらくはその攻撃が首尾よくいったのだろう。うしろを絶たれた武田勢には、前進して勝つしか道がない。

敵からの銃弾はいつしか途絶えている。つい先ほどまでは、ときおり馬防柵の内へも弾が飛んできたが、武田方からあがっていた煙幕はうすれ、見えかくれしていた射手の姿もかんぜんに消え失せていた。

――彼奴ら、もう弾がないのだ。

なぜか、体中を戦慄がおそった。勝てるかもしれぬ、とおもったが意外にもよろこびは湧いてこず、畏れるような心地が腸《はらわた》をつかんだ。ひやりとした感触が全身の毛穴からしのび入ってくる。

柵のうちへ居ながらにして、帰趨は決しつつあった。はっきりことばにはできぬが、いくさというものが、とうとうひとつの頂を越えてしまった気がする。

鎧とおなじ、黒漆ぬりの大刀へ手をのばす。掌は汗ばんでいるが、同時にひどくつめたかった。

その間にも武田方の屍は絶えることなく数をくわえてゆく。風林火山や武田菱の旗指物がいたるところで血と泥にまみれ、そのうえに新たなもののふたちが倒れふしていった。

長頼は熱いつばを呑みこんだ。

――あれは、わしじゃ。

とはおもわぬ。いや、おもってはならなかった。そのような心もちが命とりであることは、誰よりも知っている。

気がつくと、かたわらの利家がおのれを見つめていた。その表情から気もちの動きは読みとれない。ただしずかに、ふかいまなざしがそそがれていた。

「――」

発すべきことばの当てもないまま唇をひらいた長頼だが、声が出るよりさきにあたりへ銃声がとどろいた。

柵のむこうへ目をとばすと、ついに武田方が列をみだして撤退しつつある。とはいえ、後方を扼《やく》されているのならば、退くもまた地獄でしかない。それがわかっていながら、もはや潰走するしかないということなのだろう。

にわかに陣太鼓が鳴りひびいた。信長の坐す本陣のあたりからである。

追撃の合図であった。

利家が槍を手にとり、無言のまま駆けだしてゆく。長頼はわれにかえり、いそいであとを追った。

そなえとして鉄炮隊をのこし、高畠兄弟と奥村助右衛門が陣をかためる。残りの士卒はこぞって攻めかかる手筈になっていた。

馬防柵には出撃用の口が何箇所かもうけてある。早暁から猛りを持てあましていた将兵の群れは、まがまがしい雪崩のごとく押しよせていった。

むろん前田隊だけではない。佐々成政以下の鉄炮組、柴田勝家や丹羽長秀、羽柴秀吉らの軍勢がいっせいに軛《くびき》をとかれ、いくさ場へあふれこんでいく。物具のぶつかる甲高い音やいくえにもかさなる絶叫が野をおおった。

逃げまどう敵兵のなかにも、踏みとどまり槍先を繰りだしてくる強者《つわもの》がのこっている。敗軍でありながら、その割り合いはかなりのものである気がした。長頼はしなやかに全身を動かし、観音像を彫りきざむ仏師のごとく、ひと槍ひと槍をしっかりと突き入れていく。

すでに日は中天をすぎているが、滾《たぎ》るような熱気が草むらにこもっていた。五間ほど先へせまった水面《みなも》には打ちすてられた武具や屍がうかび、まわりにゆるやかな漣《さざなみ》が生じている。

とつぜん、喉をしぼるような呻き声が近くであがった。咄嗟にその方向へ目をやると、利家が右臑《すね》をおさえてうずくまり、あざやかな赤い具足をまとった敵将が槍を捨てて駆けよろうとしている。手が腰のものに伸びていた。一気に首を掻くつもりなのだ。

おのれに先んじて守らねばならぬ人がある、とからだが知っている。はらわたが砕けるような絶叫をあげ、長頼は馬腹を蹴った。赤備《あかぞな》えの敵将が驚愕の表情をうかべた、と見えたときにはすでに馬上から飛びこみ、体当たりを喰らわせている。黒と赤の具足がにぶい音を立ててぶつかりあい、衝撃でつかのま目がくらんだ。

いそいで立ちあがり、大刀を抜いて打ちかかっていく。対手もすばやく体勢をたてなおし、隙のない刃を見舞ってきた。刀と刀が烈しく打ちあい、するどい金属音が熱い空気のなかへ立ちのぼっていく。

——勁《つよ》い……。

焦りとともに、ほんのかすかな歓びをも長頼は感じていた。にぎりしめた大刀がおのれの手から伸びたもののようにおもえる。切っ先にまで魂がいきわたっていた。

「——前田利家が家臣、村井長頼」

構えをくずさぬまま、長頼は発した。いくさ場で名のるのは、はじめてかもしれない。

赤備えの将は息をはずませながら、不敵に笑う。おのれとかわらぬ齢のように見えた。

いつのまにか連吾川の岸辺にまで近づいている。対手の背後では水面が陽光を跳ねかえし、まぶしくきらめいていた。

「山県昌景が家臣、弓削左衛門《ゆげさえもん》」

いいおわらぬうちに斬りかかってくる。これで勝負を決める、という気魄《きはく》がつたわってきた。

ふりおろされた刃を頭上にかざした大刀で受けとめる。が、打ち込みの重さによろめき、兜の前庇が砕かれた。鋼の破片が顔へ降りかかる。腰をおとして懸命にこらえると、対手の体勢がわずかにくずれた。長頼は渾身の力をこめて刃を押しかえし、そのまま敵の喉輪へいっきに突きとおした。

弓削が仰のけに倒れる。長頼は引きずられ、もつれ込むようにして川へ落ちこんだ。乾ききった黒い具足にしぶきが降りかかる。立ちあがり、顔をぬぐった籠手があかくそまった。唇のあたりから血が流れている。兜を割られたときに刃がかすめたのだろう。

弓削は目をひらいたまま水中に没していた。喉のあたりから吹きだす鮮血は流れにとけこんでひろがり、どこまでもただよっていく。周囲には、やはりあまたの骸《むくろ》がさらされ、漣に洗われていた。

「……よき敵でござった」

もはや聞こえるはずもないと分かっていながら、長頼は横たわる弓削に呼びかける。このような遣りとりも早晩なくなるのだろう、とおもった。

滴を振りはらって川からあがり、あるじのもとへ駆けよっていく。

「案ずるにはおよばぬ」

利家はうずくまりながらも油断なく槍をかまえていたが、向こうずねを突かれたらしく、歩くことができない。

「さ、それがしの肩におつかまりくだされ」

長頼がかがもうとしたとき、

「うしろぞ――」

あるじがするどく叫んだ。ふりかえると、三人の敵兵が大刀を振りかざして背後にせまっている。おのれの腰へ手をまわしたときには、すでに驚くほど近くでその切っ先がひらめいていた。

ひやりとした感触が背骨をとらえた。

――間にあわぬ。

と、ふいに黒い影が長頼のまえに立ちはだかり、つづいてなにかが倒れるようなおもい音がひびいた。

それでおわりだった。気がつくと、抜き身をさげた富田景政が、ふだんの重厚さに似あわぬ無邪気な笑みでこちらを見下ろしている。

「ようやく、こやつの振るいどきが来たわえ」

そういって血をぬぐった大刀の先には、すでに三人の敵が折り重なるように横たわっていた。この瞬時にどうやって斃したのか、喉輪や札の隙から確実に仕止めている。

「はよう、殿を陣へっ」

叫びながら、小塚藤右衛門が駆けよってきた。長槍をかまえて、隙なくあたりへ気をくばっている。一歩おくれてあらわれた木村三蔵が、大手をひろげて長頼たちの楯になった。

「心得た――」

長頼はもういちど身をかがめ、あるじに近づいた。利家はうなずき、長頼の肩へ左の手をまわす。右には愛用の槍をにぎったままであった。「さ」と声をあわせ、ふたりして立ちあがる。背から肩にかけて、たしかな重みがくわわった。

ゆっくりと一歩を踏みだす。かつてないほど近くに利家の息づかいがあった。あるじのぬくもりがおのれの総身にひろがってゆく。具足をまとった軀をかかえるのは骨が折れたが、苦しいとはおもわなかった。じぶんが利家をささえていることが誇らしいとすら感じる。

原野をかすかな風がわたり、長頼たちをつつむ。草のにおいは、もう夏のものになっていた。柵のなかでおぼえた寄る辺《よべ》ない心地が、今このときだけは消えている。いくさがどう変わろうが、この方とともに、こうして歩んでいければよい、とおもえた。

「……不覚」

利家が耳もとでつぶやいた。長頼はかぶりをふり、ことさら声を大きくしてこたえる。

「滅相もない——手傷はもののふの誉れでござりましょう」

「その儀にあらず」

あるじも声を張りあげた。「そなたの肩など借りたことよ」

いって、にやりと笑う。痛みに貌をゆがめてはいるが、まぎれもなく笑顔である。

長頼は啞然とした。

冗談《てんごう》なのである。

それはわかるが、深傷《ふかで》を負い、どくどくと血をながしながら言うことでもあるまい。よほどに負けず嫌いなのか、信じられぬほど肝が太いのか、今さらながら並はずれているとおもった。

馬防柵が三間ほどの距離にまで近づいてくる。長頼はようやく安堵の息をついた。

「もうよいぞ」

利家がゆっくりと告げた。下ろせという意味かとおもい、肩の力をゆるめようとする。あるじは苦笑し、「いや、それはもうしばし頼もう」あかるく言い放った。

「これがことよ」

朱柄の槍を小脇にかかえ、みずからの髭をなでる。

「は——」

長頼が呆けたように口をひらいていると、利家はつづけていった。

「生やしてよい、というておる」

長頼は首を動かし、いまいちどあるじの横顔を見つめた。血と泥によごれ、痛みをこらえるため歯をくいしばりながら、まなざしはやはりしずかだった。

「……有難くお受けつかまつりまする」

「わしがよいというまで、生やさぬ気であったのか」

「いかにも……いや、生やすに生やされなんだというが、まことのところにて」

長頼がおもはゆさに顔を伏せていると、

「──ばかなやつじゃ」

なぜかあるじは明後日のほうへおもてを向けた。

背後では、いくさ場の喧騒がすこしずつおさまりつつある。馬防柵を乗りこえ、奥村助右衛門が駆けてくるのが見えた。

賤ヶ岳

一

　いかにも急ごしらえと見える石垣のなか、馬場へ駒をすすめていくと、二十歳をすこし出たくらいの武士が待ちうけていた。藍色がかった肩衣《かたぎぬ》と、おなじ色あいの袴が贅肉《ぜいにく》のないからだによく似合っている。きれいに剃られた月代《さかやき》を、こちらへ向けてうやうやしげに下げてきた。

　――助右衛門にどこか似ておる。

　村井長頼がはじめに感じたのは、それである。身も蓋もなくいえば、ととのった貌だちに隠しきれぬ傲岸さがにじみでている、ということになろう。

「お寒いなか、ご足労いただき、おそれいりまする」

　ことばとともに若侍のもらした息が白くくもる。じっさい、十一月のはじめとしてもかなりの冷えこみであった。山坂を半刻ほどもあがってきたため、長頼のまたがる栗毛も湯気とみまがうような鼻息を吹きだしている。

「なんの」あるじ利家が下馬しながら、かるく笑った。「われらが領国はもっと寒うござる」

それには応えをかえさず、秀でた額をゆっくりあげると、若侍は声を張るようにして告げた。

「それがし、筑前守《ちくぜんのかみ》が近習にて、石田《いしだ》三成《みつなり》と申しまする。以後、お見知りおき願わしゅう」

筑前守とは、羽柴秀吉のことである。利家をはじめ、金森長近《かなもりながちか》、不破《ふわ》勝光《かつみつ》らが、柴田勝家の名代としてここ山崎《やまざき》城へおもむいたは、和睦交渉のためであった。総勢十名ほどの一行がつぎつぎと鞍《くら》をおり、小者に駒をあずける。利家の随行は長頼と小塚藤右衛門が仰せつかっていた。

秀吉と勝家の和睦、とはなんであろうかと長頼はおもってしまう。一年、いや半年まえには想像だにしなかった成りゆきである。乱世には慣れていたつもりであったが、さすがに実感が追いつかぬ。石田三成と名のる若侍に先導され本丸へ向かうあいだも、なにやら夢のなかをさまよっている心地すらおぼえるのだった。

この六月、前《さきの》右大臣・織田信長が京の本能寺《ほんのうじ》において、明智光秀に討たれたと聞いたときの驚愕は、長頼の来《こ》しかたを振りかえっても並ぶものがすくない。ほかに思いうかぶのは、二十年の余もむかし、あるじ利家の斬った同朋・拾阿弥が今川の間者であったと聞いたときの衝撃であるが、これはあくまで己いちにんのおどろきであろう。世上をふるわせたということでいえば、くらべものになるまい。

本能寺の変、とよばれるこの弑逆《しいぎゃく》がなにゆえ起こったかは、今もってわからぬ。徳川三河守家康の饗応にさいして光秀に落ち度があり、信長に打擲されたのをうらんだとか、所領を取りあげられそうになったとか、足利最後の将軍・義昭にそそのかされたとか、無数の憶測が出まわってはいる。が、確たる理由はあきらかにできていない。当の光秀がはやくも十日ののち、遠征さきの備中《びっちゅう》から馳せもどった秀吉と合戦におよび、敗死してしまったものだから、これからも模糊《もこ》としたままにちがいない。

――いくさは、このあたりであったげな。

長頼は歩みながらこうべをめぐらし、周囲を見わたした。この城が築かれた天王山《てんのうざん》のふもとこそ、天下わけめのいくさ場だったのである。勝利ののち、秀吉が播州姫路《ばんしゅうひめじ》から本拠をうつした。岐阜にはおよばぬにせよ、なかなかに小高い山塊《さんかい》で、いただきに築かれた本丸へいたるには、馬をおりて牽《ひ》いてゆかねばならぬ道もながい。たどりついた山頂はさみしいほどひっそりしており、冬枯れの枝をすかして鈍くしずんだ桂《かつら》川《がわ》のながれが眼下にのぞまれた。

明智光秀のおもかげは、長頼のまなうらにもはっきりと残っている。武人としては典雅さがまさっている印象があった。なかでもよくおぼえているのは、七年まえ、長篠・設楽ヶ原のいくさで鉄炮隊の三段撃ちを具申し、竹中半兵衛の二段撃ちにやぶれて追われるように去っていく打ちしずんだ面もちである。いかにしても、主殺しのごとき大それたことをなす人物とは見えなかった。

その半兵衛も、もういない。結局、酒を酌みかわす折もないまま、あのあと五年を経ずして病でみまかってしまったのだ。そして、設楽ヶ原の敗戦で衰退の道をくだりはじめた武田家が信長に滅ぼされたのは、本能寺に先立つこと、わずか三月であった。

時のながれが凶暴なまでにいきおいを増していると感じる。おわってしまった謀叛《むほん》のわけを推しはかろうとする余裕など、だれにもなかった。

変が起こった六月のすえには、はやくも宿老たちが清洲にあつまり、織田家のさきゆきを談じあった。まず決さねばならぬは家督のことである。信長の嫡男・信忠《のぶただ》はやはり京で落命していたから、すこしもはやく当主をさだめる必要があった。

ここで秀吉と勝家が対立したのである。信長の三男・信孝《のぶたか》を推す勝家にたいして、秀吉はおなじく次男・信雄《のぶかつ》を後見に、信忠の子つまり信長の嫡孫にあたる幼童・三法《さんぼう》師《し》を立てんとした。筋目からいってもそちらに分があったし、旧主信長のあだを討った秀吉の発言にはやはり重みがあったのである。おまけに丹羽長秀や池田恒興《いけだつねおき》ら他の宿老を抱きこんでもいたため家督は三法師ときまったが、家臣筆頭をみずから任じている勝家がたやすく引きさがるはずもない。いずれ兵をまじえねば収まらぬことは、だれの目にもあきらかだった。

三成に導かれるまま、一行は本丸櫓に足を踏みいれる。草鞋を脱いで板ばりの廊下をすすむと、ぴりりとした冷気が足さきをつつんだ。長頼は背をちぢめそうになったが、

「やはり、国もとよりはずんと寒さもゆるいの」

ならんで歩みをすすめる小塚藤右衛門が小声でささやいてくる。あるじ利家も先ほどそのようなことを言っていた。いささかばつがわるくなり、胸元までのばしたゆたかな髭をしごきながら、ことさら大きなしぐさでうなずきかえす。

長篠のあと、利家は勝家の補佐役として北陸・越前に封じられ、昨年からは能登《のと》一国の支配をまかされている。いっぽう秀吉は近江をへて、いまは播磨《はりま》を領しているから、ふたりが顔をあわせる機会はずいぶんとへった。じかにまみえるのは、昨年の二月、京にて大がかりな馬揃えがあったおり以来のことである。そのときも、秀吉は西国攻めの仕度で馬揃えには参加できず、国もとへもどる利家と入れちがいのように上洛して、あわただしい挨拶をかわしたのみであった。

　さはいえ、ふたりのまじわりが桶狭間以前からの親しいものであることは、家中に知らぬものもない。こたびの使いも、むろんそこを見込まれてのことである。おなじ勝家与力《よりき》の不破・金森も、ともすれば利家へすがるような視線を向けていた。

　上階へのきざはしをのぼりながら、三成がこちらをふりむく。眉をひそめ、遠慮がちに告げた。

「じつは、あるじ筑前、つい一刻ほどまえ京より戻ったばかりにて……いくぶんお待たせ申し上げるやもしれませぬ」

「大事ござらぬ」

　利家の背がおだやかにこたえた。三成はかろくうなずきかえすと、向きなおってそのまま上りつづける。

　頭上に人ひとり通れるほどの四角い切れ込みがのぞき、のぼりきった三成がそのむこうへ消えた。つづいてあるじ利家の長身が吸いこまれていく。

　あとを追って頭だけ出した長頼は、おもわず叫びそうになった。

　黒い影がおどろくほどのはやさで視界をよぎり、利家に飛びかかっていく。

　長頼は大刀の柄《つか》に手をかけ、駆けあがろうと脹《ふく》らはぎに力をこめた。

　一気に躍りで、抜刀しようとして立ちすくんでしまう。

　むしゃぶりつくように利家へとりすがった影が、唸り声をあげている。

いや、哭《な》いているのだった。

声のぬしは、羽柴筑前守秀吉である。あるじ利家に抱きつき、喚《おめ》くように泣いていた。

「又左っ、ようわせられた。会いたかった、会いたかったぞっ」

あわててきざはしを駆けあがった小塚藤右衛門や金森、不破たちも啞然としてふたりを見まもっている。

利家は動じることもなく、相手の肩を両手でつつんで、しずかな笑みをうかべていた。秀吉の矮軀《わいく》が長身の利家にしがみついているさまは、猿が木にのぼろうとしているようにも見える。

ひとしきり泣きおえたあと、秀吉はふいに怪訝そうな面もちで利家を見あげた。

「……おどろいておらぬの」

まとわりつかれたまま、利家が破顔する。「やはりいたずらであったか」

それを聞くと、秀吉は恥ずかしげに身を離し、かたわらへひかえる三成を睨《にら》むようにした。「そなたの嘘は、とうにばれておったわ」

「恐れ入りましてござりまする」

三成が謹直にあたまを下げる。「仰せのとおり、お待たせするやもしれぬと申し上げまいたのですが……」

「その者のせいではない」利家がとりなすようにいった。「一刻まえ戻ったにしては、城がしずかすぎるゆえ、なにかたくらんでおると思うたまで」

長頼は背筋がこわばるのを感じた。さいぜんの遣りとりなど、まるっきり聞き流していたのである。ただのいたずらであったからよいようなものの、利家にむけて刃が振りおろされることとてありえた。

そう思ってあたりを見まわすと、板敷きの隅にいかにも血の気の多そうな若侍がふたり控えている。年ごろは三成とおなじくらいだろうが、そろって齢に似合わぬたっぷりした髭をたくわえ、肩をいからせていた。かつての自分を見るようで、苦笑しそうになるのをどうにかこらえる。

長頼の視線に気づいたのか、秀吉が若侍たちのほうを振りかえって利家に笑いかけた。「福島市松《ふくしまいちまつ》に加藤虎之助《かとうとらのすけ》じゃ。槍の又左が来るというたら、ぜひにおめもじしたいと申しての」

その声に応じて、当のふたりが低頭する。

「福島正則《まさのり》にござります」

「加藤清正《きよまさ》と申しまする」

ふたりとも、ことばにかすかな尾張なまりがうかがえた。

「利家でござる」

あるじが答礼すると、正則と清正は立ちあがって距離を詰めてきた。長頼はさりげなく、抜刀できる体勢をとる。

が、それは杞憂《きゆう》であったらしい。ふたりはいまいちど腰をおろし、かたちをあらためると、

「お目にかかれますこと、まこと光栄に存じまする」

声をそろえて発した。どうやら、秀吉が口にしたことはあながち世辞でもなかったらしい。

「それがしも前田さまのように槍を究めたいと存じおりまする。わが腕のごと槍をふるわんには、いかなる秘訣《ひけつ》のござりましょうや」清正が熱っぽくいった。

「……それがしは組みあいのほうが得手でござります。いかにせば、槍のあつかいが上手《うも》うなりましょうか」面映げに告げたのは正則である。

「いかようにも、お教え申そう」利家が鷹揚にうなずいた。「和議がまとまれば、でござるが」

座にしんとした空気がおりてくる。むろん、あえてそうしたのだと長頼にはわかっていた。そろそろ本題に入ろうということなのだ。

「──ふたりは下がっておれ」

秀吉は、すでに泣いても笑ってもいなかった。命じられた正則と清正がとまどった

ようすで、身をちぢめるように退出していく。三成だけがのこったところを見ると、より側近的な役目をはたしているのかもしれなかった。

「豪《ごう》も呼ぶつもりでおったがの……」

腰をおろしながら、ぼやくように秀吉がつぶやいた。生後すぐ秀吉の養女となった、利家とまつの娘である。九つになるはずであった。

「これからは、いつにても会えよう」

利家も座りながらこたえる。

「和議がまとまれば、であろう」秀吉がにやりと笑みをうかべ、

「いかさま、な」利家が苦笑した。

ふたりを取り巻くように、長頼たちも腰をすえる。最上層とはいえ、急造のせまい板間である。厳密な席次など求められようはずもない。利家を正面に押したて、あとはその背をうかがうように、適当な場所へ座りこんだ。秀吉がわには三成だけが坐している。

「して、親父殿はなんと」

背をかがめ、上目づかいになって秀吉が問うた。親父殿とは、柴田勝家のあだ名である。もっとも、勝家はがんらい秀吉を好まなかったから、そう呼ばせてはいない。

「――大徳寺《だいとくじ》の儀、われら遠国《おんごく》にて候えば、参列することあたわず無念にて候」

あるじ利家が書状でも読み上げるような調子で告げた。よどみなく言葉がつらなっているが、むろん諳《そら》んじているのである。つい二十日ほどまえ、秀吉が喪主となり、信長の葬儀を京・大徳寺でおこなった。遺体は本能寺とともに焼失しているから、木像をつくらせ棺へおさめたという。勝家がこの葬儀にくわわらなかったため、すわ手切れかと世上に不穏な空気がながれた。その釈明が、こたび第一の役目なのである。

「……無念、のう」

秀吉が顔をしかめ、重い声を発した。利家はとりあわず、さきをつづける。「しかれども別儀これなく、かえすがえす意趣なき旨、お心得あるべく候」

領国が遠いため葬儀には参列できなかったが、含むところはないので了承してほしい、というのである。長頼から見てもいささかその場しのぎの言い草に聞こえてしまうが、利家も秀吉も真剣そのものの表情で向きあっている。むしろ、石田三成のほうが不快げな皺を口辺にきざんでいた。

みじかい口上を利家が述べおえると、秀吉はすこし疲れたような溜め息をもらした。

「それだけかの」

「うむ」

あるじ利家がいくぶん面を伏せたように見える。秀吉は口髭をもてあそびながらつぶやいた。「刻をかせいでおるのであろう?」

「——そうはことづかっておらぬ」

利家の口調はあくまで波だたぬ。秀吉がおおきく手を拍《う》ってわらった。

「ちがいない……まあよいわ、又左に免じて、こたびの不参は問わぬ」

三成のおもてに不満の色が浮かんだが、じきに消えた。長頼は内心、安堵の息をつく。秀吉のいうとおり、勝家の意図は見え透いていた。これから日に日に冬が深くなってゆく。雪に埋もれる北陸をあずかる勝家としては、どうにかして春さきまで全面衝突をのばしたいというのが本音にちがいない。そもそも、いまだ矛《ほこ》をまじえてもおらぬうちから和睦だ和議だと言っているようでは、行きつくさきが見えている。

「これにて、われらぶじ役目もはたせた。礼を申す」

利家がゆっくりとあたまを下げた。秀吉が、寂しさを声に滲ませてつぶやく。「もう帰るか」

「いや、京へゆく。上様の墓前へ詣《もう》でたいのじゃ」

長頼は、はっとした。その話ははじめてきいたが、おそらくあるじは最初からそのつもりだったのだろう。

上様とは、旧主信長のことである。長篠の翌年、近江安土《あづち》に七層六階の天守をもつ壮麗な城郭を築きはじめたころから、そう呼ばれるようになっていた。その城も光秀謀叛の騒擾にまきこまれ、むざんに焼け落ちたときく。

こんにちまで信長の死について、利家が感慨めいたものを漏らすことはなかった。長頼もことさら聞くことはしない。というより、ありていにいえば、わすれていた。気がついてみれば、いかにもうかつなようだが、あまりにもめまぐるしく日々がすぎてゆくので、一日いちにちをしのぐだけで精いっぱいだったのである。

変報がとどいたのは、越後《えちご》・上杉景勝《うえすぎかげかつ》に属する魚津《うおづ》城ぜめの陣中であった。柴田勝家はじめ、部将たちが驚愕をあらわにして立ちさわぐなか、あるじ利家だけが無言であったことはおぼえている。いま思いかえしてみれば、嚙みしめられた唇が小刻みにわななき、睫毛《まつげ》の奥がうるみを帯びていた気もする。が、その記憶もいささかあいまいであるし、それ以上のことがうかばぬのは、長頼自身、動揺がはなはだしかったためだろう。

とはいえ、長頼にとって、信長はどうにもへだたりのある存在だった。じかに褒美《ほうび》をたまわったこともあるし、ことばをかわしたこともあるが、つねにおそれがまさっていた。

ことにここ数年、信長は常軌を逸していたと感じている。三年まえには、長年の盟友である家康の正妻・築山殿《つきやまどの》と嫡男・信康に謀叛の疑いありとして死に追いやった。つづいて翌年には、些細《ささい》としか言いようのない落ち度をあげつらい、林秀貞《はやしひでさだ》をはじめ

という。また武田討滅のおりには、かの明智光秀が癇にさわる物言いをしたとかで、満座のなか血が吹きだすまで折檻《せっかん》をくわえたとする重臣たちをいくたりも追放したのである。

正直なところ、長頼には、利家や秀吉のように信長の直臣《じきしん》となることなど思いもよらぬ。とてものことあるじにはいえぬが、こたびの変については、どこか光秀に同情する気もちもなくはないのである。

が、利家の心もちがおのれと全くことなるものであろう、との想像だけはできる。もはやとおい昔のことだが、森部のいくさ場であるじの肩へそっと手をおいた信長の姿はいまも忘れがたい。自分などにはうかがいしれぬ通いあいが、ふたりにはあったのだろう。

おそらくあるじは信長の墓前でもなにかを語ることはあるまい。そしておのれも生涯聞くことはないであろう。かなしいとか、無念とか、あたりまえのことばで言いあらわせぬものを抱いているにちがいないのである。であれば、それをむやみとかたちにさせようとするは、いかにも心なきふるまいと思えた。

「――ほれ、南蛮寺で神父《パードレ》に教わったであろう」

秀吉の大声が長頼の想念をやぶった。

「……おぼえておる」

あるじ利家がしずかな口調でこたえる。

長頼が座っているところからは、大方あるじの背しか見えぬ。小柄な秀吉はなかば以上その陰にかくれていた。

あるじがわずかに首を振った。

やがてみじかい空白の刻をおいて、秀吉のからだがゆらぎを見せる。それにあわせて利家の上体が動いた。それ以上、長頼の座からうかがうことはできぬ。いぶかしく思う間もなく、あるじが立ちあがっていた。秀吉はなにか考えこむように、座ったままである。

「お送り申しあげまする」

石田三成が腰をあげ、来たときとおなじく、先に立ってきざはしを下りはじめた。秀吉は無言のまま、動こうとしない。気分をそこねた、というようには見えぬから、なにがしかの思いに没入しているのやもしれぬ。

馬場までもどると、にわかに頭のうえが広がったように感じられた。夕暮れにはずいぶん間があるが、ところどころ浮かぶ黒ずんだ雲がやけに寒々しく、じっさいの季節以上にかわいた冬の気配がただよっている。

「さきほどのふたり、尾張なまりがあったの」

そろって馬上となりながら、どこかうれしげに小塚藤右衛門がいった。正則と清正のことであろう。藤右衛門も、きょうはいつになく口数がおおい。ひさしぶりに能登をはなれ、すこし解放されたような心もちがあるのかもしれなかった。長頼がうなずきかえすと、

「いつかまた、故郷《くに》にもどりたいのう」

しみじみとつづけた。能登はこれから、きびしい凍《い》てつきに閉じこめられる。なれてきたとはいえ、このあと戻る領国での冬をおもうと、いっそうそんな気になるのだろう。そういえば長頼の妻もずいぶんと我慢づよいたちだが、冬場になると故郷をなつかしむようなことばを口にすることがあった。

そんな話を返そうとしたとき、長頼の目はふっと馬場の一隅に吸いよせられた。錆朱地《さびしゅじ》の小袖をまとった女がたたずみ、こちらを見つめている。かろうじて、そのふくよかさがわかるくらいの距離であった。よく見ると、はなやかな橙色の小袖が似合う少女をそばに寄りそわせている。

――ねね殿か……。

領国が遠く別れてからは会う機会もなかったが、秀吉の内室ねねに相違ない。もともとふっくらしていたのがさらに肥え、布袋《ほてい》さまのようになっている。が、おだやかな風情は変わらなかった。かたわらの少女は豪であろう。秀吉が命じたようすはないから、ねねが気づかい連れてきたのだとおもわれた。

すこし離れたところで鞍にまたがった利家を見やると、やはりふたりに気づいたらしく、微笑をうかべてゆっくりとうなずいている。それにこたえて、ねねと豪がふかぶかと腰を折った。

どちらも、それ以上近づきはせぬ。和談がまとまったのだから、笑って会えばよいようなものだが、それをはばかってしまうのが、いま利家や秀吉がおかれたまことの境涯なのであろう。

あるじがすいと笑みをおさめる。きびしい顔つきで馬腹を蹴った利家につづき、長頼も手綱をにぎってかけ声を発した。

二

佐久間大学という、もののふがいた。

桶狭間のいくさに先だち、十八歳の長頼が丸根砦でまみえた織田方の部将である。まともに顔をあわせたのはその折のみで、ほどなく討ち死にしてしまったが、佐久間のありようは、その後もながく長頼の胸底に残りつづけた。

むろん、あれから二十年以上がたっている。二六時中、佐久間のことを考えているわけもない。思いださぬ刻のほうが、はるかに多い。

それでいて、いくさ場でのふとした拍子に、

——佐久間さまなら、いかがされたであろうか。

という考えがうかぶのも、まことであった。

身近にも範とすべきもののふはいる。言うまでもなく、あるじ利家である。が、だれにもおとらぬつもりで敬愛し、尊んでもいるものの、あまりにおのれとちがっていて、手本とするのはどうにもむずかしい。利家のようになろうとしたところで、まずは無理なことと長頼は見きわめている。骨惜しみをするわけでなく、向いて生まれた方角が、人として根からことなっている気がしてならぬ。

なればこそ、あこがれる。

　なればこそ、慕わしいのである。

　いっぽう、かようなことをいっては冥途《めいど》でいやな顔をされるやもしれぬが、佐久間ならば手本とできるようにおもえる。つかのまの邂逅《かいこう》だったが、今にしてふりかえれば、佐久間が青二才であったおのれへ示してくれたのは、
覚悟
というものであったろう。

——肚の据えかた次第で、わしもかの御方のごとくなれるやもしれぬ。

そのように感じさせる近しさが、佐久間大学という漢《おとこ》にはあったのである。

北陸へうつってから、ことに思いだす折がふえてきた。

そうさせる男がいるからである。

名を、佐久間玄蕃《げんば》盛政《もりまさ》。

いま、目のまえにいるもののふなのであった。

くっきりした鷲鼻の目立つ横顔が、長頼の正面にある。意外にほっそりした顎をひき、唇もとはおごそかに結ばれていたが、かすかな笑みがたたえられてもいた。瓜ふたつというわけでもないのに、ときどきおどろくほど大学そっくりに見えるのは、瞳がおなじ鳶色をしているせいかもしれぬ。

玄蕃は大学の血族であった。亡父・盛次《もりつぐ》と大学盛重《もりしげ》がいとこ同士なのである。くわえて、縁あさからぬことに、大学の娘を妻にしてもいる。

「出陣のしたく相ととのい、ご挨拶に罷《まか》りこしてござりまする」

玄蕃がよくひびく太い声で呼びかけた。ことばどおり、紺糸縅の具足をまとっている。新調したものと見え、濃い紺の色みがあざやかに総身をおおっていた。

上座でうなずきかえしたのは、柴田勝家とその妻・市《いち》、そして娘たちである。お市の方は信長の妹で、近江の浅井長政にとついだものの、夫が兄・信長に攻めほろぼされ、三人の姫をつれて織田家へもどっていた。清洲会議ののち、信長の三男・信孝の懇請《こんせい》によって勝家へ嫁ぎ、娘たちとともにここ北《きた》ノ庄《しょう》へうつったのである。秀吉に対抗し、勝家の権威を増すための政略であることは見え透いていた。

とはいえ、ときがときだけにお市も緊張した面もちではいるものの、信長に似たやせぎみの頬も血色がよく、娘たちともども、どこか満ち足りた気配さえただよわせている。

——だいじにされているのだろう。

と察した。勝家は武骨で頑なな男ではあったが、ぞんがい人のよいところもある。ふだん、お市や姫たちがおもてへ顔を見せることはない。長頼がまみえるのも、この城でおこなわれた披露の宴以来である。それだけ玄蕃がたよりにされているのでもあり、こたびの出陣がおもく捉えられているということでもあった。

いくさの対手はむろん秀吉である。いずれやぶられる和議とはわかっていたが、破綻は意想外にはやく、山崎での会談からひと月のちだった。秀吉が五万の兵をおこし、長浜《ながはま》城をあずかる勝家の養子・勝豊《かつとよ》と岐阜の織田信孝をすばやく降伏させたのである。見ようによっては、使者となった利家の面目がつぶされたようでもあるが、秀吉からしてみれば、又左の顔を立ててひと月待ってやったということかもしれぬ。じっさい、勝家からも譴責《けんせき》めいたものはなかったのである。

雪に埋もれる真冬は柴田方も兵を出せぬが、秀吉からも攻めていけぬ。今のうちに手足をもぎ、春になったら総がかりに寄せていく策であることはあきらかだった。

気候を考えれば、せめて三月なかばまでは出兵を待ちたい勝家であったが、年があけ、伊勢の滝川一益《かずます》が攻撃されるにおよび、そうもいっておられなくなった。滝川までくだってしまっては、北陸路は完全に孤立してしまう。二月も末になって動員令がくだり、利家たちも居城の能登七尾《ななお》を出立して北ノ庄へつどったのである。

そして先鋒を仰せつかったのが佐久間玄蕃なのだった。重用されているのは勝家の甥にあたるということもあるが、かくれなき勇将だからである。齢も三十とて、もののふとして花のさかりであろう。十五歳で初陣のおりに父が戦死して以来、生涯のすべてをたたかうことに費やしているといってよい。とくに加賀《かが》鳥越《とりごえ》城で一向一揆を鎮圧したときの猛者《もさ》ぶりから鬼玄蕃とよばれていた。

「そなたが参れば、筑前などひとたまりもあるまい」

勝家が上機嫌で発した。一座のものも深くうなずいて賛意をしめす。腰元たちが酒肴の膳をささげて広間へ入ってきた。

「さ、一献《いっこん》つかわそう」

勝家の手招きに応じて、玄蕃が上座へ伺候した。身ごなしのひとつひとつに引きしまった牡鹿のような精気がみなぎっており、長頼でさえ、しぜんと目が吸いよせられる。姫たちがなにやらうれしげに見ゆるのも思いすごしではあるまい。

勝家から注《つ》がれた酒をひといきに呑みほすと、つぎはお市が盃をみたした。

「ご武運を」

みじかいことばながら、かたちだけではない祈りのひびきが感じられる。それは玄蕃にも伝わったらしく、

「おそれいりましてござりまする」

容儀をあらため、丁重に一礼した。そのままもとの場所へ下がろうとしたところへ、

「お待ちを」

呼びとめた声がある。玄蕃がおもてをあげるよりはやく、茜色の打掛《うちか》けを羽織った女が進みで、なかば強引にお市の手から瓶子《へいし》を受けとった。

「わたくしからも、盃をさしあげとうございます」

差しだした手ゆびのうつくしさが長頼の座からもはっきりと見える。細おもての顔だちに、くっきりしたまなざしと厚みのある唇が目を惹《ひ》いた。一の姫である。名は茶々《ちゃちゃ》と聞いた。十五、六のはずだが、齢よりもおとなびているように思う。

姫からの盃まで予定されているわけもなく、勝家もお市もあきらかにとまどっていた。が、壮行の席であるからとどめるのはやめたようで、だまって見守っている。

玄蕃はつかのま当惑の色をうかべたものの、すぐに皓《しろ》い歯を見せ、

「ありがたく頂戴いたしまする」

盃を押しいただくようにした。茶々がうれしげにうなずき、瓶子をかたむける。酒のそそがれる音が、やけにはっきりと聞こえた。玄蕃が口をつけ、ひといきに啜《すす》る。食い入るようにそのさまを見つめていた茶々が、満ち足りた吐息をもらした。が、次の瞬間には、するどい視線となって発している。

「筑前が首、心待ちにしておりまする」

――そうか。

今さらながら思いいたる。姫たちの父でお市の前夫にあたる浅井長政の居城・小谷《おだに》を陥し、自刃に追いこんだのは羽柴秀吉だった。むろん信長の命であるが、茶々が秀吉を仇ととらえてもふしぎはない。

玄蕃はたじろぐでもなく、

「いかにも、ご覧にいれましょうず」

いって、たのしげに目をほそめた。茶々も頰を上気させて、もとの座へもどる。お市がたしなめるような視線をおくったが、気づかぬふりをしているのだろう、打掛けの裾《すそ》をさばいて平然と腰をおろした。妹たちふたりは、姉のこうした振る舞いになれているのか、懸命に笑いをこらえているようすである。

つづいて、座につらなる部将たちが玄蕃のもとへにじりより、くちぐちにことばをかけはじめる。玄蕃の弟で、勝家がいまひとりの養子・勝政、山崎への使者にも立った不破や金森などがひっきりなしに酒をついでゆくが、玄蕃は顔色ひとつかえず、盃を干しつづけていた。

最後に進みでたのが、利家と長頼である。あるじ利家は瓶子をかたむけ、激励のことばをおくったあと、さも付け足しのような調子で告げた。

「倅めのこと、足手まといとは存ずれど、よろしくお願い申し上げる」

つづいてあたまをさげる。玄蕃もくつろいだ表情をあらため、低頭して答えた。

「滅相もござらぬ。いくえにも心得ておりまする」

幼時犬千代とよばれていた嫡男・利勝《としかつ》が、玄蕃の麾下に属しているのである。越前府中《ふちゅう》の城をあずかる前田利勝は、すでに先遣隊として出陣している。いまごろは行軍路を確保するため木ノ芽《きのめ》峠の雪掘りをおこない、玄蕃の到着を待っているはずであった。

おおやけの席で私情をあらわすことなどないあるじだが、今だけは息子を案じる父の顔をかくしきれていない。長頼はつい唇もとがほころぶのを感じた。

それに気づいたらしい利家が、これまためずらしいことに、長頼の背へいささか乱暴に手をまわし、照れかくしのごとく玄蕃のほうへ押しだしてくる。妙なぐあいによろめきながら、長頼は鳶色の瞳を見つめて発した。

「……もどったら、また腕引きをいたそう」

力くらべの遊びである。このような口がきける仲なのであった。

「あれは、たのしゅうござるな」玄蕃がにっこりと笑う。剛《こわ》い髭をはやした貌が、たちまち童のようになった。「いま、つかまつらん」

「えっ――」

とまどって、おもわずあるじ利家と、上座の柴田勝家を交互に振りあおぐ。あるじはかるくうなずき、勝家はむしろ興をおぼえた風情で身を乗りだしていた。

長頼と玄蕃がはじめて出会ったのは、はや十年以上もまえ、近江金森《かねがもり》の一揆勢討伐に出向いた折である。まだ奥村助右衛門が帰参する以前のことだが、夜中ひそかに敵城をめざし潜行していた長頼は、他のものとはぐれ道にまようち、枝折垣《しおりがき》のところで見慣れぬ武者に出くわした。敵かと構えてただすと、ひどく若い声が、

「柴田修理亮勝家が甥、佐久間玄蕃」

と名のる。大学盛重の血族が軍中にいることは耳にしていたから、

――されば、この者であったか。

身のうちがしびれるような感慨があった。みずからも名のると、さすがに大学とのゆくたてまでは知らぬものの、長頼の武名もすこしは上がっていたころだったから、

「そこもとさまが村井どのであられしか」

人なつこい笑みをこぼしたものである。

じき夜明けとなり、ふたりは垣を崩し、肩をならべて城内へなだれこんだ。敵の首をとって引きあげる途上、ふと気づけば、かたわらにいたはずの玄蕃がおらぬ。怪訝に思いながら、あるじ利家の待つ信長本陣へもどった。一番首として信長から大いに賞せられ、愛用の南蛮笠までたまわる栄誉をえたが、本来なら玄蕃もともに褒賞をうけるべきであろう。そのむね言上もしたが、いちはやく持ち帰ってこその一番首であるとしりぞけられた。

どことなく釈然とせぬものが残り、後日まみえたとき本人にただすと、

「いや、一番首を得たうれしさに、まずはおじ勝家に見せんと柴田が陣へ馳せもどってしまいましてな」

はにかみながらうつむいた。このとき十八歳であったと聞く。

その後、あるじ利家が柴田の与力として北陸へうつったものだから、まじわりもより密になった。おのれよりほぼひとまわり齢下であるから、そのつど少しまえの自分とかさねあわせて懐かしい心もちになる。はやく父を亡くしたせいか、玄蕃も年長の男になつくくせがあり、長頼にかぎらず勝家にも鍾愛《しょうあい》されているのはそうした質もあずかってのことであろう。

――この座で力くらべをせんとは、いかにも玄蕃らしい。

長頼は微笑した。面喰らいはしたが、自分が言いだしたことでもあるから、あるじ

のゆるしさえあれば否やはない。

「しからば――」

膝行《しっこう》して、玄蕃と向かいあう。さしのべた腕を、玄蕃の籠手がしっかりとにぎった。長頼はいまだ肩衣に袴の素手であるから、平素と勝手はちがうが、そこは座興というものであろう。

ごく単純なあそびである。向きあってたがいに手をにぎり、おのれのほうへ引く。体勢をくずしたほうが負けとなるのだった。いくたびも試合っているが、結果はわずかに玄蕃が優勢というところで、齢の差を考えれば、長頼の健闘といってよい。

「いざ」

玄蕃が声をかけた。拳に力の加わってくるのがわかる。

「応――」

丹田《たんでん》に力をこめてこたえ、ひと呼吸おいてゆっくりと腕をひいた。玄蕃の手がじりじりと逆の方向へうごく。籠手の厚みをへだててなお、にぎる掌が熱を増していくようだった。

肘をぴたりと脇につけ、肩から二の腕へ全身の力をあつめる。させじと玄蕃もかたく脇をしめた。具足の札がごとりとおもい音をたてる。ふたりとも、とうに笑ってはいない。満座の視線をうかがうゆとりもなかった。

長びけば、年齢の分だけおのれが不利となろう。一気に引きぬこうと肚をかため、ふかく息を吸った。吐きながら、たくましい玄蕃の肢体を見据える。

——あっ。

ほんの一瞬、あたまが空白になり、力をこめるはずが逆にゆるんだ。見過ごさず、すさまじい勢いで上体がひかれる。立てなおす間もなく、長頼は板敷きへ崩れこんでいた。座がどっとわきかえる。

「ふいにお力が弱くなりまいたが……よもや、勝ちをゆずられたのではござるまいの」

喚声がひびきわたるなか、玄蕃が不満げにつぶやいた。長頼はあわててかぶりをふる。「刹那、気がとぎれてしもうた——そなたも四十をすぎればわかろうよ」

乱れた襟元をととのえながら、つづけていう。

「——が、つぎは負けぬ」

玄蕃が少年のような笑みをこぼしてうなずく。さいぜんの不機嫌さはあとかたもなく消えうせていた。

三

高紐をほどくと、鎧の肩上《わたがみ》がはらりと垂れた。小刀を抜きはなって喉もとにあてる。かたわらで見ていた女がおびえたようすで顔をこわばらせた。大事ござらぬ、と笑いかけ、つかんだ髭を斬りおとす――。

村井長頼は瞼をひらいた。銀の粉をまぶしたような星空が目に飛びこんでくる。たしかめるように髭へ手をやったが、いま見たものが夢だということは、端からわかっていた。身を起こしながら、具足の胸板をおさえる。その奥に、夢で見た女の櫛がおさまっているのだった。

気がつくと、すぐそばでおなじように上体を起こした男がこちらを見つめていた。面長な顔つきで、ほそい顎のうえに薄笑いをうかべている。

「……なにを見ておる」

長頼はばつのわるさをおぼえ、不機嫌な口調をかくそうともせず発した。男は面皰《にきび》のあとが残る頬をおかしげにゆるめる。

「いえ、なにやら寝言を申しておられまいたので」

「寝言……」

眉をひそめ、男を睨むようにする。こんどはひかえめながら、はっきりとした笑声がかえってきた。「女子《おなご》の名のようでございましたな……みうとか、りうとか」

「む……」

押しだまってしまった長頼にかまわず、男は立ちあがると、幔幕を掻きわけ外へ出ていこうとする。

「――どこへゆくのじゃ」

そちらへは目をやらぬまま、ひとりごとめかして長頼が問うた。

「小便でござる」男はかろやかに笑うと、揶揄するような声で付けくわえる。「母上にはだまっておきまするゆえ」

長頼がむっとした顔を向けたときには、すでに姿もなく、夜風に吹かれた幕がかすかに揺れているだけであった。

男は長頼の嫡子・長次《ながつぐ》である。十六歳になるが、近ごろとみにいっぱしの口をきくようになり、いらとさせられることが増えてきた。長頼自身は十一で父を亡くしているから、そうした記憶を持たぬ。

――あやつは、もう女子を知っておるのであろうか……。

考えると、また気が揉めるので、かわりに凝った首すじをまわし、ほぐすようにした。

野営の陣である。四月とはいえ、夜半の山中は底冷えがした。そちこちで火を焚いてはいるものの、寝つかれぬ者どもが所在なげに身を起こし、いくたりかでかたまって、よもやま話に興じている。

「いずこもおなじじゃの」

うしろから声が聞こえたので振りかえると、小塚藤右衛門が微笑しながらたたずんでいる。先ほどのやりとりを見ていたのだろう。長頼は苦笑をうかべて立ちあがった。眠っている者をよけながら、藤右衛門に近づいていく。草を踏む音がはりつめた大気のなかでふるえるように響いた。

「おぬしのところもか」

問いかけると、こんどは藤右衛門のほうがにがい笑いをきざんだ。藤右衛門の倅は国もとにのこっているが、そろそろ元服をひかえているはずである。

「小さいころはなにをしても可愛く思えたがの……いまは、ささいなことでも癇にさわるわい」

藤右衛門のことばに長頼はおおきくうなずいた。「まことに」

「――あと何年かすれば落ちつくわえ」

聞きなれた低い声が耳に飛びこんでくる。目をやると、すこしはなれたところで富田景政が起きあがり、にやっと笑いながらこちらを見つめていた。

「のう」

景政は、かたわらを振りかえった。まだ若い武士が横たわったまま首をもたげ、おどけたような表情をみせる。景政の息・与五郎《よごろう》であった。

「剣術の稽古がたいそう厳しゅうございましてな」

与五郎がおおげさにぼやいてみせたので、長頼と藤右衛門は顔を見あわせて破顔した。家中随一の剣客である景政のことだから、さぞかし鬼のごとき鍛錬を強いたであろうと想像がつく。それでも与五郎が遣い手であるという話は聞かぬからむずかしいものだが、そこはさすがの景政も受け入れざるをえなかったのだろう。

「皆々たいへんでござるのう」こんどは木村三蔵が上体を起こし、剽げた声をあげた。「うちの倅は父《てて》よ父よと、なついておりまするわい」

「おぬしのところは去年生まれたばかりではないか」長頼は呆れて顔をしかめる。三蔵は先妻をはやく亡くし、先年娶《めと》った新妻とのあいだにようやく一子をさずかったのだった。「しゃべる道理がない……いかになんでも親馬鹿がすぎよう」

「まあ、言わせてやれ――親馬鹿でない親は、ただの馬鹿よ」

藤右衛門が、めずらしく諧謔めいた助け舟を出した。三蔵が調子にのって、うひょうと声をあげる。

長頼がむっとしていると、

「助右衛門がおったら、陣中で無駄話をするなと怒られるのう」

「いかさま」

どこからか高畠兄弟が合いの手をいれ、皆がどっと笑い声をあげた。

佐久間玄蕃のあとを追うように出陣した前田勢の背後をかためるべく、奥村助右衛門は利家の次兄・五郎兵衛《ごろべえ》安勝とともに国もとをまもっている。

いっぽうで、ここ北近江一帯に布かれた戦線はひと月以上もとどこおったままであった。

柴田勢のさきがけとして進出した玄蕃は北国《ほっこく》街道の要衝・柳《やな》ヶ瀬《せ》山《やま》に砦を築き、勝家の到着とともにそこを明けわたして、みずからは一里ほど南へくだった行市山《ぎょういちやま》へ陣をかまえた。行市山は余呉《よご》湖の北方に位置し、この一帯の最高峰である。湖の南岸をかこむように賤《しず》ヶ岳《たけ》、岩崎山《いわさきやま》、大岩山《おおいわやま》などを占めた羽柴勢を見下ろす、すぐれた布陣であった。

が、不利をさとった秀吉は容易に動こうとせず、いくさは完全な膠着状態におちいっている。

前田・金森・不破といった与力衆は柳ヶ瀬の本陣と玄蕃がまもる行市山のあいだにそれぞれ軍を配置していた。利家たちの陣は、別所山《べっしょやま》にかまえられている。

十日以上まえ、勝家みずから左禰山《さねやま》の要害による堀秀政《ほりひでまさ》を攻撃したのが目立った動きとしては最後である。このおりもはっきりとした戦果はなかったが、伊勢の滝川一益へ主力を向けられぬよう、秀吉軍を近江に足どめしておく意図であるから、それでかまわなかった。

とはいえ、滞陣が長くなると、士気をたもつのがむずかしくなってくる。景政も先日までは国もとに詰めていたのだが、軍中のたるみを防ぐためいくらか兵の入れ替えをおこない、近江まで出張ってきたのである。もともと従軍していた与五郎と轡をならべることになり、どことなくうれしげに見えた。

そこまでしても、古参の兵はともかく、若くなればなるほど倦《う》んだ気配をかくしきれぬ士卒が目につく。

――玄蕃も焦《じ》れておろうな。

たやすく想像がついた。火の玉のごとき攻めが、かの者の身上《しんじょう》なのである。むろん、玄蕃とてすぐれた将であるから、おのれを律するすべくらい心得ていようが、生まれもっての性質というはなかなか矯《た》められぬものであろう。

しばらく語らっているうちに、すっかり目が冴えてしまった。長頼は幔幕を持ちあげ、陣の外へ出る。不寝番の下士がふたり、黙礼をおくってきた。うなずきかえして辺りを見まわしたが、長次の姿はない。すでにほかの場所からなかへ戻っているのやもしれぬ。

陣幕をかこんで、ところどころ松明が据えられている。炎の回廊が闇のなかへのびているようだった。微風にあおられ熱気がただよってくるせいか、ここではあまり寒さも感じない。

長頼は南と思われる方角へ視線をとばした。暗いへだたりのむこうに、橙色のゆらめきが無数にうかんでいる。敵陣でともしている松明だった。にじんで見える炎の影は、余呉湖の水面に映った灯火が風になぶられているのだろう。

胸の奥まで夜の気を吸いこみ、踵をかえす。すこし睡気《ねむけ》が差してきたのである。闇のふかさから見て、夜明けまでまだ二刻はあるだろう。

幔幕に手をかけたところで、長頼は動きをとめた。すぐそばからのびる炎のつらなりが尽きるあたりに、ひときわ目をひく長身の影がたたずんでいる。

――殿……。

緋縅の甲冑をまとった利家が、胸もとでかるく腕を組んでかなたを見やっていた。顔を向けた方角からして、今しがたおのれが見つめた光景をあるじもうちまもっているのではないかと察せられる。

なぜか呼吸がはやくなった。足もとへ植えこまれた草のように、身動きができない。声をかけるのがためらわれたのは、距離がはなれているせいもあるが、あるじの風姿にそれを拒むような空気を感じたからである。表情までわかるはずもないが、軀ぜんたいに夜よりもなお溟《くら》い雲をまとわりつかせているように思えてならぬ。

いま、利家は孤《こ》であった。星なき夜空にうかぶ月のごとく、どこまでもひとりなのである。

ことばを向けることも、近づくこともならず、長頼はただ立ちすくんだまま、あるじを見つめていた。

四

勝家の本陣から利家に召しだしがあったのは、翌日の昼をいくらかまわった頃おいである。能登に残留している奥村助右衛門はともかく、いつもなら長頼や小塚藤右衛門が供をするところであるが、

「いつ敵勢うごくともかぎらぬゆえ、陣をかためておれ」

言いのこし、まだ若い篠原勘六《しのはらかんろく》だけをつれて山坂をおりていった。勘六は嫡子の利勝と同年の二十二歳である。血はつながっていないが、おまつさまの縁戚筋にあたり、気のきかぬところはあるものの、どんなお役も陰日向《ひなた》なくつとめるので、利家から目をかけられていた。

その利勝もいまはおなじ別所山にいる。玄蕃の先駆として北ノ庄を出立したが、勝

家ひきいる本隊が到着して軍の編成変えがおこなわれ、利家のそばへもどってきたのである。

「いや、こちらでよかった。わが父もあれでなかなかきびしいが、玄蕃どののこわさは格別ゆえな」

白い顔を呑気にゆるめるので、長頼などは苦笑してしまったものだが、いまはそれどころでない。

使者は、すみやかな来着をおたのみ申しまするとと告げていた。その口上に、ただのきまり文句ではない切迫したものが感じられたのである。

ゆえに、たいした仕度もせず飛び出していったあるじ利家だったが、日がかたむき、あたりがあふれるような朱の光につつまれても帰ってくる気配がない。長頼はあせりめいた感情がせりあがってくるのをおぼえた。

「柳ケ瀬のご本陣へ、様子うかがいに出向くがよいのではなかろうか」

木村三蔵も案じ顔でいうし、

「われらがまいろう」

高畠兄弟などは、もう馬を引きだそうとしている。

「まあ、いましばし待て」といったのは利勝である。「父上のことじゃ、駆けつけたところで、陣をかためろと言うたではないかと怒られるのがおちぞ」

「されど……」

長頼がなおも言いつのろうとするのを、

「それに」利勝はやんわりさえぎった。「なにかあったとしたら、もう間に合わぬわえ。いずれにせよ、ここを守っておるしかあるまい」

まるでひとごとのように言い放つので、ついむっとしたところへ、

「ただいま戻りまいてござる」

篠原勘六がつかれをにじませた声とともにあらわれた。重臣たちが詰めよるように取りかこみ、くちぐちに問いをあびせはじめる。勘六は辟易《へきえき》したていで、

「殿が皆さまがたをお呼びでござりまする」

五間ほどむこうにしつらえた囲いのほうを振りあおいだ。つねには利家だけの帷幕《いばく》として区切られた一画であり、軍議などもそのなかでおこなわれるのである。

「ほれ、いうたとおりであろうが」

得意げにつぶやく利勝を先頭に、長頼以下の家臣たちが幕を掻きあげてなかへ入る。あるじは床几に腰をおろして皆を待ちもうけていた。やはりいくぶんつかれたような面もちをうかべてはいるが、とくに平素とかわったところは見受けられない。目でうながされるまま、一同も床几にかける。

「遅うなった」

利家がかるく息をつきながらいった。「なかなか話がまとまらいでの」

「いかなる仕儀にござりましょうや」

この座では最年長の富田景政が、みなへ代わるようにして問うた。利家はうなずくと、

「玄蕃どのが奇襲を策された」

ひといきに言いきった。長頼は身のうちが、ざわりと波だつのをおぼえる。

——やはり来たか。

玄蕃自身、長陣に耐えられなくなってきたのであろう。が、いちがいに軽挙としりぞけられぬのは、日をおって士気がさがっていくさまを長頼もこの目で見ているからである。おそらく本陣では、その是非をめぐって日暮れまで議論がたたかわされたものと思われた。

「筑前は大垣《おおがき》へむかったそうじゃ」

利家がさりげなく告げる。が、その事実の重みは誰もがわかっていた。

この戦線を当面動かぬものと見極めた秀吉が、みずから美濃大垣へむかったという。とはつまり、勝家とむすぶ岐阜の織田信孝をさきに滅ぼすつもりなのであろう。昨年、いちどは降伏した信孝であったが、勝家の挙兵にあわせ、ふたたび秀吉の背後をおびやかしている。むろん、羽柴方としては放っておくわけにいかぬ。旧主の子と

いえど、こたびは赦《ゆる》さぬであろう。

が、捨ておけぬのは、勝家の側とておなじである。信長の嫡孫・三法師を擁《よう》する秀吉にたいし、柴田は三男・信孝をかつぐことで釣りあいをたもっている。まんいち信孝のいのちが絶たれるようなことにでもなれば、旗じるしをうしなってしまうのである。

そのまえに、ここ北近江で一気に勝ちをおさめねばならぬ――という玄蕃の言い分は、それじたい間違ってはいない、と長頼にもおもえる。

が、具申された策がなんとも奇手なのであった。

柴田方にもっとも近い敵陣は余呉湖の北方、堂木山《どうぎやま》と神明山《しんめいやま》に据えられている。玄蕃はここを素通りして西からおおきくまわりこみ、南岸沿いの砦を攻略しようというのだった。

「南と申しますと……」

たしかめるように、富田与五郎がつぶやく。「賤ヶ岳にござりますな」

余呉湖の南には羽柴方の砦が三つならんでいる。西から湖をまわりこんだとき、はじめに出くわすのが賤ヶ岳であった。

「いや」利家はかぶりをふった。「玄蕃どのは大岩山を攻めると申された」

座につらなるものたちが、おぼえず絶句する。長頼とて同様であった。

大岩山とは、賤ヶ岳のつぎに位置する砦ではないか。すなわち、南岸三塞の中心なのである。しかも、織田家中で猛将として名高い中川清秀《なかがわきよひで》がまもっていると聞く。

たしかに、ここを陥せば、三つの砦は完全に寸断される。かつ、羽柴軍が本陣をおく木ノ本《きのもと》までさえぎるものがほぼなくなり、敵の胸元へ刃を差しこんだも同然となるのだった。

ではあるが、あまりにあやういというのが、おおかたの実感であろう。一歩あやまれば、左右の砦から挟撃され、全滅の可能性とてじゅうぶんにある。いや、なみの将であれば、まずは屠られるにちがいない。

——が、玄蕃なら仕遂げるやもしれぬ。

おそらく勝家もその期待とのはざまでなやみ、利家をまねいて意見を聞いたものと察せられた。

「……して、いかが相なりましたので」

長頼はあるじの貌を喰い入るように見つめた。利家はこころもち面を伏せてこたえる。「玄蕃どのの策が通った」

昂揚と不安がないまぜになった複雑な空気が座にながれた。あるじはつねのごとく、しずかにつづける。「今宵、玄蕃どのは夜陰にまぎれて行市山をおり、みずうみの西をまわりこむ。我らはそれにあわせて茂山《しげやま》まで兵をすすめ、北岸の敵を牽制するのじゃ」

「南岸でのおさえは、どのように——」

小塚藤右衛門が問うた。たしかに、賤ヶ岳の砦を素通りして大岩山へ向かうのであれば、追撃をふせぐための兵も必要である。でなくば、隊列の横腹を襲われかねない。

「勝政どのがともに軍をすすめ、賤ヶ岳でおさえとなって玄蕃どのを先行させる」

玄蕃の実弟で、勝家の養子となっている柴田勝政のことである。鬼玄蕃にはおよばぬであろうが、武勇の聞こえ高いもののふであった。

——まずは、ぬかりがない。

秀吉が不在のいま、あとは玄蕃のはたらき次第というところであろう。

奇襲策がじゅうぶん周到であることを知り、皆のおもてにようやく安堵の色がうかんだ。進軍にそなえて仕度をするよう利家が告げると、おもいおもいに床几を立ち、手勢のもとへもどってゆく。

長頼だけが腰をおろしたままであった。小塚藤右衛門が去りぎわに視線をむけてきたが、声をかけることなく幔幕の外へ出てゆく。

燃えさかるようだった夕日はすでに空の藍に塗りこめられ、くらい大気がすこしずつあたりに広がりはじめている。うすい闇を透かすようにして、長頼はかたわらに坐すあるじを見つめた。

「……いかがした」

利家がおだやかな声音《こわね》で発する。それでいて、声のどこかに誰も寄せつけぬような響きがふくまれていた。長頼はおのれの膝がしらに目を落とし、もういちど勢いをつけるようにまなざしをあげる。

「――殿」ことばを継ぐまえに唾を呑んでしまい、わずかにむせる。「と、殿は」

息がつまった。呼吸があらくなり、それ以上、口を開いていられなくなる。

利家の目が睨むようにほそめられ、するどくこちらに見入ってくる。が、長頼はその瞳にうながすような光を見た。そうおもった瞬間、はじかれるように声がとびだす。

「殿は、羽柴につくおつもりなのでは」

五

そのことばを聞いた利家のまなざしに、かすかな驚愕がひらめいたような気がした。長頼は籠手のうちで汗ばむ掌を握りしめつつ、あるじから瞳をそらせずにいる。

宵闇を掻きまぜるように、人声や嘶きのまじりあった音がころがってゆく。さきほど引きあげた利勝たちが、進軍の準備をはじめているのだろう。

「——なにゆえ、そう思う」

ずいぶんながく感じられる間を置いたあと、利家が発した。ふしぎなほど平静で、ほとんど世間話めいた口調である。長頼は呼吸をととのえ、顎髭をしごいた。すこしずつ、心もちがしずまってくる。

「山崎の城で……」せまい石垣のうえを歩むように、長頼はそろそろと語りだした。「殿はなにかを受けとられたのではないか、と愚考いたしまいた」

見落としてしまいそうなほどの微笑を利家が唇もとへきざむ。「つづけよ」

「はっ」低頭すると、おのれの全身が松明の輝きをうけ、明るんでいるのが目に入った。まなざしをあげて、ひといきにつづける。

「別れぎわ、筑前どのが、なにやらよう分からぬことを申されたのを覚えておりまする。南蛮寺がどうの、神父《パードレ》がどうのと」

「うむ」利家がそっと、うなずきかえす。

「とくだん気にとめることもなく能登へ引きあげまいたが……わかったのは、つい先月のことでござる」

「先月——」利家が記憶をさぐるような顔つきになった。

「北ノ庄で玄蕃壮行の宴をもよおしたときにて……」

長頼は座興として玄蕃盛政と力くらべをおこなったのである。腕引きというあそびだった。

「……玄蕃と手を取りおうているうち、とつぜん気づきまいた。山崎にて、それがしの座からすべては見えませなんだが、玄蕃と筑前どのの上体は、おなじ動きをしておると」

「つまり？――」利家が胸もとで腕をくむ。長頼は唾を呑みこんで、かわいた口中を湿した。

「つまり、殿と羽柴どのはあの場で手をにぎられた……南蛮寺とは、安土に上様が築かせた切支丹《キリシタン》の拠りどころでござりましょう。海のむこうでは、親しいもの同士のあいさつとして、手を取りあうと聞きおよびまする」長頼は真剣な口調で付けくわえた。「まさかに、筑前どのと腕引きをなされたわけではござりますまい」

「いかさま、な」利家が、おもわず笑い声をもらす。が、つぎの瞬間にはもう唇を引きむすんでいた。「腕引きのおり、にわかにそなたの力が抜けたゆえ、訝しく思うてはいたが……まずはよう見た。とは申せ、かりそめにもせよ、和議なってのちのこと。手をにぎったとて、なんの不審やある」

「まことに」長頼はふかくうなずいた。「不審は、手を取ったことにあらず――そのまえに、殿がいちど、それを否《いな》まれたことでござる」

　あの折、利家はまず、なにかを拒むようにかぶりをふった。しかるのち、わずかな間をおいて対手の掌を取ったのだと今はわかる。

「殿の申されるように、和睦成れば、たとえ南蛮流とはいえ、手を取るに不都合はないはず。それでいて、否まれたとすれば――」

　差しだされた掌に、なにかが隠されていると気づいたからではないか、と長頼はおのれの推量を告げた。あるじはそれを受けとるまいとして、秀吉の手を取ることをためらったのであろう。

「おおやけには渡せず、それでいて、掌に入るほど小さきもの……たとえば、こまかく折りたたまれた紙片のごときでござる」

「みごとじゃ」

　いって、利家が手を差しだしてきた。「これがそなたのいう、南蛮流あいさつ」

　戸惑いながら、なにかへ引き寄せられるようにして、腕をのばす。あるじの手をにぎると、籠手をへだてていても、その奥にあるかたちとあたたかさが伝わる気がした。

「……これは」

　長頼はかすかな違和感をおぼえ、手をほどいた。おのれの掌を火明かりへかざす。いつのまに、どこから取りだしたものか、一寸四方ほどに折りこまれた紙きれが載っていた。

あるじの面をふりあおぐ。まなざしがうながしていた。

息せききって紙片をひらく。指さきが痙攣《けいれん》するようにふるえた。

達者とはいえぬ筆づかいで、ごくみじかい文言がしるされている。

「動かさること、第いちのこうと思《おぼ》しめされたく候　秀よし」

おそらく自筆なのであろう。念の入ったことに花押《かおう》まで据えてある。後日の証左《しょうさ》としてよいという含みであるから、秀吉の真剣さがうかがわれた。動かぬことが第一の功であるとは、むろん、勝家といくさにおよぶ折を見こしてのことだろう。まぎれもなく、寝返りを乞う文書とおもわれた。

「そうと察しながら手を取られたは、羽柴につくということでござりますな」

長頼は紙片を差しもどしながら、念を押すように発した。無邪気な笑みをうかべる玄蕃の顔が脳裡をよぎる。はげしく胸がいたんだ。

「いや――」受けとった利家がこうべをふる。「そなたの推量、そこだけは外れた」

「では」声がゆらぐ。胸中が困惑に塗りこめられるようだった。

「……迷うておる」

あるじが頬のあたりをわずかに歪ませ、おもてを伏せた。

はやくも二十年以上、利家に仕えているが、迷うなどということばを聞くのははじめてであった。それだけ直面している問題がおもく、複雑であるということだろう。無理もない。あるじと秀吉は織田家中でもかくべつに親しかった。娘の豪を養女にやってもいるほどなのである。

ひるがえって、利家は柴田勝家にも目をかけられている。あるじ自身、親父どのなどと呼んで慕ってもいるのだった。

そして、前田はどちらの家臣でもない。秀吉も勝家も、旧主信長につかえた朋輩どうしなのである。いま柴田に属しているのは、あからさまにいえば、抗いがたい成りゆきというものだった。もともと信長の命で勝家の与力という役目を割り振られたからにすぎない。利家の領国・能登は北方の海を背に、南は加賀・越前の勝家、やはりその与力である越中の佐々成政におさえられていた。もしも羽柴につくという意をあきらかにすれば、とうの昔に攻め滅ぼされていたであろう。

――そうか……。

羽柴につくとすれば、いくさ場に出たときしかない。

すなわち、今なのであった。

息苦しさと昂揚のまざりあった熱気が腸《はらわた》のなかを駆けめぐる。あるじやおのれらが、まさしく岐路に立っているということを、眼前に突きつけられた心地であった。

「――われらの与《くみ》したほうが、天下人となるやもしれぬ」

ひとりごつような利家のつぶやきに、おぼえず耳をそばだてる。

天下人、とはなんであろう。長頼はいまだ、そのような者を目にしたことはない。亡き信長が天下一統をなしとげるやもしれぬ、と考えたおぼえはある。胸が躍らぬことはなかったが、いささか夢想じみているようにも思えて、ふかい実感はなかった。なにしろ、おのれが生まれるはるか以前からの乱世である。平らぐさまというものを想像するのは存外むずかしい。

が、利家のおもいはおのずから異なるであろう。

──殿は、上様こそ天下人ならんと思われていたのやもしれぬ。

ふいに、べつの疑問があたまの隅にひらめいた。考える間もなく、喉と唇がひとりでに動いてことばを押しだしている。

「殿は……天下人になりたいとは思われませぬので」

いってはじめて、不躾な問いであったと心づく。が、利家は気をわるくするでもなく、むしろ興がるようにおもてをあげ、炎のかけらがくらい空へ舞うのを見つめていた。

「……漢《おとこ》なら、だれしも天下をのぞもう」闇へむけ、自問するように口をひらく。

「では──」長頼はいきおいこんで身をのりだす。

「だが」制するように利家がこちらを見つめた。ひとに知られぬ湖のごとき、ふかい色をたたえた瞳だった。「わしがめざすは、天下一のもののふ」

松明がひそやかな音を立ててはぜる。長頼は首をかしげた。「……天下一のもののふが天下人なのではござりませぬので？」

利家がわらった。今夜はじめて聞く、たのしげな声であった。

「そなたらしいの。……ちがう、とおもえる。すくなくとも、わしには」

長頼はうなずいた。天下一のもののふというのが、たんに武芸のつよさを指すのでないことぐらいは察しがついたが、正直それ以外の言はよくわからぬ。が、かさねて聞こうとは思わなかった。利家にもすべてが言い尽くせるはずはない。心もちの奥の奥はことばにできぬものであろう。

「明日――」表情を引きしめ、利家が立ちあがった。「断をくだす。いずれにせよ、な」

「心得ましてござりまする」低頭しながら、すでに長頼は気づいている。日ごろ家臣の発言をこばまぬあるじが、今宵はとうとうおのれに意見を問わなかった。おそらく、ほかの誰にも求めぬのであろう。どこまでも、じぶんいちにんで負うつもりなのだ。

ゆっくりとおもてをあげる。あるじの姿はすでに消え、空の床几だけが火影《ほかげ》のなかに浮かびあがっていた。

みずうみのむこうに、ほそい筋が一本たちのぼり、すぐに掻き消える。と見る間に、黒と灰のいりまじった煙が何本も生じ、競うようにして空へ舞いあがった。どよめきが皆の口からもれるころには、すでに焔《ほのお》がうずまき、どす黒い柱がつぎつぎと天に吸いよせられていく。

「さすが玄蕃どの、やりおるのう……やはり鬼じゃ、鬼」

利勝がやけにのんびりした口調でいった。よほどしごかれたのか、あとのほうにはどことなく、うらみがましい響きもふくまれている。齢の近いせいか、長次がおそれげもなく苦笑をうかべ、重臣たちは玄蕃のいくさぶりを口々に誉めそやした。長頼はそっとあるじ利家を振りあおいだが、そのおもざしからはっきりした感情を読みとることはできない。

六

夜のあいだに茂山まで軍をすすめた前田勢は、左方に布かれた敵陣を牽制しつつ、暁方から二刻以上も余呉湖の南岸を凝視していたのである。ここまで前進すれば、賤ヶ岳以下の三峰は迫りくるごとくはっきりと見えた。大岩山からのぼった黒煙はとどまるけぶりも見せず、はげしく湧きあがっている。じきに伝令が味方の陣へ馳せまわるであろうが、玄蕃は策どおり敵の砦を陥せたと思ってよい。

じっさい、しばらくしてもたらされた報は、予想以上の戦果をつたえていた。

玄蕃は大岩山の中川清秀を討ち取り、のみならず、これをみて岩崎山の高山右近《たかやまうこん》まで砦を捨てて逃走したという。南岸三塞のうち、はやくもふたつが柴田の手におちたこととなる。のこる賤ヶ岳の桑山重晴《くわやましげはる》は目立った抵抗も見せておらず、玄蕃が実弟・勝政のおさえでじゅうぶんと思われた。

——これは、柴田の勝ちやもしれぬ。

長頼はこわばった背筋がゆるみ、呼吸が楽になるのを感じる。あるじの意中はわからぬものの、今げんざい身をおく側が優勢となれば、安堵せぬ法はない。玄蕃を裏切らずにすむのであれば、心もちもいたまずにいられるのであった。

膠着した戦線が一気に動き、余呉湖の南岸はほぼ勝家方の手中に帰したといってよい。玄蕃のことである、このまま、秀吉の不在に乗じて木ノ本の敵本陣まで攻め寄せるつもりかもしれなかった。

が、日輪が天のいただきに達し、わずかにくだりはじめたころになっても、その後の動きがない。

南岸の煙はとうにしずまっている。玄蕃はそのまま大岩山に残っているはずだが、遠目にうかがうかぎり、あらたな出陣の気配も見えぬ。やはり狐塚《きつねづか》まで進軍した勝家の本陣からも下知らしきものはなかった。

「いかがしたのじゃ……進むも策、退くも策。が、動かぬという手はあるまいに」

富田景政がじれたように発した。重臣たちが車座になって握り飯をほおばっている。子息の与五郎が父をなだめながら、竹筒の水を口へふくんだ。

進むはむろん木ノ本の本陣へだが、退くも策というのは、余呉湖の北岸に無傷の羽柴方が残っているからである。前田隊が牽制の役をになっているのは堂木山と神明山の敵陣だが、勝家自身は左禰山の堀秀政から目が離せぬし、木ノ本からも秀吉の異父弟・秀長《ひでなが》が大岩山と向きあう田上山《たがみやま》にまで一隊を前進させ、柴田方の動きにそなえていた。

玄蕃は勝家と合流し、ひといきに木ノ本まで押しだす肚であろうが、慎重策をとるなら、敵方ふかく入りこんだ大岩山に居すわるのは危険である。おおきな一撃を与えたことでよしとし、いったん引きあげるが上策というものであろう。

――勝家どのと玄蕃の足並みがそろうておらぬのでは……。

陽光がかたむくのに歩調をあわせるごとく、しだいに心中のざわめきがつのってくる。さすがに夕刻の気配が濃くなるころになって、あるじ利家も捨ておけなくなったのであろう。篠原勘六を狐塚の勝家本陣へつかわし、いまのありようを尋ねさせることにした。

「ご推察のとおりでござりました」もどった勘六が荒い息をととのえる間もなく復命したころには、とうに日が落ち、くろく塗りかためられた空に、砕いた貝を吹きつけたような銀河がひろがっている。それでいて、梅雨入りまえの風はかすかに生ぬるかった。

「勝家さまはいちど退くよう命じられまいたが、玄蕃どのがしたがわれぬ由」

「……やはりな」

利家はみじかくつぶやくと、考えこむようにして掌を顎にあてがう。「いまだ話はつかぬのだな」

「はっ」勘六がおもてをふせた。「大岩山とのあいだにいくども使者が行き交っておりまするが……申し訳ござりませぬ」

「そなたのせいではあるまいよ」利家はあえて微笑をうかべると、湯漬けでも食えといって、勘六を下がらせる。わずかに顔をあげ、頭上の星をふりあおいだ。

「いずれにせよ、はよう決さねば機を逸しまする」

ふだん感情をあらわにせぬ小塚藤右衛門が、めずらしく焦りの色を声ににじませた。

「さよう、筑前とていつまでも大垣にはおるまい」

高畠九蔵がいらだたしげに大刀の柄をたたく。

「あの御仁のこと、三日もあれば、もどってまいるやもしれませぬな」

木村三蔵が不安げにつぶやいた。

「――いや」

ふいに利家が発した。長頼はおもわずあるじの貌を見つめる。今までみたことのないほどするどく、全身の毛を逆立てた獣のようなまなざしをうかべていた。まだまだ「わしの知らぬ顔をお持ちなのだと、つかの間いまの状況をわすれた思いにかられる。

申し上げますっ」湯漬けを食っていたはずの篠原勘六が、あわただしく駆けこんできた。「に、にわかに、おびただしき松明があらわれ……」

「それが、いかがした」

富田景政がいぶかしげな表情をうかべる。「夜、火を焚くになんのふしぎがある」

「さにあらず――」いいかけた勘六が喉を詰まらせる。やはり食事中だったのかもしれぬ。「人馬、物具のひびきただならず……あきらかに羽柴の手勢がふえております」

「いま援軍にまわせる勢などあるまい。彼奴ら、大垣まで手をひろげておるのじゃぞ」

利勝があきれたような口調でいう。長頼にもそうは思えたが、なぜか動悸がはげしさを増し、首すじにいやな汗まで流れはじめた。

「ふえたように見せかける細工かもしれませぬ」

小塚藤右衛門がおちついた声で告げる。「ともあれ、見に参りましょうず」

一同はうなずき、幔幕をあげて外へ出た。踏みしだかれる下草が湿った音をたてる。夜の山はおもい空気で満たされていた。途中で長頼がふりかえると、あるじ利家もいちばんうしろについて山坂をのぼってきている。

「ここからがよう見えまする」

ほどなく勘六がしめしたのは、密集していた樫の木立がいくらかとぎれたところだった。重臣たちはあらそうようにその隙間へ駆けより、南の方角へ目をこらす。

――これはなにか……。

長頼は息を詰めた。鬼火のごときゆらめきが無数にうかび、手招きするようにまたたいている。ひとつひとつはほとんど糠《ぬか》つぶほどの大きさでしかないが、異様に数が多いため、海のごとくひろがりあやしげに波うってみえるのだった。

昼間の記憶から見当をつけると、おびただしい灯火は田上山のいただきにあらわれたものと思われた。玄蕃が占拠した大岩山に向かいあう山塊である。その証しに、掻き消されそうなほどか細い松明の群れが、手前に揺らめいている。あれが玄蕃の勢なのだろう。

あきらかに見せかけではなかった。いや、むしろ見せつけというべきであろう。風にのって、人馬がたてるざわめきまで流れてくるようだった。

「いずこからの援軍でござりましょうや」

富田与五郎がふるえる声でつぶやいた。「若殿の仰せどおり、さようなゆとりはないはず」

「――筑前よ」しずかな声に、皆がふりむいた。木立のかげになって表情まではうかがえぬが、まぎれもないあるじの長身がたたずんでいる。「大垣からもどってきたのであろう」

「おことばなれど」景政がひかえめに、しかし断固とした声音で発した。「玄蕃どのが大岩山を落として、まる一日もたっておりませぬ。大垣からは十三里、もどるなど、ありえようはずも……」

利家がこうべをふる。「忘れたるか……大返しよ」

皆がいちどきにしずまりかえる。長頼はつららを差しこまれたような慄《おのの》きを背に感じていた。

備中高松《たかまつ》で本能寺の異変を知った秀吉は昼夜を問わず兵を駆けさせ、わずか二日で姫路に帰りついた。街道を松明で照らし、行くさきざきに白湯や握り飯を用意させる。それらを走りながら受けとり、駆けつつ胃の腑に流しこむのである。行軍のきびしさに耐えきれず落命した兵卒も少なからずいたと聞く。明智光秀が山崎で敗れたのも、大返しと呼ばれるこの強行軍で秀吉がすばやく帰洛し、迎撃の態勢がととのわなかったためと言われている。

「……二日で備中からもどりたるものが、なんじょう大垣から帰れぬゆえのあるべき」

利家はおごそかに告げると、ゆっくり踵をかえした。そのまま、ひとり坂をくだってゆく。あるじの背を見つめながら、いまごろ大岩山では、くらべものにならぬほどおおきく、あかあかとした炎の海が玄蕃を呑みこもうとしているのだ、と長頼はおもった。

七

ながい夜におおわれていた山肌が、のぼりだした陽光に照らされ、目をうたがうほどのはやさで緑を取りもどしていく。草むらにたまった露が光をはじき、眼下に整列した一団の甲冑をあざやかに浮きあがらせていた。

佐久間玄蕃のひきいる一隊なのである。前田勢から見れば夜明けとともにあらわれたかのようだが、じっさいは夜をついやして大岩山から退却し、長頼たちがいる茂山の西方四半里、権現《ごんげん》峠までもどってきたのであった。前田本陣からはゆるやかな下りになっており、およそ五千の軍兵が整然と列をなすさまがつぶさにうかがえた。

――玄蕃は歯噛みしておろうな。

さすがの玄蕃も、大軍をひきいた秀吉がかくもはやく帰陣したからにはいちど退くしかない。羽柴方も死にもの狂いの玄蕃と正面からぶつかるのを避け、むしろ退却をうながした気配があった。奇策があたり、大岩山のみならず岩崎山まで陥したときはさぞ満ち足りていたであろう。それだけに、この成りゆきには呆然とし、受けいれがたく思っているにちがいない。

ひと駆けすればかんたんに会いにゆける距離である。できることならことばをかけてやりたいが、いまは陣中であった。必要もなく行き来するわけにはいかぬし、玄蕃とてへたな慰めなど聞きたくはあるまい。

――そもそも、どのような顔をして会えばよいのか、わからぬ。

なによりも、そこであった。

あるじ利家が秀吉と勝家のあいだでゆれていることをはっきり知ってしまったからは、口をぬぐって玄蕃に会うことなどできそうもない。徳川三河守家康あたりならしれっとやってのけるかもしらぬが、そうした腹芸がいまだ得手とはいえぬ長頼なのであった。

抑えとして賤ヶ岳に張りついていた柴田勝政も、じきに退却してくるはずである。

おそらく玄蕃は勝政と合流し、もといた行市山へ退くものとおもわれた。秀吉が木ノ本へ帰ってきたうえは、また以前のような睨みあいにもどるのであろうか。

いささか気がおもくなり、ふと能登で留守をまもる妻や娘のことなど思いうかべそうになったときであった。

伝令とおぼしき武者が一騎、こちらにむかって山道を駆けあがってくる。馬蹄の搔きわけたあとから、濃い草のにおいが湧きたつようだった。丸に三つ引き両の旗指物を負うているから、玄蕃が手の者とおもわれる。

それと見て、あるじ利家が陣幕の外に出て待ちうける。長頼たちも後につづいた。近づいてきた使者が、すべるように下馬してひざまずく。みだれた息づかいをおさめる間もなく放たれた口上に、長頼は驚愕した。

「あるじ玄蕃、ただいまより出陣いたしまする」

重臣たちもざわめきの声をあげる。当然であろう。玄蕃は、つい先刻退いてきたところなのである。が、利家はかすかに眉をひそめただけで、すぐにはことばを発しなかった。

「……賤ヶ岳か」

ややあって漏らされたつぶやきは、使者へ問うようでもあり、みずからへ向けられたようでもある。伝令の武者はきびきびした動作でうなずいた。

「はっ、筑前が本隊、前進し、退却せんとした勝政さまを旗本たちが押し込めておりまする由」

――羽柴の旗本衆か……。

山崎城で顔をあわせた若侍たちが決死の覚悟で槍をふるっているのだろう。たしか、福島正則に加藤清正と名のっていたはずである。大返しのいきおいで、ひといきに攻勢へ出たのだ。玄蕃との激突は先にまわし、勝政から屠ろうという算段らしい。

「くれぐれも、うしろ備えをお頼み申しあげる、とあるじからの口上にて」

背後を衝かれぬよう、神明山と堂木山の敵軍をひきつづき牽制してほしい、という請いなのである。

「うけたまわった」

利家がみじかく発すると、使者はもういちど低頭して馬上へもどり、山道をすばやく駆けくだっていった。

長頼は推しはかるように、あるじのおもてを見つめた。それに気づいた利家が、正面からまなざしを向けてくる。そこになんの答えも読みとらせぬまま、ただ瞳をあわせるのだった。

胸苦しくなって、さきに目をそらせる。泳がせた視線のむこうでは、はやくも移動をはじめたらしく、玄蕃隊のあたりに土煙が湧きたっていた。重臣たちも、無言のまま、その光景に見入っている。

やがて玄蕃の勢がいたはずの峠は空となり、ただ緑のひろがりだけがのこった。しばらくは土煙がたゆたっていたが、それもじきしずまり、鵯《ひよどり》の声さえ聞こえるほどのしずけさがおとずれる。

景政たちがほうっというような息をつき、陣へもどろうと踵をかえしたときである。

「――退くぞ」

あるじ利家の声がしずかに、だがはっきりと場をつらぬいた。

八

照りつける陽光を背に浴びながら、あぶみへ力をこめる。峰づたいに西へむかい、空になった権現峠をこえる途次であった。塩津《しおつ》までくだり、馬首を北へむけるのである。ひとまず利勝があずかる越前府中城までの引きあげが全軍に周知されている。

利家の退却命令を聞いて、重臣たちはなにもいわなかった。仰天した者も、ひそかに心構えをいだいていた者もあったはずだが、あるじのたたずまいに問いかえせぬものを感じたのだろう。すくなくとも長頼はそうであった。

――玄蕃はわれらを怨むであろうな。

振りきろうと思いつつ、沸きつづける泡のようにそうした想念がうかんでくる。長頼は頭をふり、手綱さばきへ注意をむけた。二千の兵がいちどに峠を越えていくのであるから、たいした速度は出せぬ。難所というほどではないにせよ、塩津へ抜けるまでは馬の足どりにも細心の気くばりが必要だった。

すぐ前を駆ける利家に目をとばす。木の間から漏れる光をうけ、まだらな葉影が具足の背をかすめて通りすぎていった。

――殿は勝家さまがことを考えておわすのだろうか……。

そう思った刹那である。

突如、隊列の後部が騒然となり、どよめきが木立ちをゆらした。

弾かれたようにふりかえる。見通しのわるい隘路《あいろ》のさきに砂塵が舞い散っていた。目をほそめて凝視すると、そのむこうから迫りくる騎馬の一群がかろうじて見分けられる。

――玄蕃が隊か。

しかとは見さだめられなかったものの、丸に三つ引き両の旗指物がうかがえたように思う。

「……追ってきたか」

利家がわずかに面を動かし、鋭い視線をむけて発した。長頼は息がとまりそうになる。あるじのまなざしは、すでにいくさ場で敵を見すえるときのものとなっていた。馬蹄のひびきにまじって、悲鳴や喚き声が耳にささる。頰がひとりでにびくびくとふるえた。

後方からあざやかな手綱さばきで、小塚藤右衛門が近づいてくる。ふりむいた長頼と目が合った途端、苦し気に瞳をそらした。

「三蔵がやられた……」

押しだされた藤右衛門の声が肺腑に突きたつ。応えを返せなかった。藤右衛門はひとことずつ区切るようにして、あるじへ呼びかける。

「それがし、しんがり仕ります」

言いざま馬首をかえそうとする。利家はなにか言葉をかけようとしたかに見えたが、とうとう口をひらかぬまま、ただ深くうなずきかえす。

「頼うだぞ」

長頼がようやく声を発する。藤右衛門は力づよい笑みを浮かべてこたえた。

「府中でな」

「――応」

おそらく長頼のこたえも耳にせぬうち、藤右衛門を乗せた馬影が遠ざかり、山道のむこうへ吸いこまれてゆく。絶叫と断きが物具の打ち合う音と溶けあい、山肌をそよがせた。その響きは絶えまなく高まり、ひたすら重い渦となって利家たちに襲いかかろうとする。

まるで炎の蛇がせまってくるようだった。長頼の全身が戦慄する。

——あれは玄蕃の瞋《いか》りじゃ……。

気がつくと、駆けながら身震いがつづいている。いくさ場でふるえるなど、いつ以来か分からなかった。

かの者自身が追ってきたとは思わぬ。秀吉本軍との決戦こそ、玄蕃の切所《せっしょ》である。一隊を割《さ》き、戦線放棄した前田勢を追撃させたというところであろう。それでいて、怒りに引きさかれた玄蕃の魂魄《こんぱく》が、空をわたって追ってくるように感じられてしまう。長頼だけでなく、全軍がなにやら畏れめいたものに囚われている気がした。黒い雪崩から逃れるように、じりじりと進軍の速度があがる。長頼も隊列がくずれぬよう気をくばりながら、ひたすら馬腹を蹴った。

——が、これで玄蕃は負ける。

怖れにのしかかられながらも、頭の隅でははっきりそう感じていた。弟・勝政を助けるためとはいえ、夜を徹して退いてきた賤ヶ岳の方面へもどることが、すでに上策とはいえぬ。そのうえ、撤退する利家たちの掃討に兵を割いていては、勝つ目がいよいよ遠ざかってしまう。

あるいは、この勢は玄蕃の命なく、前田の撤兵に度をうしない、算をみだして退いてきた者どもかもしれぬ。行く手に背信者を見いだし、怒りにまかせて襲いかかったとも考えられる。

いずれにせよ、長頼たちの戦線離脱こそが玄蕃の軍をみだし、決定的な打撃を被《こうむ》らせるであろうことは疑いようがない。

そして玄蕃の負けは、すなわち勝家の敗北でもあった。佐久間玄蕃盛政こそ、柴田軍の主将なのである。この部隊をうしない、残兵のみで持ちこたえられるはずはなかった。

——殿のついたほうが天下人となる……。

先夜、利家のもらしたことばが、はやくも現実のものになりつつある。知らぬ間に大河の奔流に巻きこまれてしまったかのような思いが、長頼の背を押しつつんでいた。

ひと月ぶりに越えた木ノ芽峠はとうに雪も掻き消え、日が暮れるまえには府中へ辿りつくことができた。大手門へ駆けこむや、気力が尽きたように崩おれる兵が続出する。長頼たちも馬からすべりおり、座りこんで肩をあえがせていた。かたむいた光が、おもく澱んだつかれを炙《あぶ》りだしてくる。かたわらにいたはずの長次がいつの間にか馬場のすみへ走り去り、背を向けてうずくまっていた。えずいているのかもしれぬ。

権現峠をこえ、塩津へ着いたころには、佐久間隊の影は消えていた。もともと多勢を割いたはずはない。しんがりにまわった藤右衛門たちが、どうにか留めてくれたものと思われた。

塩津の谷から背後を振りかえったとき、妙な心地におそわれたことを覚えている。山のうちを駆けゆくあいだは、まるであやかしに取りこまれたかのごとく、総身がざわとした空気につつまれていた。が、過ぎてきた嶺を陽光のもとで見つめなおすと、やけにしらじらとした緑がひろがっているばかりなのである。それがかえっておそろしかった。

全軍はそろわなかったが、ゆったり待っていられるわけもない。行き先は周知してあるから、いそぎ隊列をととのえ、最低限の休息だけとって北へ駆けぬけたのである。

——人数《にんず》をたしかめねば……。

へたりこんでいるうち、どれほど刻がたったものやらわからぬ。ようやくそのような考えがうかんだ。

――いかほどの兵を失ったのか。

小太りな顔で剽軽《ひょうきん》に笑う木村三蔵のすがたが脳裡いっぱいにひろがった。長頼は手甲で顔中をぐしゃぐしゃと擦る。

が、悼《いた》んでいるゆとりはない。府中の城へ入っておわりではなかった。賤ヶ岳の戦線がどうなったのかもしらべねばならぬ。どうにか手をつき、立ちあがろうとしたが、異様なほど具足が重く、引きずられるように腰をついてしまう。ふかい吐息がもれた。気力はまだ失われきっていないと感じるが、肉体の消耗がはげしく、疲労の海に呑みこまれそうになる。

「――ばかな、いまいちど申せ」

大手門のかたわらで、耳なれた低音がひびいた。富田景政がおくれて駆けこんできた足軽に詰めよっている。この男らしくもなく、どす黒くつかれをにじませた面ざしが小刻みに震えていた。

中年の足軽はいきおいにのまれ、棒立ちになっている。問いかける景政の声に苛立ちがつのっていった。

「申せっ」

「……と、富田与五郎さま、権現峠にてお討たれあそばし」

長頼はとっさに立ちあがっていた。気がついたときには、おびえきった足軽の顔が目のまえにある。「まことか――」

いつしか、重臣たちが長頼や景政を取りかこんでいる。足軽はかんぜんに視線をおよがせ、口もとをわななかせていた。「ま、まことにござりまするっ。それがし、しんがり隊の生き残りにて……」

――しんがり……。

馬首をかえし、駆けもどっていく小塚藤右衛門のうしろすがたが瞼の裏をよぎった。熱い息が長頼の喉を灼く。「……ほかには」

「はっ――」足軽が一歩あとじさった。長頼は追いつめるように足をすすめる。

「ほかにはだれが、と聞いておるのじゃっ」

「よ……横山長隆《よこやまながたか》さま、井上伝右衛門《いのうえでんえもん》さま、土肥但馬《どひたじま》さま……」足軽は観念した体でまなこを閉じ、経文でもとなえるように名をならべた。「それに――」

見えぬ檻《おり》にはばまれたごとく、長頼の足がとまる。

「……小塚藤右衛門さま」

足軽がいいおわらぬうち、長頼の肩になにかがのせられた。視界の隅に、おおきな籠手らしき影がうかがえる。ふりむこうとして、やめた。今おのれがどのような表情をうかべているのか、自分でもわからぬ。あるじ利家にそれを見せたくはなかった。

「申し上げますっ」

城門のほうから篠原勘六が駆け込んでくる。いちはやく立ちあがり、警護についていたらしい。が、その場の異様な空気にことばを失い、近づきかねて立ちすくんでいる。

「……このうえ、いかがしたというのじゃ」

悲痛な声で顔を向けたのは、高畠孫十郎であった。手傷を負っているらしく、膝のあたりに巻かれた布が赤黒く染まっている。

長頼も、身がまえるような思いで勘六を見やった。耳をふさぎたくなるのをこらえ、若い貌をうちまもる。

が、発せられた口上は、思いがけぬものであった。

「柴田修理亮勝家さま、ただいま城下へ罷りこし、殿にご対面願うておられまする──」

九

あるじ利家がおどろく顔というものを、長頼は見たおぼえがなかった。それにあたいする知らせをうけても、たいていは眉尻をあげるか、わずかに目が見開かれるというほどのものである。心もちが動かぬわけはあるまいが、面に出さぬすべが身についているのだろう。本能寺の凶報を耳にしたときでさえ、おどろきよりはいたみを胸底へ押し込めているように感じられた。

それだけに、勝家が対面を乞うていると聞いたとき、あるじの貌へうかんだ表情が目に焼きついた。声にこそ出さぬものの、はっきりした驚愕と困惑が瞳から頬にかけてにじんでいたのである。

が、それもつかのまであった。いちはやく落ちついたまなざしを取りもどすと、当然のごとく諫める利勝たちをしりぞけ、柴田の使者に諾《だく》と伝えたのである。

むろん、長頼もはじめは反対したが、物見のしらせで勝家勢が百騎ばかりと聞いて考えをかえた。

賤ヶ岳のいくさはかんぜんに決着がついたのだろう。

むろん、柴田方の完敗にちがいない。でなくば、いまごろ総大将みずから小勢をひきい、このような場所にあらわれるはずがない。逃走、と見るが妥当であろう。

そして、軍勢とともに北ノ庄へかえるのであれば、府中を迂回する道はとれぬ。かといって、知らぬ顔で通り抜けんとして追撃でもされたら、殲滅《せんめつ》以外になかった。退却戦のあやうさは、長頼たちみずから味わったばかりである。

そう考えると、利家とじかに会い、戦意の有無をさぐるというのも、けっしてありえぬことではないと思えた。

とはいえ、勝家の意図はわからぬし、油断できるわけもない。使者の口上には、双方五騎のみにて、府中城下はずれ、泉湧きしところにて対面つかまつりたく、とあった。斥候《せっこう》を先行させ、軍勢がしりぞき伏兵もいないことをたしかめてから、長頼と高畠兄弟、篠原勘六が随行することと決する。

「それがしも参りまする」

富田景政がうちしずんだ顔をむりやり持ちあげるようにして請うたが、利家はかぶりをふった。

「そなたは七尾へもどれ――いそぎ国もとをかためよ」

あらたな役目を与えることで気力を保たせようという配慮なのだろう。景政もそれ以上あらがう力はないらしく、うなだれて黙ってしまう。

それを見とどけて長頼は馬上にのぼった。長次が不安げな目を向けてきたことに気づいていたが、どのようなことばをかけたものか、いかにしても思いうかばぬ。ただうなずいてみせるだけであった。

初夏の宵もすでにおおかたは夜へとうつろっている。山の端に残ったうすい紫色だけが、ながい一日のなごりをただよわせていた。目につかぬよう、松明も持たず出てきたため、遠からぬ道のりを慎重に歩ませてゆく。長頼と高畠兄弟が前をかため、利家をなかにして篠原勘六が後ろ備えとなっている。このようなとき、藤右衛門がおればなにより心づよいものを、という考えがうかびそうになり、長頼は思いを振りきるように手綱をにぎりしめた。

気のはやい梟《ふくろう》がくぐもった啼き声をあげている。しばし進んだところで、にじむような明るみが行く手へうかびあがった。すぐに勝家たちの松明であると気づく。こちらが鉄炮か弓矢でもたずさえていれば、それを目印に討ち果たせるであろう。柴田方に害意はないようだった。

――討ち取れる……。

あらためてそこに思いいたり、咄嗟にあるじをふりかえる。長頼の意図を察したのかどうか、利家はまなざしを合わせてはきたが、それ以上の応えはなかった。

橙色のゆらめきが、しだいにくっきりとかたちを結び、そばに坐す人影をあらわにする。

泉のかたわらで数人の武者が思い思いに腰をおろし、松の樹影に取りまかれていた。皆いちように背をまるめ、ひどく老いているように見える。

なかでもっとも憔悴《しょうすい》の色濃い老武士がこちらへ気づいたらしく、おもてをあげた。それと同時にあるじが下馬し、長頼たちもつづく。利家をかこむようにして、ゆっくりと近づいていった。

「水をもろうた……」老武士がしわがれた声でつげた。あまりの老けこみ方に、つかのま見違えそうになったが、柴田勝家その人である。日ごろ六十を越したとはおもえぬ色艶をうかべていた貌が削がれたようにやつれ、いまは七十にも八十にも見えた。「駆けどおしであったゆえ、な」

無言のまま、利家がうなずく。あるじの面で、松明の照りかえしが揺れた。

近くでうかがうと、随行の者たちも老人というわけではないらしかった。闇と火のつくりだす陰影のつよさと、おおいかくせぬ疲労がそう見せていたのだろう。

「玄蕃は負けた……勝政は討たれての」勝家があえぎながらいった。無念さよりも、肉体の弱々しさが先だつような口調である。

「――赦《ゆる》せとは申しませぬ」利家が発した。目をそらさず、貌をそむけようともせぬ。「いかようにも、お怨みくだされ」

随行の者たちが、ざわと殺気だつ。勝家は押しとどめるような視線を向けたあと、ゆっくり利家を見あげた。自嘲めいた笑いを唇へきざむ。「口惜《くちお》しいが……にくむ気力さえ尽きてしもうた」

利家がはじめて視線をはずした。追いすがるように勝家がつぶやく。

「わしは北ノ庄で死ぬ」いくどか瞬き、ようやく光のやどった瞳で利家を見つめる。

「……教えてくれぬか。いつ、筑前をえらんだ」

「田上山のいただきに、燃えさかる炎を見たおりでござる」いささかの淀みもなく、利家がこたえた。長頼はおもわず、あるじの長身をふりあおぐ。

「大返しか……」勝家が嘆息する。「あれで羽柴の勝ちじゃと思うたのだな」

利家は、はっきりとこうべをふった。「いかにも、大岩山はもちこたえられますまい——されど、そのあとまではわかりませぬ」

「ほう」勝家がいくぶん疑わしげな声をもらす。利家はきっぱりとつづけた。

「亡き上様とて、いくたびも負けを喫しましてござる」

「さようであったな……浅井にも、上杉にもいちどは負けた」勝家の声がひときわ重さを増す。「なれば、なにゆえ」

「——胸が躍りまいた」かすかに息をつぎ、利家は語をかさねる。あの夜の光景を思い描くがごとき口調であった。心なしか、ことばがはずんでいる。

「胸……？」勝家が怪訝そうに眉をひそめた。

「心もちの、奥のおく」利家は具足のうえから胸もとをおさえる。「信長さまに感じたものと、おなじでござった。筑前の、そのさきを見届けたいと……さよう思ってしもうたのでござりまする」

長頼は目をひらいた。おのれが、あるじの意中をただしたおり、利家は「明日、断をくだす」と告げていたようにおもう。その「明日」とは、玄蕃が大岩山を陥し、羽柴秀吉が大垣からもどってきた日のことではないか。今のいままで忘れていたが、あるじはことばどおり決断していたのである。あるいは、なにかしら予感めいたものがあったのやもしれぬ。

「わしは、上様に胸躍りたることがなかった」勝家が視線をおとし、おもい息をはきだした。陽炎がのぼるごとく、力なく立ちあがる。「器がちがったということかの……」

「親父どの――」呼びかけて、利家が口ごもった。もはや、そう呼べる身ではないと思ったのだろう。

が、勝家は唇もとに笑みをうかべた。まるで、すべての苦役から解放されたかのような微笑である。そのまま身をひるがえし、わずかによろめきながら遠ざかってゆく。扈従《こしょう》のものたちが物憂げに立ちあがり、跡を追った。

いちども振りかえらぬまま、勝家主従が闇のなかへ溶けこんでゆく。長頼たちは、それを見送るあるじの背だけを、じっとうちまもっていた。

十

夕間暮れの大気にかすかな硝煙のにおいがまじった、と思った瞬間、はげしい轟音がひびきわたる。兜のうえから耳をおさえた長頼が見あげると、天守の最上部が焔を噴いて燃えあがり、あたりに瓦礫《がれき》や木片が降りそそいできた。

秀吉が、歓喜とも驚愕ともつかぬ奇声をあげる。あるじ利家は、そのかたわらで火炎に呑みこまれる北ノ庄の城を見つめていた。はげしさを増してゆく火の渦巻きにあおられ、塵と煙にまみれた顔があかく浮きあがっている。

賤ヶ岳で勝利を得た秀吉は、追撃の手をゆるめなかった。はやくも翌日には府中で利家軍を糾合し、勝家の居城・北ノ庄へ向かったのである。

城を包囲したのは昨日からのことだが、はなから勝敗は決していた。夜のうちに本丸の城壁まで押し詰め、今日は早暁からいっせいに攻撃をくわえたのである。のこった敵兵は二、三百にすぎぬだろうが、驚くほどよくたたかい、まる一日を持ちこたえた。

やがて日がかたむき、波うつような残光が降りそそぐころになって、城内から女たちが脱《のが》れてきたという知らせが秀吉のもとにもたらされた。つかのま攻撃の手をやすめたところに、いまの大爆発がおこったのである。

焔は見る間にいきおいをくわえ、城ぜんたいへ広がってゆく。撤退の令をくだした秀吉の頭上で、みしりと梁《はり》のきしむ音がとどろき、天守が崩れおちた。あらかじめ、大量の火薬をしかけていたのだろう。あわててしりぞく秀吉に寄りそい、利家たちも足早に本丸からはなれる。

足羽川《あすわがわ》をこえ愛宕山《あたごやま》の本陣までたどりつくと、幔幕のまえで石田三成が一同を出迎えた。膝をついて低頭する。「姫さまがた、皆々ご無事にござります」

「それは重畳《ちょうじょう》──」秀吉がおもおもしくうなずきながら、幕に手をかける。「されど」と三成がつづけたときは、もうなかへ入っていた。利家たちもそのまま後にしたがう。

毛氈《もうせん》を敷かれた草場のうえに、いくたりかの女たちがすわっていた。陥ちる寸前の城から逃れてきたのである。程度の差はあれ、皆いちように肩をあえがせ、焦点のさだまらぬまなざしを虚空へ向けていた。

なかの三人に見おぼえがある。勝家にとっては義理のむすめ、信長の姪にあたる三姉妹であった。

──おや……。

長頼が不審をおぼえると同時に、秀吉がいぶかしげな声をあげる。「お市さまは……姫さま方のお母上はいずこにおわしまする」

女中がしらとおぼしき年かさの者がおもてを伏せ、くるしげな声を絞りだした。

「お方さまは城にのこられ……」女は喉を鳴らし、ことばを呑みこんだ。肩の線がふるえはじめる。

「なにっ――」秀吉がおおきく目を見ひらいた。

「勝家さまとともに、ご生害《しょうがい》あそばしましてござりまするっ」顔を覆い、身もだえするようにからだをちぢめる。ほかの女たちもこらえかねたらしく、涙をぬぐうものや、嗚咽をもらすものがつぎつぎに出はじめた。秀吉はうろたえた表情をかくそうともせぬ。

とつぜん、咆えるような唸り声がおこり、長頼は身をすくめた。

だれよりもはげしく哭いている女がいる。つつしみもおそれもなく、髪をかきむしり、獣が猛るごとき声をあげて歎《なげ》いているのである。

玄蕃に盃をたまわった一の姫であった。名は茶々といったはずである。

あまりの烈しさにほかの女たちがひるみ、泣いていた者も畏れるように身をひいていく。が、茶々はしずまる気配も見せず、全身をはげしくよじって叫びつづけた。

秀吉も呆気にとられたようすで、なすすべもなく立ちつくしている。

「お市さまは、勝家どのを選ばれたのだ」ふいに、その背後で利家がつぶやいた。長頼はとっさにあるじの貌をあおぐ。秀吉も、呆然とした面もちのまま、利家のほうを振りかえった。

「――われらが、羽柴筑前守さまを選んだように」いって、右手を差しだす。

呆けた表情をうかべていた秀吉が、ふしぎなものでも目にするごとき眼差しでそれに見入った。すこしずつ頬に血の気がさし、瞳にかがやきがもどってくる。

やがて、力づよく掌をのべた秀吉は、利家の手をしっかりとにぎり、なんどもいきおいよく振った。

ふかくうなずきかえした利家が、あるかなきかの笑みを唇にきざみ、手をはなした。

そのまま踵をかえし、陣幕のほうへ向かう。長頼もあるじを追い、幕をあげた。

火柱につらぬかれた北ノ庄の城が視界に飛びこんでくる。川一本へだてているのに、おそろしいほど近くにせまって見えた。本丸のなかば以上がすでに崩れ、朽ちていく骸のようにその姿をさらしている。火焔と夕空がまじりあい、まぶしいほどつよい茜色があたりに満ちていた。

長頼は、こらえきれず目をそらしてしまう。

あるじ利家は無言のままたたずみ、燃えつづける城をいつまでも見つめていた。

参之帖

影落つ海

一

ぱちり、ぱちと膝のあたりで小気味よい音を立てていたあるじ利家《としいえ》が、やがて手をとめ貌をあげた。

「やはり足りぬの」

ひとりごつように、つぶやきをもらす。

「なにがでござりまするか」

とは、村井長頼《ながより》も聞かぬ。

陣中の費《つい》えと見当がついたからである。利家はさきほどから書院に坐し、帳面をかたわらに愛用の算盤《そろばん》でなにごとかを弾《はじ》いていた。

「石見《いわみ》どのを呼びまするか」

かわりにそう発する。石見とは、通称を孫十郎《まごじゅうろう》といった高畠《たかばたけ》石見守定吉《さだよし》のことである。いかにも武人然とした風姿はそのままだが、意外に経綸《けいりん》の才があったらしい。いまは、ここ肥前名護屋《ひぜんなごや》におもむいた前田勢の兵站《へいたん》を差配しているのであった。

「われらがことではない」かすかな苦笑を口辺にきざみながら、あるじがこうべをふる。その髪にもだいぶと白いものが増えているが、これは長頼とておなじことであった。「渡海した軍勢よ」

前田勢が名護屋に到着したのは十日ほどまえのことだが、すでにそのころ、朝鮮《ちようせん》へむけて出帆した第一陣が、かの地に上陸しているものとおもわれた。総勢十六万という、途方もない数である。

「兵ひとりが一日に三合の米を食うとして、ひと月で何石と相成る」

問いかけられて長頼は顔をしかめた。この手の算勘が苦手なのである。あるじが算盤に凝りはじめたころ、興味半分で嗜《たしな》んではみたが、すぐに音をあげることとなった。こんどはおのれが苦笑いしつつ、かぶりをふる番である。

「――見当もつきませせぬ」

「あきらめが早いの」利家がくすりと笑った。「ざっと一万四千四百石……そなたの禄高より多いわ」

村井豊後守《ぶんごのかみ》長頼はさきごろ嫡子・長次《ながつぐ》に家督をゆずって隠居料四千石をたまわった

であった。

が、本来の知行とあわせれば一万四千二百石となる。たしかに、あるじの言うとおり

隠居をきめたのは、しがらみなき身となって、ここ肥前へおもむくためである。いったい何年かかるか見当もつかぬいくさが、すでにはじまっているのだった。

かつて羽柴筑前守と称していた太閤《たいこう》・豊臣《とよとみ》秀吉が朝鮮出兵を決し、その足がかりとして名護屋城の普請を命じたのが昨年八月、すでに半年以上まえということになる。

小田原《おだわら》の北条氏政《ほうじょううじまさ》・氏直《うじなお》父子をくだし、名実ともに天下人となってわずか一年ののちであった。前田勢は小田原が陥ちたのちも庄内《しょうない》の一揆鎮圧に駆りだされていたから、息つく間もないとはこのことと、国もとの奥村助右衛門《おくむらすけえもん》が書中でぼやいていたものである。

「たったひと月でこれほどの米がいる——積みこんでいった分を食うてしまえば、あとは、かの地で手にいれるしかないが……」

相変わらずかたちのよい眉をひそめたところで、

「申し上げます」

障子の外から呼びかけるものがあった。声だけで、むかし勘六と名のっていた篠原《しのはら》出羽守一孝《でわのかみかずたか》とわかる。いまでは利家の姪を妻にむかえ、重臣の列にくわわっていた。

「石田治部少輔《じぶのしょう》三成どのから使いにて、太閤殿下ほどなくご着到の由」

「ともに参らんと、徳川殿にも声をおかけせよ」

命じながら、あるじが腰をあげた。いまだ槍の修練もつづけているらしく、身のこなしに滞ったところはうかがえない。近ごろ軀をおもく感じることがふえてきた長頼からすると、どちらが齢上なのか時折わからぬようになるのだった。

にわかにどよめきがおこり、じき大気がゆさぶられるほどとなった。沿道に居ならぶ町民たちの喚声だとはわかったが、視界にはなにもあらわれぬまま鳴動だけが大きさを増していく。ほどなく、となりに立つ篠原出羽や高畠石見との会話もむずかしくなった。

あきらめて、眼前に立つ利家の背を見つめる。踝《くるぶし》をすぎるほど裾長の黄色い陣羽織をまとい、鯰尾《なまずお》の兜をかむっていた。いくさ装束だけはいつまでも傾奇者《かぶきもの》じみていて、長頼も時おり苦笑させられるのだが、似合ってもいるので、口には出さぬ。

かたわらにたたずむ家康は黒光りする素懸縅《すがけおどし》の丸胴具足であるから、あるじ利家の派手やかさが際立っていた。

亡き信長の盟友であった徳川家康は、本能寺のおり少数の供だけをつれて堺《さかい》に滞在していたため、弔い合戦には間にあわなかった。かわりに甲斐・信濃《しなの》を平定して力をたくわえ、賤ヶ岳の翌年には、信長の次男・信雄とむすんで小牧《こまき》・長久手《ながくて》で秀吉とたたかっている。いくさは徳川方の優勢ですすんだものの、信雄が単独で和睦してしまったため名分《めいぶん》をうしなった。秀吉は、妹を離別させてまで家康にとつがせ、老母を人質として送るなど、数多の譲歩を経てようやく麾下へむかえたのである。北条がほろんだのち故地三河をはなれて関東へ移封され、いまは江戸《えど》を本拠としていた。内心まではうかがえぬものの、利家とならんで豊臣の柱石《ちゅうせき》ともいえる立場なのである。

「見えた」

高畠石見が顔を近づけて発した。長頼はうなずき、心もち首をのばすようにして彼方へ目をとばす。

五間幅の街道に沿って町民たちがぎっしりと立ちならび、東のかたを見やっている。やがて、その先にくろい雲のごとき塊があらわれると、喚声がひときわ大きくなった。にじんだ墨のように朧《おぼろ》げだったそれはじきに軍勢の姿となり、大地を踏み鳴らして近づいてくる。

先頭の一団は黒い物具で統一されているらしく、にぶい光沢をたたえた甲冑の表面で、つよい西日がおどっていた。利家や家康ら出迎えの諸侯をみとめ、礼を送ってはくるものの、足をとめることなく歩んでゆく。そのまま城へ入るよう命じられているのだろう。

間をおかず赤備《あかぞな》えの一群がつづき、おなじように礼をかわして通りすぎていった。

秀吉がいるのは中軍であろうが、さすがに三万の勢ともなると、すぐに姿をのぞむというわけにもいかぬ。

　わずかにつかれをおぼえた長頼が、目庇のあたりにたまった汗をぬぐったときである。

　あたりを取り巻く声に、とつぜん哮るような勢いが加わった。

　あわてて目をあげると、すでにそうと見分けられるほど近くにかの人がせまっている。

　南蛮胴の具足に緋色の陣羽織をまとった影が、葦毛《あしげ》の鞍上で揺れていた。兜は近年愛用の唐冠馬藺後立《とうかむりばりんうしろだて》というかたちで、後光のようにひろがった飾りが頭のまわりに二十本ちかくも飛び出ている。

　前《さきの》関白・太閤秀吉であった。矮小といってよいはずの肉体が、あれこれ身にまとったもののおかげで倍ほどにもひろがって見える。が、その華やかさに反して顔いろが冴えぬのは、長旅のつかれもあろうが、あいついだ身内の不幸をひきずっているためやもしれぬ。昨年の正月には異父弟の秀長を亡くし、八月にはようやくさずかった愛児・鶴松《つるまつ》をうしなっていた。いまだ気鬱がぬぐえぬのであろう。

　――わからぬでもないが……。

　口中でつぶやきながら伸ばした背筋が、次の瞬間ぴくりと撥《は》ねた。

秀吉の脇へ寄り添うように歩む栗毛へ目がとまったのである。

女がまたがっていた。髪は若衆のようにまとめ、小袖と袴をまとったうえに打掛を羽織っている。茜色の地に唐草模様が縫いこまれた豪奢《ごうしゃ》なつくりだった。肉厚な唇に笑みをたたえて沿道に詰めかけた者たちを見わたしている。女の視線をうけて群衆の声は極限まで昂ぶり、いくさ場のごとき叫喚が長頼の耳をおおった。

呆然と見ているうち、ふたりの姿が大きさを増してくる。利家たちをみとめたらしく、秀吉が右手をかかげ、それへ応えるように軍勢が足をとめた。

馬蹄の音がかろやかにひびき、秀吉と女が近づいてくる。

「……淀《よど》が」すこしかすれた声で秀吉がいった。「どうしても馬に乗りたいときかぬでな」

それが第一声であった。きまりわるげに利家たちを見やると、うかがうような視線をかたわらへ向ける。淀と呼ばれた女人は唇もとの笑みをおおきくひろげると、無言のまま会釈した。大気になまなましい汗のにおいがまじっているが、本人は気にするそぶりも見せない。

淀の方は名を茶々という。信長の妹・お市と浅井長政のあいだに生まれた娘である。父・長政は信長にほろぼされ、母が再嫁した柴田勝家も、秀吉にやぶれて北ノ庄で自刃した。

——羽柴筑前が首、心待ちにしておりまする。

そういって、かの佐久間玄蕃へ手ずから一献あたえていたのが、もう足かけ十年もまえのことである。その後、秀吉の側室になったと聞いたときは、なにやらどろっとしたものを無理やり飲まされたような心地がしたのを覚えている。胸のうちまでわかろうはずもないが、泣く泣く勝者に身をゆだねた、とは見えぬのが茶々という女子なのである。げんにいまも、天下人の寵姫《ちょうき》たる身をぞんぶんに楽しんでいるとしか思えぬ。軍勢の行進に騎乗でくわわるのも横紙破りだが、はなやかな打掛けをまとっているのは群衆の目をおのれへ聚《あつ》めたいがためであろう。昨年みまかった鶴松はこの女人の所生《しょせい》であったが、とてものこと、子を亡くした母には見えぬ。

この奔放さゆえ、いらぬ風説もたつのであろう、と長頼はひそかに嘆息した。風説というのは、鶴松の出生にかかわるものである。

わかいころから子がさずからぬことを嘆いていた秀吉であったが、近江長浜城主だったころ側室とのあいだにもうけた男子も早々に亡くしている。そののち十五年、いくたり側女をもっても事情はかわらなかった。

ところが、茶々は寵姫となってほどなく懐妊し、しかも待望ひさしい男子を生んだのである。秀吉のよろこびようは、箍《たが》がはずれるとはこういうことであったかと思わせるほど手放しなもので、茶々は北政所《きたのまんどころ》とよばれる正室ねねにまさる権勢を手に入れた。淀城をたまわり、女ながら一城のあるじにすらなったのである。淀の方と呼ばれるのは、そのためだった。

当然のごとく他の側室たちから嫉視が湧きおこり、物見だかい京童がおもしろ半分にあることないことを触れまわった。

鶴松は秀吉の胤《たね》にあらずというのである。

淀の方にはかならずしも好意をいだけぬ長頼ではあるが、この噂を聞いたときは馬鹿馬鹿しさのあまり、吹きだしてしまった。

信長の姪という血筋からして、たださえ注目をあびている茶々である。ほかの男と密通するような気配でもあれば、女どもが見逃すはずはなかった。

そう告げると、くだんの噂を伝えた篠原出羽守一孝が、

「さはいえ、かの御方だけが孕《はら》まれたは、いかにも不審とおもわれませぬか」

腑に落ちぬという表情で首をかしげたものである。

「そなたは知るまいが、世のなかには、孕む日のわかる女子というのがいるものでな」

わけしり顔で長頼がいうと、出羽は案の定、目を白黒させた。「……豊後どのが、さまで女子に通じておるとは、今のいままで存じませなんだ」

「以後、見知りおくがよいわえ」

大笑して煙にまいたが、なんのことはない、三十年もむかしに聞きかじった話を思いだしたにすぎぬ。

森部のいくさが前後、利家の正室であるおまつさまが、そうした女人であると耳にしたのである。そのときは半信半疑であったが、翌年みごとに、いまは利長《としなが》とあらためた嫡男をあげ、けっきょく男女あわせて十一人もの御子をもうけられたから、ただの戯れ言としりぞけることもできぬであろう。

そのようなわけで、鶴松の出生についてはなんの疑念もいだかぬ長頼であるが、この童が生まれてよかったのかどうかは全くべつの話だとおもっている。

ようやく手にいれた後継ぎが、昨年、わずか三歳でみまかった。

秀吉のなげきはふかく、わが子の供養にと発作的に髻《もとどり》を切りおとし、あるじ利家や徳川家康をはじめ、おもだった大名たちがそれにならった。

名護屋築城の令がくだされたのは、鶴松が死して二十日のちである。

朝鮮への出兵は、わが子をうしなった悲しみをまぎらすため、とだれもがとらえた。

いや、その企ては賤ヶ岳のすぐ後からあった、という者もいるが、満天下がそのように受けとめていることが問題なのだと長頼は考えている。利家もそれくらいのことは端から心得ているに違いない。

――であれば、このようないくさ、どうにかしてお留《とど》めできなんだものか。

惑乱しきった天下人は、なんぴとも御《ぎょ》しきれぬとわかってはいる。さはいえ、前田利家ともあろうものが、言われるまま肥前くんだりまで出向いたについては、内心いささか歯痒《はがゆ》いおもいを抑えきれぬ長頼でもあった。算盤などに凝っている暇があったら、ほかにやることはなかったのかと、時おりいやみのひとつも言いたくなる。

「遠路おつかれでござりましょう」

石田治部少輔三成が一歩進みでて、うやうやしくあたまを下げる。ひとあし先に名護屋入りし、朝鮮へわたる軍勢の後方をかためているのだった。甲冑をまとって居ならぶ大名たちのなかで、ただひとりすずしげな肩衣袴すがたである。この男なりに文官としての矜持があるのかもしれなかった。「おりよく第一軍、釜山《ぷさん》につづき慶州《けいしゅう》の城まで陥したとの報せが入りまいてござりまする」

「――これは重畳」

徳川家康が肥えた軀をかがめるようにして祝意をのべる。

「殿下が名護屋入りされただけでこの勲《いさおし》、感服のほかござりませぬ」

奥州《おうしゅう》岩出山《いわでやま》の城主・伊達《だて》政宗《まさむね》が張りのある声を発した。まだ二十六歳という若さだが、そつのないことをいうものである。いま陥ちたわけではあるまいに、と長頼は苦笑しそうになった。あるじの背を見やると、低頭して祝意をあらわしてはいるものの、とくにことばを発するようすはうかがえない。

秀吉の視線が、つかのま射るような光をたたえて利家をかすめた。が、すぐに破顔して、かたわらに目をむける。

「幸先《さいさき》よいのう」

茶々がうなずき、ゆっくりとあかい唇をひらいた。

「はやく大明国《だいみんこく》が見とうござりまする」

周囲の喧騒がさっと遠のく。諸大名もそのまま笑みをうかべてはいるが、どこかしら空気がこわばったように感じるのも気のせいではあるまい。

秀吉が、朝鮮のみならず明まで征服するつもりであることは、むろん長頼も知っている。というよりも、明攻めの先鋒をかの国がことわったゆえの出兵なのであった。

――が、それを望む者が、いかほどおることか……。

溜め息まじりに馬上の女人を見あげ、長頼は瞠目した。

居ならぶ大名たちを視線だけで眺めわたし、瞳の奥でわらっているのである。

哂《わら》っている。

――わざとであったか。

思慮浅きふるまい、とおもっていたが、どうやら男どもを困惑させるため故意に発したことばであるらしかった。

——いささか、たちがわるい。

顔をしかめそうになったとき、

「宰相どの」

おもむろに茶々が呼びかけたので、おもわず唾を呑みこんだ。あるじがゆっくりと面をあげる。利家もいまや加賀・能登・越中の三ケ国を領する大大名であった。三年まえ右近衛権中将《うこんえごんちゅうじょう》に任ぜられ、加賀宰相などと呼ばれている。

あるじが応えをかえすまえに茶々の手が打掛けにのびた。次の瞬間、うねるような茜色の波が空に舞っている。黄の陣羽織をまとった長身が、すばやく半歩まえにすすんだ。

空へ手をのばすようにして打掛けをつかんだあるじの半身へ、金の刺繡にいろどられた布地がおおいかぶさる。

秀吉をはじめ、諸大名や町民たちまで呆気にとられた表情でふたりを見つめていた。

「——その陣羽織、気に入りました。打掛けと引きかえにゆずってくださりませ」

いって、にこりと笑う。先ほどまなざしの奥に垣間見たひややかな光ではなく、おどろくほど無邪気で、無垢とさえいえるほどの笑みであった。

利家もつられて、かるい笑声をもらす。「いかにも差し上げましょうず」

あるじが振りかえったので進みでると、くだんの打掛けをあずけられた。汗と香のまじった濃厚なにおいで噎せかえりそうになる。

陣羽織をぬいだ利家が、秀吉たちのほうへ歩みよる。うやうやしく差しだされたものを手にとると、茶々はいささかの躊躇もなく袖をとおした。

かぶいた黄の羽織が、思いのほかさまになっている。打掛けをまとっていた折とは面ざしがかわり、若侍のごとき凜とした風情をたたえていた。

「それがしよりも、似合うておられまするな――」

見あげた利家がつぶやくと、茶々が唇もとをほころばせた。あいかわらず女子のあしらいがうまい、とおもったが、追従《ついしょう》というわけでもなさそうだった。その証しに、町民たちも馬上の茶々を仰いで嘆声をあげている。

「しからば参らん」

これ以上むりを言いだされぬうちに、とでも思ったか、すかさず秀吉がいった。茶々もうなずき、城の方角へ馬首をむける。すぐ北方に、城壁と曲輪《くるわ》のつらなりが、伸しかかるように聳えていた。秀吉が、小さく拝むようなしぐさをしながら、利家になにごとかささやきかける。恩に着るぞ、とでもいったのだろう。

ふたたび軍勢が動きはじめる。駒をすすめた茶々が、とつぜん振りむいて告げた。

「打掛けは、千世《ちよ》どのにでも差し上げられませ」

長頼は吹きだしそうになり、あわてて唇をむすんだ。千世は利家の側室で、こたびも同行して身辺の世話をつとめている。

茶々は言い放ったきり振りかえらぬ。秀吉たちを乗せた馬影は少しずつ遠ざかり、やがて熱い大気のむこうに消えていった。

軍勢の行進はとどまる気配もなくつづいている。近づいてきたあるじが、苦笑をうかべて長頼を見やった。

「……なかなかに傾《かぶ》いたお方じゃ」声が、どこかしら楽しげに聞こえる。「きょうは、すっかり負けいくさであったわ」

二

陣所の外で聞こえていたざわめきが、にわかにはげしさを増した。罵りあうような声が間断なく飛びかい、しずまるようすを見せぬ。村井長頼は障子をあけて居室から広縁に出た。つよい日差しに真っ向から瞼の奥を射られ、つかのま視界が白くなる。

――不心得をした。

かるく唇を噛んだ。陽のほうへ向かうときは、当然すこし目を伏せるべきだったのである。

――長陣で気がゆるんだわ。

こうべをふって、利家の居間へ歩をすすめる。

すでに五月もなかばとなっていた。秀吉が着陣して二十日あまり、長頼たちが肥前に来てからは、ひと月ほどがたっている。海のむこうでは、福島正則や加藤清正といった部将たちが死闘を繰りひろげているはずだが、名護屋在陣の面々はなすこともなく日を送っていた。清正たちにすまぬ気もするが、なんらの令もくだっておらぬ以上、どうしようもない。

「ご無礼つかまつりまする」

縁側から声をかけると、応えがあったので障子をひいた。

側室の千世と向きあったあるじの膝に、くだんの算盤がのせられている。すこやかそうで丸い女の頬へ、かすかにほっとしたような色が浮かんだ。いささか算勘の相手に飽いたところだったのやもしれぬ。

居室の衣桁《いこう》には淀の方からたまわった打掛けがひろがり、あでやかな唐草模様を揺らしている。結局、袖をとおされぬまま、彩りゆたかな襖絵のごとく、ひねもす華をふりまいているのだった。千世はのんびりしたたちの女で、「きれいでござりますなあ」などと、ひとごとのように笑っている。

「千世どのがお召しになればよいではござりませぬか」

三日ほど経ったころ、不審におもった長頼がたずねると、あるじはあっさり言いきったものである。

「まつをさしおいて、それはできぬ」

「では、いっそおまつさまに差し上げたらいかがで」

いうと、利家はあきれたような表情をうかべた。

「さすれば、千世の立つ瀬があるまい」わずかに溜め息をもらす。「……なにやら、幼《おさ》な子に仮名でもおしえているような心地がするわ」

そのようなわけで、この打掛けを見るたびに、どことなく苦笑を禁じえぬ長頼なのである。

が、いまはそれどころでない。

あるじは算盤へ向けていた面をあげ、すばやく長頼にうなずいてみせた。まなざしに、するどい光がやどっている。

「――水場のほうと見た」

「はっ」

低頭して、玄関さきへ向かう。若党や小者がおどろいて声をかけてきたが、かまわず陣所の外へ出た。

埃っぽい田舎道をたどり、なだらかな丘をくだっていく。小走りに駆けただけで汗が吹きだした。なさけないことに息があがっている。鍛錬は欠かしていないつもりだが、長頼も五十である。いかにしても抗えぬものはあるようだった。

めざす辺りへたどりついたときには、全身汗みずくとなっている。が、目に入った光景に、さっと軀の冷える心地がした。

楠《くす》の木陰に穿《うが》たれた小ぶりな井戸をはさんで、何十人もの足軽が睨みあっている。怒号と罵声がやむ間もなく飛びかい、刀の柄に手をかけ威嚇しあう輩まで見受けられた。顔や物具におぼえのある者もいたから、手前の一団が前田家中とおもわれる。

いくさ場ではないから旗指物もなく、対手がどこの勢かはわからぬ。が、見当はついた。

――さだめし、家康どのが配下ならん。

諸大名は名護屋の城を取りまくように陣所を築いているが、利家と家康はひきいる兵数も多いため、入り江をへだてた地点に広大な場をあたえられている。前田と徳川の陣は隣りあっており、そのうえ、この井戸は徳川のほうにいくぶん近かった。どこか一家、あてずっぽうでいうとしたら、それ以外にない。

「――豊後どの」

足軽たちを掻きわけるようにして、篠原出羽守一孝が歩みよってくる。人心地ついた途端、にわかにつよい渇きをおぼえた。

「……すまぬが、まずは水をくれぬか」

出羽が困惑したようにささやく。「いや、その水がことで揉めておりまするので」

殺気だつ足軽たちを横目に語られたのは、ごくありふれた喧嘩話だった。

やはり対手は徳川の家中で、出羽配下の足軽がいつものように水を汲みにきたところ、かの奴輩《やつばら》が、「こは、もともと我らが井戸じゃ。夏場となり水も乏しいゆえ、以後はならん」といって追いかえそうとした。とうぜん承服しかねた前田の者たちはあらがい、双方一歩も引かぬ事態にいたったという。聞きつけた出羽が足をはこび、止めに入ったものの、猛りたった足軽どもはおさまる気配も見せぬ。

――くだらぬ。

ようは、長陣で気が立った者同士の憂さばらしであろう。が、ぞんがいこのようなことから大事が出来《しゅったい》せぬものでもない。

じっさい、見る間にそれぞれの家中から新手が繰りだし、井戸のまわりはいくさ場のごとき様相をあらわしていた。目分量でしかないが、いつのまにか百人をゆうに超える男たちが密集し、汗と草のにおいがまじりあって息苦しいほどである。信じがたいことだが、騒ぎを聞きつけて他家からも相当の人数がくわわっている。

しかも、あとから駆けつける者ほど、物々しきいでたちとなっているのだった。長頼や出羽のような肩衣袴すがたのほうがまれで、鎧かぶとをまとい、槍を手にした軍兵がつぎつぎに参じてくる。あろうことか、鉄炮をかついだものの姿さえ垣間見えた。

——まずい……。

長頼のこめかみを、つめたい汗が流れおちる。ふかい泥のなかへ沈みこんでゆくような心地だった。

「鎮まれ、しずまらぬかっ」

篠原出羽の絶叫が、押しよせた者どもの喚きに掻き消される。

「ここはいくさ場にあらず、味方どうしで争うてなんとするぞっ」

長頼も人の波を押しわけ、声を張りあげとどめようとするが、耳を傾けるものなどおらぬ。みな頭に血がのぼり、聞こえなくなっているようだった。

出羽の表情に焦燥の色が濃くなっていく。長頼の声もしゃがれ、土ぼこりを吸いこんで、はげしく噎せた。気がつくと出羽とふたり、兵たちの群れに取りかこまれている。周囲はもはやどの家中ともわからぬほど入り乱れ、嚙みつくようにせまる者どもの面には殺意すら浮かんでいた。長頼は唾を呑みそうになったが、干上がった喉にざらりとした空気が通っただけである。ねばつくような絶望感が総身にのしかかってきた。

——よもや、このようなことになるとは。

のに感じられる。

下唇をきつく嚙みしめた。悪夢のような光景のなかで、その痛みだけがたしかなも

とつぜん近くで銃声が鳴りひびいた。長頼は天をあおぐ。

——これで徳川といくさになる……。

が、おそるおそるまわりを見渡すと、さきほどまでの喧騒が幻であったかのごと

く、あたりはひっそりしていた。かたわらに立ちつくす篠原出羽を見やると、やはり

いぶかしげに眉を寄せている。

やがて、蟻塚が崩れるように人の群れが散りはじめた。何者かへ道をひらくがごと

く左右へわかれていく。

あらわれたのは三人の男たちであった。

すずしげな小袖すがたの家康を護るように、佩楯《はいだて》だけ身につけた半武装の部将がふ

たり従っている。ともに四十なかばというところであろうが、両者とも見覚えがあっ

た。渋手拭いの鉢巻をしめ、猛禽のような視線で鉄炮をかまえているのが本多忠勝《ほんだただかつ》、

肌脱ぎとなって胸もとをあらわにした固太りの男が榊原康政《さかきばらやすまさ》である。

忠勝が、まだ硝煙の出ている火縄銃をかたわらの足軽へ無造作に渡す。さきほどの

銃声は、騒ぎをしずめるため空へむけて放ったものであるらしかった。手がつけられ

ぬほど激昂していた者どもが、いまは声もなく、成りゆきをうかがっている。

と、ふいに家康が身をひるがえし、肥えた軀に似あわぬ軽い足どりで、くだんの井戸へ近づいていった。忠勝と康政が困惑したような表情で付きしたがう。

大儀そうに井戸の縁へ腰をおろすと、家康は懐紙を出して首すじの汗をぬぐった。無言のまま、あたりを眺めわたす。わずかに眉をひそめながら、数百もの面をじっと見つめているのである。つどった者すべてが、その視線に射竦《いすく》められたごとく身じろぎもせぬ。

むろん、長頼とておなじだった。不機嫌そうに閉じられた口から、次ははげしい叱責がとぶのか、あるいは前田勢への攻撃命令が放たれるのか、まったく見当がつかぬ。ただ、その人から目を逸らせずにいる。

まわりを睥睨《へいげい》するように動いていた家康の瞳が、おのれの面でとまったような気がした。次の瞬間、

「――豊後」

ふとい声とともに、手招きされる。

周囲を取りまいていた人垣が割れ、家康につづく一本の道が生じた。息がとまるような思いにおそわれたが、どうにか爪先を押しだす。出羽が案じ顔をむけるのがわかったが、かえりみる余裕はなかった。

ひとあし進むごとに家康が近づいてくる。なぜか、はじめてまみえた十代のころ、

岡崎城の広間で爪を噛みつづけていた面影が脳裡をよぎった。

──小そうなって生きてまいったゆえ……。

あのとき、わかい領主はそうつぶやいていた。家臣たちに事寄せてはいたが、あれはやはり、じぶん自身のことでもあったろう。

──が、いまや、この大きさはどうだ。

と、長頼はおもう。声を張りあげるでも、睨みつけるわけでもないのに、近づくたびに胸苦しさがましていく。ふだん寡黙で、地味とさえいえるほど目立たぬ振る舞いに終始しているぶん、この場でただよいはじめた威圧感がより重苦しかった。

井戸へたどりついたときには、はげしい疲れを感じている。家康の眼前で片膝をつき、そっとまなざしをうかがった。木の間ごしにそそぐ光のためか、やや茶色みをおびて見える瞳が、感情をうかべぬまま長頼をとらえている。

「汗まみれじゃの」

唐突なことばがふりかかった。

「は──」

どう応えればよいものか惑っていると、家康は意外なほど素早くたちあがって釣瓶《つるべ》をとり、井戸へ投げおろす。ひと呼吸おいて、すずしげな音がたった。かるがると汲みあげたものへ柄杓を入れ、分厚い掌に握って差しだしてくる。水のおもてが、きらめくような木漏れ日をたたえ、なめらかに揺れていた。

「呑め——わしものむ」

「はっ」

考える間もなく、一礼して柄杓を受けとる。水あらそいをしていた者どもを差しおいて喉をうるおすのは気がひけたが、否む場合ではないし、渇きも耐えがたいほどになっていた。

よく冷えた清水が、喉をころがり肚の奥まですべってゆく。咄嗟にもういっぱい呑もうとして釣瓶へ柄杓をのばしてしまい、あわてて手をはなした。家康は唇もとだけで笑うと、

「さほどに旨《うま》いか」

どれ、といっておのれも水を口にふくんだ。ふとい首の真ん中で、そこだけべつの生きものででもあるかのように喉仏がゆっくりと上下する。

ふかく息を吐いて口をぬぐうと、家康は立ちあがり、あつまった者たちを今いちど見わたした。あたりへ響きわたるほどの大音が、その腹からほとばしる。

「双方、汲む量はこれまでの三分が二とせよ——順番は交互じゃ。よいな」

そのことばがおわると同時に、忠勝と康政が去れという身ぶりをした。あれほどいきりたっていた者たちが、風になぶられる綿毛のように四方へ散っていく。百数える

うちに、あたりはつねの静けさを取りもどしていた。長頼たちのほか残っているのは、篠原出羽と双方数名ずつの水汲み足軽だけである。

「……今日のところは、これでよかろう」家康は、いくらかうんざりしたような表情でつぶやいた。「加賀どのにもそう伝えよ」

「うけたまわりました」

ふかぶかと頭をさげ、踵をかえす。

出羽をうながして陣屋への道をのぼりはじめる。引いたはずの汗がはやくもにじみだした。そっと背後をうかがうと、忠勝と康政がけわしい面もちをくずさぬまま、主君のかたわらに立ちはだかっている。出羽に顔をむけ、ぼそりとつぶやいた。

「あいかわらず三河者はとっつきにくいのう」

故地をはなれても、なかなか気質というはかわらぬものであろう。家康への忠誠心が烈しいのはよくわかるが、そのぶん、いつまで経っても他の家中へ向ける視線に打ちとけたようすはうかがえない。

まだ強ばった表情をうかべていた出羽が、ようやく頬をゆるめた。「よそから見れば、豊後どのも似たようなものかもしれませぬぞ」

「なにを申す」

一瞬むっとしかけたが、

「いや、かの聚楽第《じゅらくてい》の一件など」

といわれて、おもわず苦笑した。

出羽が口にした件は三年ほど前におこったことである。聚楽第は大坂の居城とはべつに京へ築かれた秀吉の別邸だが、重陽《ちょうよう》の宴にあたって諸侯が謁見をたまわるおり、上杉景勝と利家のあいだで席次の争いがおきた。が、じっさいのところは、上杉の臣・直江兼続《なおえかねつぐ》と長頼のあいだで、というべきだろう。景勝はもともと越後の豪族・長尾《ながお》氏の出だが、先代謙信《けんしん》が上杉憲政《のりまさ》の養子となり、関東管領の家格をついだ。直江の口ぶりにその家柄を誇るふしがうかがえたので癇にさわり、

「上杉はたしかに名家なれど、前田はかの菅原道真《すがわらのみちざね》公が裔孫《えいそん》にて候」

と、われながら理屈にもならぬことを言いたて、利家の上席で押し切った。むろん、この手の系譜は諸家いずれも、それなりのものが伝えられているのである。宴はてたのち、あるじは、

「この髭のおかげで、おおいに面目をほどこした。――が、まあ、道真公は今宵かぎりとしておくがよい」

おかしげにいって、長頼の髭を握りしめたものであった。

出羽の言うことにも一理はある。たとえば直江からすると、長頼も忠勝もおなじように見えるかもしれぬ。だからといって三河者への感じ方が変わるというわけでもな

いが、いくらか気分が持ちなおしたのはたしかだった。

陣屋へもどると、式台のところで見なれぬ武士が退出してくるのに出くわした。相手はことばをかわそうともせず、そそくさと引きあげていく。履物を脱いで奥へすすむと、あるじは広縁へ出て、彼方を見やっていた。

「いかがなされまいた」

いぶかしくおもって問いかけると、

「いや、たったいま伊達どのより、危急のおりは馳せ参じまするなどという使者が来たのじゃがな……」

なぜか、笑いをこらえるような体で、北がわを指さす。

目を凝らすと、はっきりとは見さだめられぬものの、隣りあう小丘で、黒光りする甲冑をまとった一団が、なにか物具を手に整列しているように思えた。白茶けた陽光のむこうから、騒然とした気配が伝わってくる。

眉をひそめてあるじをうかがうと、

「伊達の小倅が、われらに鉄炮を向けておるのよ」

くすりと笑った。「おそらく、徳川どのにもおなじような使者を送っておるのであろう……。若いに似ぬ二股膏薬《ふたまたごうやく》」

呆気にとられている長頼と出羽にかまわず、利家はその場に腰をおろすと、ふたりにも座るよう目でうながした。

「徳川どのは、なんと仰せであった」

「はっ――今日のところはこれでよかろう、と」こたえたものの、長頼は首をかしげる。「なにゆえ、かのお方が出張ってこられたことをご存じなので」

「それ以外に収まるすべがないゆえな」利家はあっさりといった。「あの井戸は徳川のほうにいくぶん近い。どちらか出るとしたら家康どのしかない」

「それゆえ、殿はおいでにならなんだのでござりますな」

篠原出羽が得心したようにいった。たしかに、利家と家康があの場で向きあえば、双方の意志とかかわりなく、前田と徳川の全面対決というかたちに陥りかねない。

「日ざしがきついゆえ、行かなんだまで」利家がふところから扇子をとりだし、かるくあおいだ。「が、陣をうつさねばならぬな。暑いなか、難儀なことじゃ」

「陣を、でござりまするか」

長頼が首をひねると、

「今日のところは、と申されたのであろう」

利家がにがく笑った。「また、同じようなことが起こらぬともかぎらん。前田と徳川は豊臣の両輪、あらそうわけにはいかぬ。太閤殿下に願い出て、早々に陣替えいたすとしよう」

「承知つかまつりました」

出羽とともに一礼する。

――政《まつりごと》とは、なにかとむずかしきものじゃ。

溜め息がこぼれそうになるのをかろうじて呑みこんだ。

三

当の家康がひそかに訪ねてきたのは、それから十日あまりたった午後のことである。いまだ陣替えもおわらず、前田の館うちは小部屋のすみや廊下のあちこちにまで荷が投げ出されているありさまだったが、家康は気にとめる風もない。本多忠勝だけをつれ、奥へ通っていく。

「これはかたじけない」

白湯を供した千世へことばをかけると、ひとくちふくんで利家に向きなおった。こちらも長頼ひとりが、あるじの背後に坐している。

一礼して千世が退出すると、利家がおもむろに発した。

「かように騒がしきなかへお呼びたていたし、申しわけもござらぬ」

えっ、と声がもれそうになったが、長頼はかろうじて押しとどめる。

してみると、家康のおとずれはあるじが請うたものらしい。が、その理由が思いあたらなかった。水あらそいはひとまず片がついたし、もしもその件で話がしたいのならば、こちらから出向きそうなものである。

——つまり、ほかの用ということだ。

見当をつけて控えていると、家康は襟元を扇であおぎながら、

「なんの——騒がしき折なればこそ、人目にも立ちにくいというものでござろう」

こともなげにつぶやいた。利家はうなずくと、

「殿下ご渡海の件でござる」

声をひそめるようにして切りだす。うすく笑みをうかべただけで、家康はおどろいた様子も見せぬ。あるいは予期していたのかもしれなかった。

小西行長《こにしゆきなが》らが朝鮮の都・漢城《かんじょう》を陥したという報せがもたらされたのは、ちょうど例の水争いがおこったころである。狂喜した秀吉はこのまま大明まで攻めこむいきおいで、みずからの渡海を実行に移そうとしている。なんでも、はや帝をかの国へお迎えする手筈をととのえるよう、甥である関白秀次《ひでつぐ》に命じたと聞く。

「いよいよ殿下のお出ましとあらば、海のむこうで戦うておる面々も士気があがりましょうな」

家康がことばをえらぶような口調でこたえた。長頼は目をほそめ、その双眸を差し

のぞくようにする。が、心もちを読みとることはできぬ。

ふと思いつき、視線を本多忠勝のほうへうごかした。こちらもはっきりとした感情はうかがわせぬが、かすかに苦笑めいたものが口辺へただよっているように見える。

――よくも、しれじれと申されることよ。

そういう意味だと解した。

長頼も漢城が陥ちたと聞いたときは、もはやいくさもおわりかと、いささか呆気ない思いにも襲われたものだが、これは早合点というしかなかった。いちはやく都を捨てた朝鮮国王は北のかた平壌《へいじょう》まで逃げのび、いまだ交戦のかまえを崩しておらぬという。

それにもまして手ごわい抵抗を見せているのは、かの国の民草であった。山中にひそんで機を待ち、わが勢の行軍する背後から半弓を射かけてはすばやく退く。こちらが追おうとしたときには、とうに姿が消えているという。ひとつひとつの傷口は浅くとも、たびかさなるうちに結局は大量の血をうしなうようなもので、渡海した軍はしだいに疲弊の匂いを濃くしている。秀吉がおもむけば、すべてが好転するものかどうか、かるがるしくはいえなかった。

「――水軍が負け申した」

唐突に利家がいった。長頼はおもわず息を詰める。

「なんと」

家康もさすがに驚きの色をうかべている。「いつでござる」

「漢城陥ちて、わずか数日のち……李舜臣《りしゅんしん》なるかの国の将に、藤堂高虎《とうどうたかとら》らの船手衆《ふなてしゅう》さんざん打ち破られしとのこと」

いぶかるような面もちとなって、家康がつぶやいた。

「お耳がはやい。われらとて飛耳長目《ひじちょうもく》そなえているつもりでござったが」

「殿下が秘しておられるゆえ、たやすくは知れませぬ」

とくに誇るふうでもなく、利家がいう。長頼には背しか見えぬが、つねのごとくしずかなまなざしをたたえているものと思われた。

あるじがいかにして水軍の敗戦を知ったか、はっきりとはわからぬ。かかわる人数が増えるほどみそか事はもれやすいというので、いっさいの機密がじかに利家のもとへあつまってくるのである。名護屋城内の同朋衆に金子《きんす》をまき、のこらず抱きこんでいるのは承知しているが、あるいは秀吉にともなわれ肥前にまでおもむいている相国《しょうこく》寺《じ》の西笑《さいしょう》和尚あたりから聞きおよんだものやもしれぬ。

家康とて諜報《ちょうほう》のおもさは人一倍わきまえているはずだが、転封されて日も浅く、江戸の町づくりにも心をくだかねばならぬ身である。くわえて豊臣の家中には、いまだ徳川への警戒感が抜きがたく横たわっていた。家康は武力で屈服したわけではなく、臣従させるために秀吉がかなりの苦心をはらったことは天下に知れわたっている。密事を洩らす側からしても、利家へ対するのとでは心もちの垣根に高低が生じるのは避けられぬであろう。

「……して、われらにその秘事を明かされたは、いかなおつもりにて候や」

いくぶん身を乗りだしながら、家康が利家のおもてをうかがうようにする。

「存念はふたつござる」あるじがうなずいたようであった。「ひとつは、かの海の危うきことをあらためてお伝えするため」

家康が、目で先をうながす。

「もうひとつは――徳川どのにわれらが手の内をさらすためにて」

徳川の主従がそろって眉をよせた。利家のことばを反芻しているのだろう。が、あるじの意図がいまだ読めぬのは長頼とておなじであった。

「手の内……」家康がふと溜め息をはく。「わからぬ。なんのために」ひとりごちながら、右の親指を口もとへはこぶ。いらだたしげに爪を噛みはじめた。

そのようすを見ているうち、ふいに気がついた。つねに泰然として内心をあらわにせぬ徳川家康が、少しずつ人がましい表情を見せはじめている。

と思う間に、こんどはあるじが膝をすすめ、たたみかけるごとく告げた。

「われらが腸《はらわた》までお見せし、一味となっていただこうためでござる」

「はて、一味とはいささか剣呑《けんのん》」冗談めかしながら、家康がはっきりと困惑の色をうかべた。かまわず、利家はひといきに言い放つ。

「ともに、殿下のご渡海をとどめていただきたい」

とっさに腰をあげ、ひとひざ進みでようとして長頼は足をとめた。利家の物言いにはたかぶった調子などうかがえぬのに、それ以上近づけぬものを感じる。

――まるでいくさじゃ……。

槍も刀も遣いはせぬが、あるじが家康の喉もとへするどい刃を突きつけているような思いに襲われてしまう。

「渡海とどめ――」家康が喉の奥でうめいた。「が、殿下のおわたりなくば、かの地の士気、ながくは持ちますまい」

「おわたりあったところで、いずれは負け申す」ひどくあっさりと利家がつぶやく。まるで明日も晴れましょう、とでも言っているかのようだった。

家康が、押さえきれぬといったようすで笑声をもらす。「なるほど、腸までお見せいただいたわ」

あるじがうなずきかえした。「都が陥ちれば逃れるまで……かの国と日《ひ》の本《もと》では、いくさの仕方がまるでちがいまする」そっと息を継いでつづける。「かりに朝鮮国すべてを平らげたとて、背後には大明。勝つ目など端からござらぬ。むしろ、強いてご渡海のうえ殿下に万一のことあらば、豊臣は終わる――」

「いかさま、な」家康が目を閉じ、なにか考えるような風情となった。つぎの瞬間、決然とした面もちで瞼をひらく。「いかにもわれら、加賀どのが一味となり申そう」

本多忠勝が膝を乗りだし、主君へにじり寄ろうとする。家康は制するように振りかえると、苦笑をうかべて利家を見やった。

「陣替えの件、ご造作をおかけし、すまぬことと思いおりまいたが……これにて相身互いでござるの」

「さようですな」利家の声もかすかに笑いをふくんでいる。

「して、いつおとどめいたしまするか」真顔にもどって家康が問うた。

あるじがかろやかな声音でつげる。「――本日ただいまより、ともに登城いたしましょうず」

長頼の口から、呻くような声がもれる。徳川の主従もさすがに驚きをかくせないようだった。沈黙が座に落ちかかる。利家は端座したまま、身動きひとつ見せなかった。

ややあって、家康がわずかにからだを揺らした。くふっという声がもれたかと思うと、じきに腹の底から湧きだすごとき笑いがほとばしる。かほどはげしくこの男がわらうさまを、長頼ははじめて見た。襖の外へひとの近づく気配がしたのは、篠原出羽か高畠石見あたりが何ごとならんと駆けつけたのかもしれぬ。それにもかまわず、家康はながくふとく、笑声を発しつづけた。本多忠勝でさえ、唖然とした顔で主君を見守っている。

ひとしきり笑いおえると、家康は利家にむかってかるく頭をさげた。「さてもおみごとな傾奇ぶり……。それがしも、はや齢《よわい》五十、おどろくこともわらうこともめっきり減り申したが、今日は加賀どのがおかげで若がえった心地がいたす」

「元来、われらよりお若かろうに」あるじが苦笑まじりにいった。利家と秀吉は同年の生まれだが、家康はそれより五つ齢下である。

「はよう老いましてござれば」つかのま家康のまなざしへ暗い影が差したように思えたが、たしかめるまえに消えている。「いかにも承知つかまつった。これより参らん」

「いたみいる」あるじが立ちあがった。そのまま長頼へ目をむける。「供をいたせ」

「はっ――」低頭したあと、おそるおそる付けくわえた。「それがしなど同行して、かまいませぬので」

利家がいたずらっぽく笑った。すばやい足取りで長頼に近づき、小声で告げる。

「まんいち殿下に御手討ちとでもなれば、わが骸持ち帰ってもらわねばならぬゆえな」

四

本丸に接した居館では、秀吉と石田治部少輔三成だけが待ちうけていた。上畳《あげだたみ》に坐した秀吉は不機嫌そうに脇息へもたれ、うつむきかげんになって利家たちから顔をそむけている。三成は一段おりて脇に端座しているが、眉間のあたりに不審げな色をかくそうともしていなかった。

一間半ほどさがって利家と家康が居ならび、さらにはなれて長頼と本多忠勝がひかえる。忠勝は事態の急転にいまだ心もちが追いつかぬらしく、戸惑った表情をあらわにしていた。おそらく長頼自身もおなじような貌をしているのだろう。

開け放たれた障子戸のむこうでは、烈しい日ざしをあびて中庭の芙蓉《ふよう》がしらじらと浮きあがっていた。水やりがおわったところなのか、花弁のはしばしから滴がしたたっている。

「なんとも急じゃの」

秀吉がおもい木戸をこじあけるような口調でいった。「つぎの登城日まで待てぬことか」

「まことおそれいり奉りまする」うやうやしげに頭をさげたあと、家康がいきなり口火を切る。「国家存亡の大事にござれば」

先刻とまどっていたのは別人かとおもえた。もはやかんぜんに利家の一味として覚悟をかためたらしい。その腹の据えぶりに、長頼は内心で舌をまいた。

「――おおきく出たの」秀吉がくらく哂う。

利家がよく透る声で告げた。「本日罷りこしましたは、ご渡海の件についてでござる」

「六月中のつもりで手配をすすめておりまする」石田三成が横顔を見せたまま応じる。

「それがいかがしたのじゃ」気だるげな口調でつぶやきながら、秀吉が口髭をひねった。

ひとひざ進みでて、利家が一気に言い放つ。「その儀、おとどめ願わしゅう」

三成の表情が凍りついた。見ているこちらも、総身がこわばる。長頼はおそるおそる上座のほうを見やった。

秀吉はなにが起こったのかわからぬといった風情で首をかしげている。ふいに皺ばんだ喉から放心したようなつぶやきがもれた。「つるまつぅ……」

長頼はうめき声を押しころした。背筋が小刻みにふるえはじめる。この感覚がいつ以来なのか、思いだせなかった。いくさ場でさえ、戦慄することなどなくなってひさしい。

利家もさすがに口ごもっていたが、意を決したようすで、さらに一歩まえへ出る。

「殿下――」

とつぜん秀吉が跳躍し、おどろくほどの速さで滑りよると、利家の肩を蹴った。腰を浮かし駆けよろうとした長頼を、振りむいたあるじが目で制する。そのあいだにも、秀吉は二度三度と利家を蹴りつけていた。

「殿下っ、なにとぞお鎮まりくだされ」

家康がふとい声をあげるのと、秀吉がいきおいあまって足をすべらせ、畳へころがるのが同時だった。金糸でふちどられた羽織が丸まり、鞠のごとく見える。差しのべた利家の手を童のようなしぐさでふりはらい、肩をあえがせながら上体をおこした。

「……次は赦さぬというたであろうが」やけに甲高い声で秀吉がいう。

長頼はとっさに首をかしげた。

――次、とはなんだ……。

いぶかる間もなく、秀吉がたたみかける。「旧《ふる》くからの友垣《ともがき》とおもうて図にのりおって」

利家がみだれた肩衣をなおしながら、秀吉に向きあう。あるじの横顔に、なにかを悼むごとき影がよぎった。その面へ押しかぶせるようにして、秀吉が哮りたつ。

「二度と止めるなと言うたはずじゃっ」

長頼ははげしい困惑におそわれる。次といい、二度というはなんであろう。胸苦しさをおぼえ、ふらつく額を拳でささえるようにする。畳の目がやけにくっきりと浮きあがって見えた。

「承知しておりまする。なれど……」あるじがいちだん声を大きくする。「殿下に万一のことあらば、この日の本はいかが相成りましょうや」

すかさず家康が口を添えた。「このさき、海も荒れる時季にござりますれば」

「──殿下に万一などござりませぬ」

するどい声が飛んだ。利家と家康がその方向へ顔をむける。

石田三成が端座した姿を崩すことなく、首をかたむけるようにして皆を見わたしていた。「仰せのとおり、七月ともなれば海は荒れる……それゆえ、はようご渡海をとすすめており申す」

「……李舜臣の水軍を破る手立てはあるのか」

利家がつねに似ぬ重々しい声でこたえる。はっと三成の背がこわばるのが、長頼の座からもはっきりうかがえた。切りかえすことばを見いだせぬようすで、喉もとの汗を手の甲でぬぐっている。

できればこの札は秘しておきたかったはずだが、理に通じた三成を封じるにはやむをえなかったのだろう。

秀吉は、がくりとこうべを落として、うずくまっている。いまの話が耳にとどいているのかどうかも分からなかった。もともと小柄な体軀がいっそう縮んだように見える。

このままどこまでも小さくなって消えていきそうじゃ、とおもったとき、ふいに地の底から湧きあがるような声がおこった。

太閤秀吉が、あたまを掻き毟りながら身悶えている。やがてしゃくりあげるような声がまじり、堤がくずれるごとき慟哭のさけびがあたりに広がっていった。

「……おっかさまぁ」

長頼は呆然となって居竦んでいた。かたわらでは本多忠勝が身震いをしている。利家と家康も、ほどこす手を見いだせぬまま、顔を見合わせていた。

秀吉の生母・大政所《おおまんどころ》は正室のねねとともに大坂城で暮らしているが、ちかごろ体調がおもわしくないと聞く。おそらくそのことが気にかかっているのだろう。

——とはいえ……。

これが明智光秀を、柴田勝家を破り、小田原の北条までほろぼした秀吉なのであろうか。もともと喜怒哀楽のはげしい男ではあったが、いかにとはいえ度がすぎよう。

勝家や佐久間玄蕃、小塚藤右衛門ら、いまは亡き者たちの風姿が次々とまなうらにうかび、胸を鷲づかみにされる。

「つるまつぅ……」

秀吉の哭き声は、どこまでもつのる一方だった。あたまのうちが、灼けるように痛む。おのれの目頭にまで、なにやら熱いものがにじんでくるのをおぼえた。

「――おそれながら」

考える間もなく、からだが前に進みでている。秀吉以外の視線が、いっせいに向けられた。あるじが懸命に制するようなしぐさをみせたが、自分でもとまらぬ。

涙と洟《はな》にまみれた皺だらけの顔がゆっくりともたげられる。おもてをあげた秀吉が、呆けたようなまなざしをこちらへそそいだ。長頼は唾を呑もうとしたが、喉が張りついて思うようにできぬ。

「まこと僭越なる申しようなれど」しぼりだすようにことばを発する。「この豊後も、子を亡くしておりまする……わが殿も、徳川さまとて、みなみなおなじにて」

それはまことであった。長次のまえにもうけた最初の男子を病でなくしている。利家も庶出《しょしゅつ》の女児を幼くして見送っていた。

なかでも悲痛なのは家康の嫡男・信康の死であろう。亡き信長から謀叛のうたがいをかけられ、切腹を強要されたのである。無体と思いながら受け入れざるをえなかった家康の心中は、かるがるしく察することさえできぬ。

「それがどうしたっ」

激昂した秀吉が立ちあがった。「陪臣《またもの》の分際で……いつまでも、わが子の死ばかり嘆くなといいたいのかっ」

まさにそのとおりだが、さすがにそこまでは言えぬ。秀吉はうおおぅというような奇声をあげ、長頼に駆けよってきた。右手が小刀の柄をにぎりしめている。

──これでおわりか……。

妻子の貌が脳裡をよぎった。あまたのいくさ場を乗りこえた身がこんな死に方をするのかとおもったが、ふしぎと悔いる気もちは湧かぬ。ただ、すまぬと念じて目を閉じた。さいごに胸いっぱい息を吸いこむ。

──はて……。

不審なほどながく感じられる間があき、長頼はそっと瞼をこじあける。

眼前の光景があまりにふしぎで、なにがなにやら一向に呑みこめぬ。

おのれのまえには、本多忠勝が半身を秀吉にむけ、立ちはだかるように中腰となっている。その秀吉はといえば、黒朱《くろしゅ》の打掛けをまとった女人にすがりつき、立ったまま泣きじゃくっているのだった。すこしうしろで、あるじ利家がめったに見せぬ呆然とした表情をうかべて立ちつくし、家康と三成はもとの座からうごかぬまま、おどろきをかくせぬ顔で成りゆきをうかがっている。

——なんだ、これは……。

全身の力が抜けそうになるのをかろうじてこらえた。気をぬくと、へたりこみそうになる。

「……女子の来るところではないわっ」

秀吉が駄々をこねる童のような口調でいった。足もとの畳に、抜きはなった小刀が突き立っている。

「とは申されましても」長頼からは女の後ろ髪しかみえぬが、苦笑のにじむ声と噎せかえるような匂いにおぼえがあった。「あのように大きな声を出されますゆえ、奥の女子どもがこわがっておりまする」

ぐっと詰まった秀吉がおもてを伏せた。喉の奥で喘ぐようなうめきがつづいている。「つるまつぅぅ……」

「さ、ひとまず奥へ」

淀の方は打掛けで秀吉をくるむようにしながら、周囲を見まわした。「今日のところは、おさがりなさるがよろしかろう」

男どもが一礼する。長頼もあわてて、それにならった。あいかわらず人を人ともおもわぬ物言いだが、今はふしぎといやな気がせぬ。

「加賀どの」

淀の方の声に応じて、広縁からひとりの侍女が室内に入ってきた。なにかを捧げもっている。目を凝らすと、先日献上した陣羽織のようであった。

「これはお返しいたしまする」

「――はて、お気に召しませなんだか」

利家がいぶかしげにこたえた。なにしろ、自慢のよそおいなのである。

が、淀の方はしずかにかぶりをふった。「逆でござります」

あるじが首をかしげる。そのあいだも押し殺した哭き声が絶えることなくつづいていた。ようやく気づいたのだが、淀の方は秀吉よりあたまひとつ背が高い。太閤は愛妾の胸へ顔を押しつけるようにして呻き声をあげているのだった。

「……この陣羽織、わが子に着せたかったと、そればかり思うてしまいますゆえ」

その声が、わずかな湿りをおびていた。

利家がふかぶかとうなずく。「子をなくすは、ひとの悲しみのうち最たるものでござれば」

淀の方がゆっくりとうなずきをかえした。「されど――」

あるじが先をうながすように目をほそめる。淀の方は顔をあげ、断ずるがごとき口調で告げた。

「わたくしは、かならずまた男子《おのこ》を生みまする」

男たちがいっせいに息を呑むのがわかった。淀の方はいつものごとき昂然とした面もちで利家を見やると、

「その子が成人したあかつきに、また所望させてくださりませ」

ひといきにいった。利家が心地よげな笑みをかえす。

「いかにも承知つかまつりまいた」低頭しながら、すばやく付けくわえる。「されば、かの打掛けも、その季《とき》までお戻しいたしましょうず」

淀の方はかるく頭をさげると、秀吉を抱きかかえて広間を出ていく。ながく、ほそくつづく哭き声が、しだいに遠ざかっていった。石田三成がおもい吐息をついて立ちあがり、あとを追う。

残った男たちのあいだに、ようやく安堵の気配がながれた。おのれの前に坐した本多忠勝もふっと力をゆるめ、袴の裾をさばきながら立ちあがる。長頼はわれにかえり、あわてて呼びとめた。

「かたじけのうござった……」

仔細はさっぱりわからぬが、この三河者はおのれを庇うべく動いたとしか思えない。が、忠勝は渋面をつくり、さも不本意げな口調でこたえる。

「とっさに軀が動いてしもうた……本多忠勝ともあろうものが、いかい不覚じゃ」まことにぶっきらぼうな言いようであるが、あるかなきかの笑みが唇もとに刻まれてい

た。「ま……亡き若殿のことも言うてくれたゆえ、な」

そっぽを向いたまま、会釈ものこさず主君のもとへ近づいてゆく。家康が腰をあげ、腿《もも》のあたりへ手をあてて利家と長頼にふかく頭をさげた。やがておもてをあげると、徳川の主従はそろって退出していく。

烈しくふりそそいでいた陽ざしはいつしかかたむき、勢いを弱めている。中庭の芙蓉からこぼれていた滴はすでにあとかたもなかった。紫の花弁も日にあぶられ、いくぶん萎《しお》れてみえる。長頼は口中でひとこえかけて立ちあがり、あるじのほうへ歩みよっていった。

五

海風はいまだ生ぬるかったが、夕暮れとともにかすかな涼味がふくまれはじめているようだった。光をちりばめた波が汀に押しよせ、しろい泡を立ててはじける。砂浜には大小さまざまの貝殻が打ちあげられ、磯の香がつよくただよっていた。

「いささかつかれたゆえ、すこし海を見てかえるとしよう」

あるじ利家にさそわれ、城からの帰途、遠まわりして浜へ出たのである。くだんの陣羽織や手回りの品は小者にあずけ、ひと足さきにかえしていた。

長頼は海原のかなたへ目をやる。空と水面のあわいがまじり、島影と溶けあって滲むようにかすんでいた。このさきに朝鮮や大明があり、その地でたたかう同胞がいるという事実は、あたまで分かっていても、なかなか実感をともなってこない。おそらく、いま名護屋にいる将兵の多くがそうではないかと思える。

利家は立ちどまって海のほうを眺めたり、浜をそぞろ歩いたりしていた。あるじにしては散漫な刻の過ごしようと見える。

――よほどおつかれになったのであろう。

さきほどのことばと重ねながら、長頼はうすい影のようなものが胸をよぎるのをおぼえた。つかれた、などとあるじが口にするのは、あるいは初めてのことかもしれぬ。

すこしはなれた波打ちぎわで利家がふりかえった。

「いかがした――なにやらしょげた子犬のような顔をしておるぞ」

「たとえがひどうござりまするな」

あるじに近づきながら、苦笑まじりでこたえる。利家も頬をゆるめた。長頼はあるじのかたわらに立つと、かたちをあらためてふかく低頭する。

「まこと、本日のはたらき、お見事でござりました」

「……あれくらいのことしか、できなんだわ」

めずらしく、無念とも自嘲ともとれる響きが声にふくまれている。長頼は視線を落としたまま、なかば自問するようにいった。「ご渡海の儀、思いとどまられましょうや」

「おそらくはな」利家がわずかに息をついた。「心もち昂ぶればたかぶるほど、いちど挫《くじ》けるともとへは戻りがたい」

そこまでいって、くすりと笑った。「男女《なんにょ》の仲とおなじよ」

「存じませぬな」長頼もおもわず吹きだしてしまう。「ま、持てあましておられた打掛けはうまくお返しできそうで、重畳でござりました」

「いかさま、な」利家がいたずらっぽい表情をうかべた。

波騒がたかまり、岩場ではじけた飛沫《しぶき》が砂のうえに振りかかる。長頼は笑みをおさめ、ゆっくりと視線をあげた。

利家のすがたが夕陽をあびて、くっきりと浮かびあがっている。橙色のかがやきが長身を照らし、しずかな瞳はまぶしさに細められていた。そのまなざしを見ているうちに、用意していたはずのことばが肚のなかで消えていく。

秀吉は、次は赦さぬといい、二度と言うなと叫んだ。なす術なく、天下人のいうがまま従ってきたものと思っていたが、あるじは誰にも知られぬところで朝鮮とのいくさに諫言をおこなっていたのではないか。戯れ言めかしてはいたが、あるいはこたびこそいのちがない、と覚悟していたのやもしれぬ。たしかめたくはあったが、気づかずにいたおのれの迂闊さが恥じられもして、口に出せなかった。

――いくつになっても、まだまだ知らぬところがおありじゃ。

ふいに、思いだしたような口調で利家がいった。「陣羽織の件、だれぞ若いものに伝えておかねばの」

「は……」戸惑いをおぼえて、あるじを見つめる。

「淀の方は、また男子を生んでみせるといわれたであろう」利家がおかしげに笑った。「あのお方なら、仕遂げるやもしれぬ」

「いかにもでござりまするが」胸のうちで、わけもなく動悸がはやまっていた。

「が――」あるじはひどくあっさりと語を継ぐ。「十年さき、わしはこの世におらぬ」

つかのま息がとまった。いつもの冗談かとおもったが、ふざけている気配はなく、かといって深刻めかしているわけでもないようだった。

「どこかおわるいので……」

ようやく、それだけを口にする。あるじはいくぶんさびしげに、かぶりをふった。

「どこも悪《あ》しゅうはない……されど、余人には見えずとも、少しずつ、ほんの少しずつ、この身のおとろえゆくが分かる」そこまでいって、ことさら大げさに顔をしかめてみせる。「殿下がそなたに駆け寄ったときな……立ちあがるのが遅れてしもうた。

あやうく、そなたを犬死にさせるところであったわ」

「――犬死になどござりませぬ」

長頼はそっとつぶやいた。それは遠いむかし、あるじがおのれへ投げかけたことばであった。なぜかいま、ごく自然に唇へのぼってきたのである。「もののふは、いつもいのちがけゆえ」

利家は一瞬、虚を突かれたような面もちになったが、やがて白い歯を見せて笑った。「……そうであった」

その笑顔がふしぎなほどやさしく、長頼はなぜか目をそらしてしまう。あふれでたきらめき、いつしか水面ぜんたいに広がっていた。

つよい朱のかがやきが、いつしか水面ぜんたいに広がっていた。あふれでたきらめきが雲をあぶり、海を灼いている。目に入るものすべてがつよい黄金《こがね》いろにそまってゆくのを、長頼はことばもなく見まもっていた。

花隠れ

一

　わずかにつよい風がふきぬけ、音をたてて木々がゆれた。桜の枝から離れた花弁が、ふわと宙をただよう。が、散ったのはほんの数えるほどで、みっしりと咲きほこった無数の花びらが、こゆるぎもせぬ風情で頭上を覆っていた。

　――空が桜いろになったようじゃ。

　肩に落ちかかったひとひらをつまみながら、村井長頼はこうべをあげる。あたりは見わたすかぎり花でおおわれ、隙間からのぞく天の蒼さがまぶしかった。

　むこうから歩いてきた若い町人が、長頼とぶつかりそうになり、あわてて道をあける。桜に気をとられていたのだろう。連れらしき女が、こちらに頭をさげながら、しきりに男をたしなめていた。長頼は唇もとに微笑をうかべ、鷹揚にうなずきかえす。

醍醐寺《だいごじ》の桜はいまがさかりであった。

太閤・豊臣秀吉が一ヶ月もまえから仕度を命じていた花見である。庭も念入りにととのえさせ、木々の数もふやした。観桜の席もあまたしつらえ、寺の伽藍《がらん》まで修築させたのである。また、諸家の士のみならず、庶民にまで立ち入りをゆるしていた。万民こぞって、この景を愛でようというのである。

あるじ利家とおまつさまは、秀吉や北政所、淀の方といった面々とともに終日をすごすことになっている。さきほどから幾度かすれちがってはいるものの、きょうは随行を免ぜられているので、いささか手持ちぶさたでもあった。長頼の妻女はいまだ国もと金沢《かなざわ》の屋敷に暮らしているので、ひとりそぞろ歩いているのである。

十間ほどはなれた桜樹の根方で、傘を差しかけられた秀吉が、童の手を取ってなにやら語りかけている。最初こそうなずきながら聞いていたその子どもは、じきに飽きてしまったらしく、手をふりほどいて駆けだしていった。ぽつりと残された秀吉が、どんな表情を浮かべているのかまではわからぬ。不機嫌そうに顔をしかめているのか、苦笑をたたえているのか、さびしげに目を落としたのか、そのどれもがありうるように思えた。

童は豊臣家の後嗣《こうし》・秀頼《ひでより》である。まだ六歳だが、秀吉がたってと望んで元服もすませ、月代を剃《そ》り髷も結っていた。齢に似合わぬ風体が愛らしく、またどこか異様にも見える。

秀頼の生母は淀の方である。肥前名護屋で渡海とどめの騒動があった翌年にさずかった一粒種であった。

あの件は秀吉自身、惑乱のさなかにもあり、うやむやのうちにお構いなしとなったが、さすがにその後、長頼が御前へ出る機会はめっきり少なくなった。今日、随行を免ぜられたのも、そうした配慮なのであろう。ありがたいことと思ってはいるが、役目が減じて張りのない日が多くなってもいた。

すこし離れたところを徳川家康の一行が通りがかり、長頼と目礼をかわす。たしか江戸へ下っていたはずだが、この花見にあわせて上洛したのだろう。見まわしてみると、人ごみのなかには伊達政宗や毛利輝元《もうりてるもと》といった諸大名の姿もあまたうかがえた。むろん、篠原出羽や高畠石見ら前田家中の士も家族をつれ、桃色にそまった天蓋を見あげながら逍遥している。

――みな、おるのう。

ふしぎな心もちだった。これまで出会った者の多くが、ごく近いところにあつまり、おもいおもいに桜を楽しんでいる。いささか大仰にいえば、おのれがたどった五十六年のいっさいが、この場に凝縮されているような気がするのだった。

――そして、おらぬ者はおらぬ。

ふいに、いまは亡き人々の面影が脳裡をかすめる。長頼は熱い息をそっと呑みくだしながら、おもてをふせた。が、その思いも咲きほこる花に取りこまれたのか、はげしい衝動とはならず、雑踏のなかへしずかに溶けていく。

ぽつんとたたずんでいる秀吉のもとへ、あるじ利家やおまつさま、北政所が近づいていくのが見えた。秀頼の手を引いた淀の方も、すこし距離をおいてしたがっている。

おまつさまや北政所ねねの姿もそれなりの年輪をきざんではいるが、ふたりとも心もちが若いというのか、いまも少女のような華やぎをその面にうかべていた。清洲時代からの知り合いゆえ、このふたりだけは身分にかかわらず、女どうしの友情をつらぬいているらしい。今日も、諸大名の奥方で秀吉たちに随従しているのはおまつさまだけであるから、いかに重んじられているかが分かろうというものであった。

能舞台でも眺めるような心地で一行のようすを見つめていた長頼の肩に、わずかな緊張がはしった。

太閤秀吉が、こちらへ顔をむけている。

表情もしかと分からぬほどへだたってはいるが、見られていることだけははっきりと感じられた。

どう振る舞ったものかわからず、長頼はただ立ちつくしている。その間にも、無数の群衆が眼前を横切り、秀吉のすがたはしばしば見えなくなった。が、人通りがとぎれ視界があくと、やはり長頼に目をむけたままでいる。

利家たちが秀吉のそばにたどりつき、なにごとか声をかけた。それでも太閤はこたえを返さず、長頼を見つめつづけている。こめかみをひとすじ汗が流れおちたとき、秀吉がこちらへむけて、かるくうなずいてみせた。

どういう意味かは知らぬが、咎められているわけでないことだけは漠然と察せられる。

長頼は腿のあたりへ両手をあて、ふかぶかと頭をさげた。自分でもなぜか分からなかったが、そうせずにはいられなかった。

足もとで、散った花弁が何枚か舞っている。花見客の話し声や足音、鳴り物などがひっきりなしに周囲を通りすぎていった。

そのまま、ずいぶん長い刻が経ったように思える。長頼はゆっくりとおもてをあげた。

秀吉たちがいた桜樹の根方にすでに人かげはなく、数えきれぬほどの花房をつけた枝だけが、かすかな風にそよいで揺れていた。

二

ゆるやかに湾曲した岸のむこうから、春霞《はるがすみ》を押しわけるように舟かげがあらわれる。あるかなきかの流れが午後の陽をはらみ、しずかな水音をたてていた。

桟橋《さんばし》で伸びあがるようにして、そのさまを見つめていた村井長頼に、供の家士が慌てて声をかける。

「お危のうござりまする――川へ落ちましたら、なんとなされます」

「泳げばすむこと」

じろりと睨みかえして長頼は言い放った。近ごろはあぶないだの、お齢がどうのと言われることが増え、いささかおもしろくないのである。おのれはまだ五十七と思うているのだが、まわりからすれば、もう、ということになるらしい。

そのような遣りとりのあいだにも御座船《ござぶね》が近づいてくる。櫓《ろ》をひとつ漕《こ》ぐたびに水夫《かこ》たちの筋肉が躍り、掻かれた水面が白いしぶきをあげていた。

接岸した舟から、真っ先に降りたってきたのは、三十なかばの武士である。浅黒く彫りのふかい貌に一見おだやかなまなざしを浮かべているが、からだの隅々まで油断なく気をめぐらしているのがわかった。

男は富田下野守重政《とだしもつけのかみしげまさ》といい、先年みまかった富田景政の婿養子である。賤ヶ岳のいくさで一子・与五郎が落命したため家を継いだが、剣の腕は養父をもしのぐと聞く。

重政は丁重にあたまをさげると、

「つつがなく相すみましてござりまする」

なぜか養父によく似たひくい声で告げた。

「造作《ぞうさ》をかけたの」

うなずいて応じているうちに、家中の侍がつぎつぎに舟からおりてくる。長頼はそちらへ視線をむけ、桟橋にあがってくる者たちをひとりひとり見つめていた。

――供は六人だったはず。

おのれらしくもないが、そのように些細なことをなぜかはっきりと覚えていた。五人目がおりた後、わずかな間があく。長頼を先頭に、舟からおりた者と出迎えの人数が列をなして桟橋に居ならんだ。

やがて舟屋形のなかから、ふたつの人影が進みでてきた。さきにあらわれた若侍は、人目を惹くほどうつくしい貌だちをしている。色じろのおもざしに、くっきりした瞳とあかい唇が映えていた。だれに似たものかと揶揄されることもあるが、長頼の次男・勘十郎長明《かんじゅうろうながあき》である。なにかへ添えるように手を屋形の奥へのばし、やや腰をかがめた姿勢で足を踏みだす。

最後に出てきたのは、あるじ利家だった。勘十郎が差しだした手をやわらかくしりぞけ、ゆっくり歩をすすめる。桟橋に足をおろすと、ひとつおおきく息をついた。

「お待ち申し上げておりまいた」

長頼の声にあわせ、皆が低頭する。たんなる挨拶ではない響きがおのれのことばに籠っているのを感じていた。利家はうなずくと、かるく笑みをうかべる。

「早速でわるいが、ひとつ所望じゃ」

戸惑いをおぼえながら、長頼はあるじを見あげた。若いころからの長身が、すこしだけ縮んだように見える。利家は、いくぶん面映げに告げた。

「――うどんを馳走してくれぬか」

侍女がふたり室内へ入ってくるなり、かぐわしい出汁《だし》のにおいがあたりにみちた。捧げもった膳には、湯気の立ちのぼる鉢がのせられている。おのれが空腹であったことに長頼ははじめて気づいた。

村井家の伏見《ふしみ》屋敷にはつい先ごろまで家士や中間などがおおぜい詰めていたが、この正月からあるじ利家が大坂ですごすことになったため、あらかたはそちらへうつした。いまは数人のものが留守をまもっている程度で、あるじとおのれしかいないこの客間にもろくな調度はなく、がらんとしている。とうぜん、厨《くりや》にもたいしたものが備えてあるわけはない。あるじの所望がうどんなどでよかったと、内心安堵の息をもらす長頼なのであった。

醍醐の花見からちょうど一年しか経たぬが、そのあいだにも天下の形勢はめまぐるしくうつりかわっている。

太閤秀吉もすでに亡い。さる八月に六十二歳を一期《いちご》として浪花《なにわ》の露と消えた。

内大臣徳川家康がうごきはじめたのは、その直後である。伊達政宗、福島正則、蜂《はち》須賀家政《すかいえまさ》といった諸侯と無断で縁組をむすんだ。大名同士の婚姻には豊臣家のゆるしが必要であるむね、掟《おきて》としてはっきり定められている。これに違背《いはい》していることはあきらかで、秀吉の末期《まつご》にさだめられし五大老のうち、家康をのぞく四人が譴責《けんせき》にまわった。

その先頭に立ったのが利家である。いや、徳川とまともに向きあえるは前田をおいてなかったというのが、偽らざるところであったろう。石田三成を筆頭にする五奉行と歩調をあわせて家康を牽制しながら、太閤の遺命どおり、この正月、秀頼を伏見から大坂へうつした。秀吉を継ぐものという立場を満天下へ示すためである。おさない秀頼を抱き、諸侯から新年の賀をうけた利家の威容は、さながら天下人のごときであったという。

「天下人など窮屈きわまりないと思うておったが、ぞんがい気もちのよいものであったわえ」

城から下がってきた利家が、例のごとく、くすりと笑ったものである。

「では、今からでも」

まんざら戯れ言でもないような口調で篠原出羽がいったが、あるじはかぶりをふってこたえた。「――もう刻がない」

あの折の胸苦しい心もちを、長頼はいまも忘れられずにいる。利家は、奇《く》しくも秀吉と歩を合わせるようにして体調をくずしていた。くだんの花見がおわるや嫡子利長に家督をゆずり、ひと月の余も草津《くさつ》へ湯治に出向いたほどだったのである。その軀で家康と渡りあうはいのちを削るにひとしいが、

「すこしお休みになられては」

とすすめても、

「墓へ入れば、いくらでも休める」

笑えぬ冗談がかえってくるだけで、とどめることもできぬ。

秀頼の大坂入城を見定めてというわけでもあるまいが、家康はみずからの振る舞いを軽挙とみとめ、利家はじめ諸侯に謝罪の意をしめした。とはいえ、相ととのった縁組を破棄するわけでもない。長頼などは釈然とせぬものがあるが、これは痛み分けと

いうものだろう。

今日は和解の成ったあかしに、あるじ利家が伏見の徳川邸をおとない、時をすごしてきたのである。とうぜん供を願いでた長頼であったが、

「こたびは留守居をせよ」

笑いながらとどめられた。「そなたが来ると、どうも物々しゅうなるゆえ」

むろん、そうにちがいない。おそらく、家康はあえて挑発をおこない天下の反応をうかがったのだ。こたびは頭をさげたが、おとなしく豊臣の世をまもってゆく意のないことは明らかといってよい。まさかとは思うが、あるじ利家を害そうとすることもありえた。にこにこ笑って付いてこいといわれても、むりな相談である。

が、

「それでは、まとまるものもまとまらぬ」

いわれてしまえば、押し切ることもできぬ。富田重政などにまかせ、じりじりしながら待ちわびていたのである。

「――で、重政たちは、物々しゅうござりませなんだので」

いささかの皮肉をこめていうと、利家が吹きだしそうになって口元をおさえた。

「ま、いくぶん固《かと》うはあったが、上出来であろうよ」いって、口のなかの汁を飲みくだす。「やはり、なかなかの遣い手、力を出すとき抑えるときを心得ておる。余の者

もそれに倣《なろ》うての。なごやかに手打ちとなったわ」

「……それはようござりました」

すこしむっとした体の長頼をおかしげに見やると、あるじは旨そうにうどんを啜った。小気味よいほどの食べっぷりである。

ふと気になり、

「ずいぶんと空腹のご様子で」

うかがうようにその面ざしを見やると、あるじは悪戯《いたずら》をとがめられた童のごとき表情となった。

「徳川殿のもとでは、ほとんどなにも食しておらぬゆえ」

おもわず息を呑んだ。

なにも食べなかった、というのは毒殺をおそれてなどということではあるまい。それくらいなら、もとより伏見へおもむくわけもない。

――食べたくても、食べられなかったのだ。

おそらく徳川では贅《ぜい》をこらした食膳をととのえ、利家を待ちもうけていたにちがいない。非礼にならぬ程度には箸をつけたであろうが、もはやあるじの軀はそうした佳《か》肴《こう》を受けつけぬほどに弱っているのだろう。

話柄を変えねばならぬ、と焦りに似た思いをおぼえながらも、長頼はおもてを伏せ、押し黙ってしまう。

顔だけでもあげようと頸のうしろへ力をいれたとき、目のまえに差しだされたものがあった。

握りこぶしである。

とっさに視線を向けると、あるじがこちらへ腕をのばして、しずかに笑っていた。

「これを返しておかねばの」

いいながら、掌を上へむけてひらく。

半ばで折れたふるい櫛がのっていた。黒い漆の塗りはあちこちはげ、きざまれた螺《ら》鈿《でん》の模様もずいぶんと磨《す》り減って判じづらいが、かろうじて椿の柄であることが見てとれる。

長頼は低頭してその櫛を押しいただく。紙につつんで、そっと懐へおさめた。

「……見苦しきものをお持ちいただき、恐れ入りましてござりまする」

「おかげで生きてもどれたわ」

利家があかるい声をあげた。

供がかなわぬなら、かわりにこれをお持ちくだされ、と渡したのである。もはや四十年近くもむかし、桶狭間へ出陣する直前に利家その人から賜《たまわ》った。それ以来ずっと長頼がたずさえ、あまたのいくさ場をくぐりぬけてきたお護りのようなものなのである。

「まだ持っておったか——」

とは言われなかった。渡したとき、かすかに驚いたような表情をうかべたから、忘れているとも思えぬが、いつものごとく、ただ鷹揚に受けとっただけである。ことごとしく説明するのもはばかられるし、ともあれ無事にもどってこられたのだから、それでよいのだった。

「そろそろ出立の刻限でござりまする」

広縁に足音が近づき、障子の外から勘十郎の声が呼びかけてくる。あるじがみじかく応えをかえした。長頼はあわてて鉢を手にとり、のこった汁を呑みこむ。だしに利かせた昆布の風味が、喉と舌を心地よくすべっていった。

三

膝がしらに落としていた目をあげると、厚みのある背中はすでに立ち去ったあとだった。

玄関の式台まで、内大臣家康の一行を見送りに出たのである。かつての利勝、すなわちいまは当主となった肥前守《ひぜんのかみ》利長が訪問の礼をくどくどと述べているあいだ、長頼は端座してじっと頭をさげていた。そうしていると、本多忠勝や榊原康政が主君の前後をかこみ、あたりへ注意をはらっている様子がかえってはっきりと伝わる。

——なにが起こるかと、彼奴《きやつ》らも気が気でないのじゃな。

つい先日おのれが味わった思いゆえ、おかしいほどよくわかるのだった。

そんなことを考えているうちに徳川の者たちは去り、長頼はじめ何人かの老臣がのこった。利長は若手の家臣をつれ、門のあたりまで見送りに立ったらしい。

「……まるで徳川の家来じゃの」

かたわらで苦々しげにつぶやいたのは、利長の弟・孫四郎利政《まごしろうとしまさ》だった。おまつさま所生の次男だが、自他ともにみとめる豊臣びいきなのである。とりあえず頷きかえしはしたものの、いまの長頼はあまりそうしたことに思いが向かぬ。

あるじ利家の容態が気にかかってならぬのであった。

やはり、無理を押して伏見の徳川邸をおとなったのがこたえたらしい。あれから十日ばかりになるが、ここ大坂屋敷で床に臥すことがめっきり増えていた。今日は先だっての答礼として徳川の主従がおとずれたのだが、快闊《かいかつ》にふるまってはいても、宴のあいだ身を起こしているのもつらいように見受けられたのである。

立ちあがり、ながい廊下をひとり奥へと向かった。女中たちが宴の始末にあわただしく立ち働いているのを掻き分けるようにして進む。

渡り廊下をこえ、中庭に面する広縁へ出たところで、足はこびが鈍くなった。利家の居室はすぐそこだが、このまま進んでよいものか迷いが出たのである。

思案する刻をかせぐように庭の木々へ目をやった。よく手入れされた松の巨木を背に、つつじの植え込みがつらなっている。半月もすれば、赤や紫の花をとりどりにひらかせるだろう。

――あと半月……。

あるじはその花を見られるであろうか、といらざる思いが浮かびそうになるのをあわてて振りはらい、長頼はもとどおり歩をすすめた。お疲れであろう、とためらいはしたものの、やはり利家の具合をたしかめずにはおられぬ。

「よろしゅうございましょうや」

障子の外にひざまずいて奥へ告げると、

「おはいりなされませ」

おまつさまの声がしずかにかえってきた。

立ちあがり戸をあけたところで、つかのま立ちすくんでしまう。

居室の中央に褥《しとね》がのべられているが、そこにはだれも横たわっておらぬ。

利家は窓ぎわの文机へむかい、なにやら筆をうごかしている。すぐかたわらにはおまつさまが気づかわしげな面もちをたたえ、寄りそうように控えているのだった。

「いったい……」

おもわず無遠慮にあるじの手もとを覗きこもうとする。利家はにやりと笑い、紙を丸めるようにした。「見るでない」

それでもわずかばかり目に入った文字のつらなりがあまりに訝しく、いきおいで問いかえしてしまう。

「高畠石見、金子《きんす》七枚……とは、なんのことで」

「ご遺物の分配でござりますよ」

おまつさまが、すこしうるみをおびた声でいった。「おやめくださいと申し上げても、聞いてくださりませぬ」

「ご遺物――」

ことばをうしない、そのまま沈みこむように腰をおろした。利家は困ったふうに眉をひそめ、

「そなたの分もあるゆえ、案じるにはおよばぬ……さよう、金子十枚としておこうかの」

いたずらっぽく笑おうとしたようだが、どこか痛んだと見え、わずかにくるしげな表情となる。

「案じてなど……金子が欲しゅうてお仕えしてきたわけではござりませぬ」

あるじ一流の戯れ言とわかってはいるが、胸底のざわめきをおさえようとして、ぶっきらぼうな物言いになってしまう。

「そのようなことは分かっておる」利家が妙に真剣な口調でいった。「が、あって困るものでもない」

「それは、仰せのとおりでござりますが……」

長頼が言い淀んでいると、あるじはおだやかにつづけた。

「とかく金もてば、人も世もおそろしくは思われぬもの……これからは、財の多寡《たか》によっていくさの帰趨も決することとなろう」

「さようでござりましょうか――」

おのれの腕一本をささえとして、あまたのいくさ場を生きぬいてきた身である。にわかには受けいれがたいが、槍の又左とまで呼ばれたあるじが言うのだから、無下にしりぞけることもできぬ。

「ま、わしはこのまま逃げきれそうじゃがの」

また笑えぬ冗談を、とおもったが、緊張がゆるんだせいか、つい吹きだしてしまった。長頼はあわてて口もとをおさえる。利家はたのしげな色を瞳に浮かべたが、

「利長たちはそうもいくまい」

ふいと真顔になってつぶやく。

「猿千代《さるちよ》どのも、でござりましょう」

それまで黙って聞いていたまつが、笑いながらことばを継いだ。

「……いかさま、な」

あるじがばつの悪そうな表情となった。

猿千代とは、肥前名護屋へ供をした側室の千世が生んだ男子で、七歳になる。一門の前田長種《ながたね》に養育を託し、いまは母親ともども越中守山《もりやま》城で暮らしていた。長種の妻は、利家とまつの第一子で、おさないころ長頼の髭をひっぱって遊んでいた幸《こう》であるから、齢のはなれた弟をあずかった格好である。

「――少々くたびれたゆえ、やすむとしよう」

まことつかれたのか、話の向きがかわってきたのを避けるためか定かではないが、あるじがそう告げたのをきっかけに長頼も辞去することにした。

去り際に障子を閉めながら見やると、おまつさまが褥のかたわらに坐し、あるじに夜具をかけなおしたりしている。おのれにとって特別なふたりが、いまはどこにでもいる夫婦のように見えることがふしぎだった。

かるく息をつき、広縁をもどりはじめる。瞼のうらに、いつまでもその光景がのこっていた。

四

大手口から下がってきた肩衣すがたの侍が、いちはやくこちらに気づいて歩調をゆるめた。供の家士たちが警戒するような眼差しをうかべ、主君のまわりをかためる。長頼は腿のあたりで掌を前に向けてひらき、無造作に歩みよっていった。害意はないというしぐさである。

「おひさしゅうございますな」

相手の声にかすかな安堵がにじむ。

石田治部少輔三成であった。

下城の刻限を見はからって大手門のあたりで待ちうけていたのだが、じつは今日で五日目であった。遅くまで城内にのこっているのか、ちょっとした拍子に行きちがったのかはわからぬが、なかなか逢えなかったのである。

三成と正面から向き合うのはずいぶん久しぶりのことであった。長頼が秀吉の御前に出ることもほぼなくなっていたし、醍醐の花見のおり、三成は上杉景勝の転封にともない検地のため会津《あいづ》へ赴いていて不在だったのである。

――しばらく見ぬ間に、よい面がまえになっておる。

夕まぐれの光をすかし、そっと三成のおもてを見やる。加藤清正や福島正則のような武断派とはちがい、髭は申し訳ていどに蓄えているだけだが、齢相応に肥えてきたことで風貌に落ちつきがくわわり、ひりひりするようなかつてのするどさが、いくぶんやわらいできたようだった。

——が、惜しむらくはまだ若い。

たしか、今年四十になったはずである。三成の人物を見定めに来たわけではないが、どうしても肚のなかであるじ利家や内大臣家康とくらべてしまう。齢をとればよいということではないが、三成にはまだ気圧されるほどの重みといったものが感じられなかった。

「お呼びとめして申し訳もござらぬ」

ゆっくりと頭をさげる。うなずきかえして三成があゆみだした。大手口でたむろしていては人目にたつ。歩きながら話をしようというのだろう。

ふかい空堀を左に見ながら南へくだった。すごしやすい時季のはずだが、今日は朝からことのほか冷え、この時刻になるとずいぶん風がつめたく感じられる。

「大納言さまのお加減はいかがでござります」

三成のほうから口をひらいた。石田屋敷は大手からもそう遠くない。早めに用向きを聞きだしたいのだと思われた。こうした性急さはあまり変わっていないらしい。

大納言さまとは、あるじ利家のことだが、権大納言の官はとうに辞し、家督も利長にゆずっている。この男にしては厳密さを欠く言い方だが、呼びなれた癖が出てしまったのだろう。

「……はかばかしゅうはござらぬ」

長頼はかぶりをふった。あるじの軀は一日いちにち力をうしない、ふかい淵へ近づいている。もはや本復はありえぬと屋敷のだれもが覚《さと》っていた。

それでいて、利家の心もちだけはいまだ澄明《ちょうめい》さをうしなっていない。先だって金子や名物などの分配を記しおえたかとおもうと、口伝えで遺言までととのえたらしい。

今日も今日とて、ついに覚悟をさだめたおまつさまが経帷子《きょうかたびら》を持ちだした。手ずから縫った衣に、これまた自筆でいちめん般若心経が書きこまれているのである。

「殿はいままであまたの者をお手にかけられましたゆえ、なにとぞこれをお召しあそばし、後生《ごしょう》をお祈りくださいませ」

拝むようにしていったのだが、あるじは困った貌で、しかしきっぱりそれをこばんだ。

「あまたを手にかけたに相違はないが、なればこそ、我いちにん極楽へ行こうなどとは思いもよらぬ」

そして、うなだれているまつを気づかうように、どうにか笑ってみせた。「なに、信長公や太閤殿下とともに、地獄でひとあばれするのも愉快であるわさ」

むろん、三成にそこまでくわしくは話さぬ。が、その刻が近いということは、おそらく京畿《けいき》のうちに知れわたっているであろう。いまさら秘しても詮ないことであった。

「――近ごろ、大坂おもての諸侯に騒擾《そうじょう》の気配あり、と聞きおよんでおり申す」

堀にそって東へまがったところで、長頼はずばりといった。三成の端整な面ざしが苦々しげにゆがむ。

「福島、加藤らの面々でござろう」

小声ではあったが、はっきりそうつぶやいた。苛立ちを隠そうともせぬ。しばし無言となり、土を踏む草鞋の音だけがやけにはっきりと響いた。

ともに秀吉の子飼いでありながら、三成と正則、清正たちのあいだにはすでに埋めがたい溝が生じていた。ひとり側近として重用される三成への嫉視という素朴な段階はとうに過ぎ、部将たちの感情はもはや憎悪といえるほどにどす黒く肥大している。最大のきっかけは、清正たちが朝鮮出兵時に独断で戦線を縮小しようとしたことである。

例の水争いがあった翌年、朝鮮との和議が成り、いちどは兵をひいた秀吉だったが、死の二年前に明の使者とのあいだで衝突がおこり、再征におよんだ。

諸侯のあいだにも厭戦気分が蔓延《まんえん》し、端から苦しいいくさであったが、それでも清正たちは蔚山《うるさん》の籠城戦をたたかいぬいた。ろくに兵糧のたくわえもない城にこもっての凄惨きわまるいくさであったが、蜂須賀家政や黒田長政《くろだながまさ》の救援が間に合い、清正らはいのちを拾ったのである。

が、これで現地の部将たちのあいだでは決定的に戦意がうしなわれた。ひそかに戦線を縮小し、講和に持ちこもうとする動きが生じたのは自然な流れといってよい。

これを見過ごさず糾弾したのが三成派の小西行長と福原長堯《ふくはらながたか》で、激怒した太閤は部将たちにおもい処分をくだそうとした。実行へうつされるまえに秀吉は没し、朝鮮からの撤兵が実現したので罪科もうやむやになったが、石田派への憎しみは消しようもないかたちで残ったのである。

とくに不幸だったのは、弾劾《だんがい》の先鋒となった目付の福原が三成の妹婿だったことで、これに日ごろの反感がくわわり、いつしか石田治部少輔その人こそ諸悪の根源であるかのような空気がかたちづくられた。が、当の三成は釈明するでも歩みよるでもなく、傲然とおのが政をなしつづけている。病みたりとはいえ、大老前田利家が睨みをきかせているうちは滅多なこともあるまいが、あるじの具合が悪しくなるのへ合わせるように、武断派の諸将が会合を重ねているとの報が入っていた。

「……あるじにもしものことあらば」長頼は絞りだすように声を発した。ことばにしたくはなかったが、それはすぐそこまで近づいている。ないことにはできなかった。

「治部殿の身に危難のおよぶ惧《おそ》れあり、と愚考つかまつる」

三成が訝しげなまなざしを向けてくる。「それを知らせに、わざわざお越しあったのでござろうか」

長頼はうなずいた。「豊家《ほうけ》の子飼い同士で争うは、わがあるじも望むところにあらず」

「大納言様がそう仰せられたので」

たしかめるように三成がつぶやく。長頼はかるくこうべをふった。「それくらいのことはわかり申す」

「ほう」

「――主従ゆえ」

三成が立ちどまり、ふしぎなものでも見るような瞳で長頼をみつめた。「……それがしは命じられたことにのみ意をそそぎまする」

長頼も足をとめ、おのれより少し高いところにある双眸を見あげる。三成はよどみなくつづけた。「殿下亡きいまは、豊臣の家と秀頼ぎみをお守りすることだけ考えてござります。わが身は二の次にて」

言い切ると、ゆっくり頭をさげた。きれいにととのえられた月代が目の下へおりていく。「されど、ご厚情はわすれませぬ」

三成は踵をかえし、供の者たちへ声をかけて歩きだした。残された長頼は苦笑をうかべる。しばらく居城・佐和山《さわやま》へ引っ込むことをすすめようと思っていたのだが、話がそこまで行きつかなかった。もっとも、あの様子ではどのみち聞き入れはすまい。張りつめたように伸ばした背が、しだいに深まる暗がりのなかで、振りかえることなく遠ざかっていく。

——損な男だ。

とおもった。三成にとっては亡き秀吉がすべてなのだろう。つねに全力でその意を実現しようとしてきたのだ。その心映えはむしろ美しいほどのもので、長頼はぞんがいあの男がきらいではないのだが、やはりその頑なさには危ういものが感じられてならない。

——おや……。

頰へそっとふれるものを覚えて頭上を見あげると、驚いたことにかすかな雪が舞っていた。とうに桜も散った頃おいだが、あるかなきかのはかない降り方だし、いまは気にかかることが多すぎる。かまわず屋敷への道をもどりはじめた。

歩きながら、待ちわびている男の顔を思いだす。三成と話しているあいだだけは忘れていられたものの、その男が間に合うかどうかが、ここ数日、長頼のあたまを占めつづけているのだった。

灯火の用意をしてこなかったため、星明かりだけをたよりに歩をすすめる。夜の風がやわらかく雪をはらい、街道わきの竹藪がざわと鳴った。まだそれほど遅い刻限ではないため行きすぎる人影もなくはなかったが、こうしていると、なにやらおのれ一人で見知らぬ土地をさまよっているような気になる。これまでの五十数年がすべて幻で、いま歩いている自分しかこの世に人がいないような、不可思議でこころぼそげな思いにとらわれるのだった。長頼は肩衣にまとわりついた雪片をそっとはらう。衣がすこしだけ濡れていた。

屋敷へ通じる四つ辻にさしかかったところで、ようやくうつし世へもどってきたような心もちになった。安堵めいた思いが湧き、歩をはやめる。

角をまがった途端、おもわず足がとまった。

おのが屋敷の門前に、行灯《あんどん》をかかげた中間が出て何者かに応対している。相手は騎乗の武士と供の小者で、そのかたわらに駕籠《かご》が据えられていた。一行の笠や髷にもわずかばかり雪が降りつもっている。いま到着したところと見え、馬上で息をはずませる様子が遠目でもうかがえた。

その相貌が灯火に浮かびあがったときには、もう駆けだしている。武士と中間がおどろいた顔をこちらへ向けた。なだれ込むようにして、その間へ割って入る。

「……難儀したわ」馬上の武士が、ほとほと呆れたというふうに、くせのある嗤いを口辺にのぼせた。「おぬしの書状なくば動くわけにはいかぬ、の一点ばりでな。どうにも埒《らち》があかぬゆえ、偽りあらばこの奥村助右衛門、腹きり申すと、熊野牛王《くまのごおう》の誓紙《せいし》まで入れ、拝みたおして同道いただいた」思いだすだけでもくたびれたらしく、ながくふとい溜め息を吐きだしている。「かほど頑固なお方なれば、一筆あずけておかぬかえ」

「まこと相すまぬ」長頼はみだれた襟もとをととのえながら、頭をさげた。つい唇もとがほころびる。「が、かたくなさでは、そなたも似たようなものであったろう」

「ふるい話を」苦笑しながら顔をしかめると、助右衛門はゆっくりと馬首をかえした。ついでめかした調子で問いかける。「間に合うたであろうの」

「うむ」力づよくうなずきかえした。

「重畳《ちょうじょう》――」

言い放つと、すでに馬腹を蹴って駆けだしている。小者があわててあとを追った。

長頼は吐息をついて、のこされた駕籠を見つめる。助右衛門が用意してくれたのだろう、華美ではないが、手入れのゆきとどいた乗り物だった。

「……もうよいぞ」

声に応じ、かたりと音が鳴って、駕籠の戸がひらいてゆく。長頼は中間から傘を受けとり、差しかけた。

雪を押しひらくように降りたったのは、藍色の小袖をまとった武家の婦人だった。火明かりのなか、とまどうふうな、はにかむふうな表情をうかべてこちらを見あげている。長頼はつぶやくような調子で呼びかけた。

「――よう来てくれた、はま、いや……みう」


はや四十年ちかく前のことになる。三河・御油の宿から利家を追って荒子へやってきたみうは、長頼のもとに転がりこんだ。なにをもとめて来たのか口にはせぬ。当人もことばにできなかったのだろう。

おまつさまが利長をみごもったとき、長頼は大仰でなく、いくさ場へおもむくほどの覚悟でみうにそのことを伝えた。だまりこんで聞いていたみうであったが、

「殿の帰参もかのうたゆえ、しばらく間をおき、お側《そば》へあがれるようはかろうて進ぜようか」

これまた喉の奥から押しだす思いで告げたことばには、きっぱり首を横に振ったものである。

では、御油へもどるのかと思うと、

「むりを言うて出てきましたゆえ、いささか帰りにくうございます」

おそらく荒子へ来て、いちばん長くことばを発したのがこのときであったろう。両手をつき、しっかり頭をさげて願いでたのである。「ご迷惑とは存じますが……しばらく下女がわりに使《つこ》うていただくわけには参りませぬでしょうか」

むろん、否むわけもない。というより、よろこびの声をおさえるのに苦労した。里からともなってきた中間ともども清洲にうつり、あたらしい生活がはじまったのである。

若い男女であるから、ほどなく、なるようになった。とはいえ、それなりに刻はかかって、たしか翌年の秋くらいではなかったかと思う。むろん、利長もとうに生まれ、次女の蕭がおまつさまの胎《はら》に入ったころである。

嫁にもらおうとして、おもわぬ反対にあった。

三河者の後家ときいて、親族一同がこぞって異をとなえたのだ。

一蹴しようとしたが、長頼自身、三河者ぜんたいが好きなわけでもなかったから、やや鉾先《ほこさき》がにぶった。先方もそこへつけこむようにして、さかんに言いつのってくる。父母はすでにみまかり、ふだんたいして付きあいもないくせに、こういうときだけは依怙地《いこじ》なものである。不毛なやりとりの連続に、しんそこ疲れはてた。もっとも、それは相手方も同じだったらしく、とうとう折れる日が来たのである。

ただし、条件があった。

織田家中でしかるべき家の養女となり、名前もかえること。すなわち、まったくの別人となるならよい、というわけであった。うなだれるような心もちで、みうにそのことを伝えると、

「いっこうにかまいませぬ」

と笑う。「殿御はいくども名をかえられましょう。うらやましいと思うておりました」

肚のすわったことをいうものだ、とおどろき、どうやら夫婦となれたのだが、むしろ長頼のほうにすまぬような思いがのこった。最初の何年かは、妻の名をひとに告げるのがいくぶん苦痛だったほどである。

はま、という名は長頼が考えたものであった。みうの名残りをどうにかのこしたいとおもい、さまざま知恵をしぼったのである。

みうを逆さにすれば、うみ。海ならば浜であろうという、考えぬいたわりには単純な思いつきだが、当のみうが意外なほどよろこんだ。

「よき名でござります――なにやら、まこと生まれかわれる心地がいたしまする」

当時はわからなかったが、今にしておもえば、みうにもどこか生き直してみたいという気もちがあったのやもしれぬ。

あるじ利家はその間、なにも言わなかった。嫁とりをしたいのだが仮親となってく

れる方を紹介してほしい、と願い出たとき口添えしてくれただけである。むろん祝言《しゅうげん》の前後にはみうにも会っているし、とくに岐阜へ移るまえは顔を合わせるおりも多かったが、

「ところで、はまのことじゃが……」

などと口にしたことは一度もない。いかに艶福なあるじとはいえ、忘れているとも思えぬが、みう自身なにごともなかったかのように平然としている。いつしか長頼もそのことを気にかけなくなった。

子にもめぐまれ、四十年ちかくをすごしたが、利家の病が篤くなるにつれ、みうをいま一度だけあるじに会わせてやりたいという考えをいだくようになった。当のふたりがなにも言わぬのによけいなこと、と自分でもおもうが、なにやらもぞもぞとしてならぬのである。むろん、若き日のゆくたてを考えれば長頼とて複雑ではあるものの、思いついてしまった以上、知らぬ顔のままでいるはどうにも居心地がわるい。

とはいえ、ふんぎりもつかぬまま日にちだけがすぎていった。

背を押されたのは、例の御遺物分配の書付けを見たおりである。あのとき口にはしなかったが、「村井長頼内　御うへ　金子二枚」とあるのが目に入ったのであった。御上、というのは妻のことで、つまりみうにほかならない。ほかにも何人か金子をたまわる妻女はいるようだったが、けっして多くはなかった。それも利家の親族であ

るとか、夫とともに兵を鼓舞して城を守りぬいたというように、はっきりした功のあるものにかぎられている。言うまでもなく、みうはそのどちらでもなかった。

——忘れてはおられなんだのだ。

そのとき、長頼は肚を決めたといってよい。まさかにむかしの想い女として気にかけているとは考えたくないが、末期《まつご》におよんであるじの胸中にうかぶのであれば、会わせる意味もあろうと思ったのである。

おりしも、当の分配状をたずさえ、奥村助右衛門が大坂から金沢へおもむくことになった。助右衛門は最初の朝鮮出兵がおわったころ、役替えで国もとから出てきたのである。

帰路にわが妻女をともなうてきてくれ、と頼んだときはあからさまに不審げな顔をされたが、出立まで刻もなかったため、あれこれ訊かれずにすんだ。むろん、みうと利家のことは知るわけもない。

助右衛門が発ったのが先月なかばで、今日はすでに月もかわって閏《うるう》三月の朔日《ついたち》である。大坂から金沢は片道七日から八日というところだから、相当に急いでくれたと見える。

「……駕籠などもったいないと申し上げたのですが」

夫の差しかける傘に入って屋敷の門をくぐりながら、みうがすまなそうにいった。

「のちほど礼をいうておくとしよう」

こたえながら、あらためて妻のすがたを見やる。火明かりにうかんだ顔は、むろん皺もふえ、髪もなかば白くなっているが、もともと派手な顔立ちではないせいか、ふしぎなほど老けた印象はなかった。むしろその皺や白髪のひとすじひとすじが、目のまえに立つ女のすがたへおもむきを添えているようにさえ見える。

「どうかなされましたか」

視線に気づいたみうが、問いかけるふうに首をかしげた。長頼はふいをつかれた心地となり、ことばに詰まってしまう。

「——そなた、齢をとらぬの」

ようやく口に出せたのは、われながら支離滅裂な言いようであった。みうも思わず苦笑をうかべる。鬢《びん》のあたりへ手をやって夫を見あげた。

「この白いものがお分かりになられませぬか……よもや、目の具合でもお悪いのでは」

あながち冗談でもないらしく、なかば案じるような口調でつげる。長頼はあわてて首をふった。

「書物は読みづろうなったが、女房の顔くらい見紛《みまご》うわけもない……まあよい、今宵はゆっくりとやすめ」

「はい、なれど……」

みうがうかがうように夫のおもてを見つめた。このようなかたちで金沢から呼ばれたわけが気になっているのだろう。長頼は、大きくうなずいてみせる。

「明日はふたりして殿をお見舞いするのじゃ」

五

みうを連れて屋敷へ伺候したのは翌日の午後である。利家はここ数日、夜の睡《ねむ》りがあさく、昼ごろまで臥していることが多いため、この時刻にしたのだった。昨夜の雪はまぼろしのように消えうせ、この時季らしい陽気がもどっている。雲は三分といったところで、のびやかな日ざしがこぼれたり、かくれたりを繰りかえしていた。

控えの間で待っていると、篠原出羽が取次ぎにあらわれた。出羽はいま国詰めとなっているが、連絡のお役を仰せつかることが多く、金沢と京織を始終ゆききしている。「この齢になっても使い走りでござるよ」などと嘆いてみせもするが、じつはそうした役目が性にあっているらしい。

女房をつれてきたことに驚かれるかと思ったが、妻女とともにおとずれる老臣はちらほらいるようで、さして不審をいだいた様子もない。ごくふつうに、みうと久方ぶりの挨拶をかわしている。

うながされて立ちあがり、夫婦して控えの間を出た。廊下をすすみながら、出羽に問いかける。

「……きょうのお加減はいかがじゃ」

「すこぶるよろしゅうござる」言うわりに、出羽は困ったような笑みを唇の端にたたえていた。「さきほどはおんみずから、蔵の検《あらた》めをなさいまして」

「なにゆえ、さようなことを――」

おもわず立ちどまった。むろん、まわりの者も止めたにちがいないと分かっているが、つい咎めるような口調になってしまう。出羽は面目なげに頭をさげた。

「わし亡きあと……」声がとぎれた。「なにがない、あれがない、というて責めを受けるものが出てはならぬ、と仰せられて――」

喉になにかを押しこまれるような心地がした。あるじは、のこされた命をぎりぎりまで使い切ろうとしているのだろう。みうが口もとのあたりを手でおさえた。

居室へ通じる渡り廊下に差しかかると、頭上におだやかな空がのぞいている。

広縁をすすみ、出羽が障子戸のむこうへ声をかけた。意外なほどはっきりしたあるじの応えがかえってくる。引き戸に手をかけた出羽をとどめ、長頼は口早に問うた。

「おまつさまは……」

あるじが臥して以来、病間をおとなうと、おまつさまが応対するのがつねだったのである。

「暫時《ざんじ》おやすみになっておられまする……夜のあいだ、ずっとおそばへ詰めきりゆえ」出羽がおもてを伏せた。

「――そうか」

とっさに出羽を押しのけるようにして、障子戸をひらく。褥に半身をおこしたあるじが、めずらしい虫でもみつけた童のように、目をまるくして長頼とみうを見つめた。

「ご無礼つかまつる」

奥へ声を投げながら、女房の背をぐいと押した。みうが、かるくよろめくようにして室内に足を踏みいれる。

「え――」

振りかえり、しんそこ驚いたという顔を向けてきた。長頼はいきおいにまかせて言い放つ。

「そなたひとりでゆけ」

「なれど」

「よいから」

長頼はぴしゃりと障子戸を閉め、背中をもたせかけるようにした。おかしいほど息があがり、肩が荒々しく上下する。胸のうちでいくたびもおまつさまに手を合わせ、ふとかたわらを見やると、篠原出羽が啞然とした表情で立ちつくしていた。この男ともながい付きあいになるが、これほど呆けた顔を見るのは初めてである。おかしくなって、つい軽口がでた。

「……ま、長く生きておると、いろいろあっての」

「それがしとて、じき四十でござる」

どんな顔をしたものか決めかねているような、なんともいいがたい表情をうかべて出羽がいった。

「若すぎるわ」

片手で拝むようなしぐさをして、いま来た広縁をもどりはじめる。渡り廊下が尽きるあたりまで来て足をとめた。

ふとい柱へもたれるようにして、濃い緑色の肩衣をまとった武士がこちらを見やっている。

奥村助右衛門であった。

「――なにやらさっぱりわからぬが、味をやりおる……似合わぬの」

若いころからいっこうかわらぬ、傲然とした笑みを口もとにきざんでいる。長頼は上体を折り、ことさらふかく頭をさげた。

「こたびは、いかい世話になった」おもてをあげ、じっと朋輩の顔をのぞきこむ。

「されど」

「む――」助右衛門がいぶかしげに眉をよせた。

「その嗤い方はやめよというておる」

言いすてて歩きだす。苦笑めいた響きが背後で洩れたが、とくだん笑いようにかわったところはなかった。


控えの間でひとり端座して待っていると、屋敷うちのさまざまな音がときに混じり合い、ときにひとつずつ耳へとどいてくる。むろん時がときだけに、笑ったり歌ったりする声はつつしんでいるようだが、厨で煮炊きするざわめきや厩からひびく喧騒が、つねとおなじように長頼をつつんだ。

すぐかたわらで大気がそよいだような気がして瞼をひらくと、みうが座っていた。知らぬ間に目を閉じていたらしい。眠っていたわけではないが、なにやらいきなり旅先から引きもどされたような心地がした。

「早かったの」

おのれの声が、遠いところから聞こえるように感じる。

「はい」みうは微笑んでいるようにも、どこか怒っているようにも見える貌でうなずいた。小袖の懐からいきなりなにかを取りだし、板敷きの上にすべらせる。つられて目をやり、長頼はおどろきの声を呑みこんだ。

椿模様の螺鈿櫛――その片割れである。手入れを絶やしていないのだろう、長頼のものとはちがって、四十年まえとほぼかわらず、濡れたような黒と銀のかがやきを放っていた。

「あと半分、お持ちでございましょう」みうがしずかにいった。

長頼は黙りこんだまま、じっとその櫛を見つめていたが、やがて観念したように懐へ手をいれた。

懐紙の包みを、みうが押しいただくように受けとる。いたんだ櫛をそっと取りだし、板の上でおのれのものと合わせた。塗りの具合も模様のあざやかさもおかしなほどちがっているが、どうやらつながっている。みうは視線を落とし、できあがったひとつらなりをじっと見つめていた。

「……櫛のこと、殿にうかごうたのか」

問うてみたが、みうは戸惑った表情で首をかしげている。ややあって、唇をすぼめるようにして笑った。「ずいぶん前から存じておりましたよ」

「まえ、というと……」

「はじめて、そうなったころでござりまする」すこし恥ずかしげにつげた。「おまえさまが、いつもなにやら隠しておられるようすゆえ、女子からの文かなにかと思い……」

「見たのか――」

みうは、いささか大仰なしぐさで両手をつき、頭をさげた。「井戸へ水浴びにいかれたとき、こっそりと」

「む……」

不意打ちで魂を抜かれたような心地におそわれ、呆然となる長頼である。「知ったなら、言えばよかろうものを」

「おまえさまこそ、なにゆえ隠しておられたのでござります」わずかに不満げな表情でこたえる。

「いや、それは」額に汗がにじんできた。長頼は懐紙を出して鬢の生えぎわをぬぐう。

「殿さまがお持ちでなければ、わたくしが悲しむと思われたのでござりますか」

押し黙ってしまった長頼の右手を、みうが両手でくるんだ。若いころはつややかでやわらかかった掌がいまはかさつき、爪の色もうすくなっている。だが、かわらずあたたかい手だ、とおもった。

「女子は四十年も引きずったりいたしませぬよ」みうが泣き笑いのような顔になっていった。

「……そういうものか」

ぼそりとつぶやく長頼に何度もうなずきかけると、みうは意を決したように、

「さきほど、殿さまは……」

と語りはじめた。

「――聞いてはおらぬぞ」

さえぎったものの、

「わたくしが話したいのです」

あっさりしりぞけられた。「殿さまは、わたくしを見るなり、しあわせであったようじゃな、と仰せられました」

そのことばを口にしたときの利家が見えるようだった。心からうれしげに、花の咲くような笑みを浮かべていたにちがいない。長頼は妻の瞳をじっと差しのぞく。

「わたくしは」みうは、深く黒い双眸を二、三度またたかせると、すっと息を吸いこんで唇をひらいた。「――しあわせでござりました、とお答えいたしました」

「む、それで……」言いかけて口ごもった。ついさきほど、聞いてはいないと見栄を張ったばかりである。みうは、にこりと笑うと、

「それのみでござりまする」

いって、そっと頭をさげた。

「それのみ……」

「はい、あとは花を見たいと仰せになって、縁側に出られました」

——あのつつじか……。

中庭で咲く日を待っていた花である。さきほどは見舞いのことに頭がいっぱいで、視界には入っていたに相違ないが、迂闊にもまったく気づかなかった。利家が目にできるかどうか案じていたが、どうやら間にあったらしい。

「広縁に出られたのか」おぼえず、あるじの身を案じるような声になった。みうはゆっくりとうなずく。

「はい……手をお貸しいたしまして」

「む——手を、な……」

みうがいたずらっぽく笑った。この女にしてはめずらしいことである。「嫉《や》かずともよろしゅうござりますよ」

「ばかを申せ」

そっぽをむいた夫にかまわず、みうは真顔になってつづけた。「されど、殿さまとふたり、色とりどりのつつじを見るは、得がたき刻でござりました。消してしまいたいと思うていた若きころのじぶんを、はじめていとおしくおぼえ——いえ、なによりおおきく息を呑む音が、長頼の耳にもとどく。「おまえさまのお気もちがうれしゅうござりました……もはや櫛など合わさずともよい、と思うておりましたが、生きているうちに一度はつなげてみたくなりましてござります」

ことばもなく、ただうなずきかえす夫に、みうは口早につげた。「さ、殿さまがお待ちでございますよ」

「……殿がそう言われたわけではあるまい」

「え——なれど」

「今日はよい」長頼はかぶりをふった。「おつかれでもあろうし、助右衛門も番を待っておろう」

なにか言いかけて、みうが口ごもった。次があるかどうかわからぬ、とは言えなかったのだろう。

「よいのじゃ」つぶやきながら、ゆっくりと立ちあがった。「そなたのおかげで、何やらぞんぶんに殿とお話しできた気がするわ……殿とておなじであろう」

長頼は天を振りあおぐように、こうべをあげる。「話すことはいくらもあるようで、はや何ひとつないようでもある」

零《こぼ》れるように、ことばがあふれでていた。「ながい刻を殿とともに過ごしたのじゃ

「……そなたとおるより、ずっとながい刻をな」

「よおく存じておりまするよ」

みうが微笑みながら腰をあげた。両手にひとつずつ櫛の片割れがにぎられている。

「そうであったな」

長頼も笑いながら、いたんだほうへ手をのばそうとした。みうがかるくさえぎるように袖をあげ、おのれのものを夫に差しだす。長頼はいぶかしげに女房を見つめた。

「おまえさまの櫛がほしいのです」

はにかむようにいって、みうは塗りの剝がれたほうを懐におさめる。

「――そうか」

あるじからそれをたまわった折のことが脳裡にうかぶ。利家とおのれが肌身にした椿の櫛が、いま旅をおえて、この女のもとにかえるのだな、と長頼はおもった。

知るひともなし

一

——ご運の末か。

という慨嘆が、ここしばらく前田家老臣のあいだでは口ぐせのようになっている。

大殿・前田利家が没した翌日の閏三月四日、はやくも福島正則、加藤清正ら七将が石田治部少輔三成の屋敷を襲撃した。からくも脱した三成は伏見へ逃れたという。

村井長頼がはじめに聞いた話では、三成は内大臣・徳川家康のもとへ飛びこみ、庇護を乞うたとのことであった。なかなか胆《きも》のすわったことをやりおる、とおどろいたが、つづいて入ってきた報によると、それは誇張で、伏見城内の治部少曲輪という一郭に立てこもり、七将とにらみあっていたところへ家康が仲裁に立ったという。いずれが真相かはわからぬが、内大臣家康が事態を収拾したことにちがいはない。

七将が矛《ほこ》をおさめるかわりに、三成は居城・佐和山にて謹慎ということになり、徳川の兵に護られて出立した。

ひと息ついた途端、こんどは足もとで火種がはじけることとなる。

片山伊賀《かたやまいが》という家中の士が、現当主である肥前守利長の命により成敗《せいばい》されたのだった。利家が越前へ封じられてから仕えた男で、長頼ともいささか関わりがある。とはいえ、どことなく反りの合わぬところがあって、人としてそれほど深いつきあいはなかった。近ごろは茶の湯に熱をあげ、屋敷の造作にも数寄をこらしているという話を聞く程度である。それでも一万石の大身であり、ただごとではない。が、

「不届きの儀、これあり」

のひとことで片づいてしまった。長頼も引っかかるものを覚えはしたが、隠居の身であり、あれこれ穿鑿《せんさく》はできぬ。大殿ご存生のうちは、私的な供として付きしたがっていたが、いまや呼ばれぬかぎり利長の御前に出ることもままならなかった。そろそろ金沢へ引っこもうかと、あれ以来大坂に残っているみうとも相談しているほどなのである。

どうにも気がふさぐのは皆もおなじらしく、大殿の初七日も明けたことゆえ、あつまって酒でも呑もうものなら、

「先ゆき、あやしいのう……ようよう、ご運も末か」

と、くだのひとつも出るのであった。

さはいえ奥村助右衛門は酒が呑めぬし、篠原出羽は国もとへもどった。大殿の遺骸に付きそって金沢へ下向し、高畠石見とともに葬儀のいっさいを取りしきることになっている。

若い者にはなんとなく声をかける気にならず、いきおい酒の相手は小塚《こづか》権太夫《ごんだゆう》や高畠平右衛門《へいえもん》ということになる。

権太夫は賤ヶ岳の退却戦で落命した小塚藤右衛門《とうえもん》の兄である。藤右衛門の子が早世したため、遺領を受けついだ。大殿の生前、和談のため伏見の徳川屋敷をたずねたおりも、供のひとりとなっている。

高畠平右衛門は石見守定吉の弟で、かつての名のりは九蔵という。荒子時代からの仲間で、あまたのいくさ場をともにした仲であった。客を呼ぶのが好きらしく、呑むときは、たいていこの男の屋敷になる。今宵もやはり、そうであった。

「……徳川どのはとうとう伏見城へ入られたそうな」

盃を空けながら、平右衛門がいくぶん捨て鉢な口調でつぶやく。

「いずれは大坂入りであろうの」

権太夫が沈鬱な面もちで応えた。

長頼はうなずきながら、あまり話に身を入れていないことが自分でもわかっている。

気がつくと盃をはこぶ手も止まり、ぼうっとしてしまう。

大殿がいないということが、いまだ実感をともなってこない。いや、ともなうことをこばんでいるかのごとく、胸の奥がしびれてしまったように感じる。

伏見城はもともと秀吉が隠居所として建てたものだが、大坂は紛うことなき天下人の居城である。そこへ入るとは、むろん秀頼の身辺にあって補佐の任につくことではあるが、家康がいっそう天下へ近づいたという印象を世上へあたえることにもなろう。

そうしたことが分かっているようでも分からぬようでもあり、もはやどうでもよいような気にすらなる。ただ虚《うつ》ろだった。

利家がみまかったのは、長頼とみうがおとずれた翌日の朝はやくである。かたわらにいたのは、おまつさまだけであったという。

やはり、もういちど会うことはかなわなかったが、それ自体に悔いはない。何万回話したところで、いまの気もちはおなじであったろう。

――いまごろ、大殿はどのあたりであろうか。

あるじ利家の遺骸は、およそ一月かけて金沢へ着くことになっている。いまだ半ばにも達しておらぬであろう。日々すこしずつ進む、その行路がすでに弔いのようだと

いたのである。

太閤からつねにそば近くあることを望まれていたため、利家はめったに領国へもどれなかった。金沢の町づくりには、意をうけた利長や高畠石見ら重臣たちがあたって

——ようやく、ゆっくりと帰れますのう。

胸のうちでつぶやきながら、長頼はそっと盃を干した。

やがて座もはずまぬままお開きとなり、つれだって平右衛門の屋敷を辞した。はじめの四つ角まで歩いたところで、みじかい挨拶をかわして権太夫とわかれる。遠ざかってゆく明かりを見送り、長頼は踵をかえした。

が、すぐに立ちどまって耳をすませる。

なにやら不穏《ふおん》な気配を感じたのだった。はっきりとは言えぬが、何者かの視線がおのれへそそがれているように思う。

振りかえってみたが、権太夫の掲げる灯はすでに指さきほどの大きさとなり、足音さえ聞こえぬ距離である。そのまま注意ぶかくあたりを見わたしたが、ひややかな月明かりが夜の道にこぼれているばかりだった。

どこにもそれらしき影はうかがえない。気のせいか、と思うところだが、

——気のせいというものはない。

と長頼は信じている。感じたものには、なにかしら理由がある。それをおろそかにしなかったから、いままで生きてこられたのだろう。

ただ、

——わしが五感のほうに、がたがきておるのやもしれぬ。

このことまでは否《いな》みきれない。

気がつくと、すでに先ほどの違和感は残っていなかった。長頼は白いものの目立ってきた髭をしごく。首をひねると、行灯を握りなおしてふたたび歩きはじめた。

二

肥前守利長が伏見へ発ったのは、その数日後である。家康をおとない交誼《こうぎ》をふかめるためだが、長頼は留守を仰せつかり、ひさかたぶりに前田屋敷へ詰めることとなった。すわお役目と勇みたったものの、何のことはない、おもだった家臣たちが利長の供をして伏見へおもむくからにほかならぬ。がらんとした屋敷のなかで、なすこともなく終日すごすだけである。

髪をおろし、芳春院《ほうしゅんいん》と名をあらためたおまつさまのもとへ伺候すれば退屈もまぎれようが、あるじの後室《こうしつ》であればそう気安くもできぬ。なにより、長頼にはある後ろめたさがあって、つい、おまつさまを避けてしまうのである。

ほかでもない、見舞いのおりに大殿とみうをふたりにしたことだった。その件を耳にされたかどうかは知らぬ。また、この期におよんで目くじらたてるお方とも思えぬが、やはり申し訳ないような心もちがのこったのである。

そのようなわけで、屋敷の一室にてただただあくびを噛みころしていると、四十がらみの中間がひとり、血相かえて駆けこんできた。

「大事出来にござりまする――」

とっさに刀の柄へ手をかけて身がまえる。高畠平右衛門の屋敷から帰るおりの記憶が脳裡をかすめた。じつは、あれからなんどか似た気配を感じている。五奉行筆頭の石田三成が襲撃をうける時勢であれば、なにが起こるか知れたものではない。

殺気だった反応に度を失っている中間をうちやり、足早に玄関口へむかう。

式台が望めたところで、立ちつくした。

「――高台院《こうだいいん》さま」

尼僧すがたとなった北政所ねねが、ふくよかな恵比須《えびす》がおをほころばせて、長頼に会釈する。

供は小ぶりの風呂敷包みをたずさえた中年の武士ひとりだけだった。しのびで訪れたということだろう。

「みなさまお留守とうかがい、こっそり参りました」高台院はいたずら好きな少女のごとく、まなじりに笑みをうかべた。「……おまつさまの加減はいかがでございまする。お目にかかれますか」

適当なこたえも見つからず、長頼は木偶《でく》のごとく何度もうなずきかえすだけである。いかに昔からの顔見知りではあれ、身分がちがいすぎる。おのれは従五位下豊後守でしかも隠居、相手は従一位北政所である。おなじ大坂で暮らしているとはいえ、いきなりおとなわれて魂消《たまげ》ぬものはおらぬであろう。

その間にも高台院は履物をぬぎ、式台をあがっている。会わずに帰るつもりは端からないらしい。むろん、おまつさまとて拒むはずもない。供の武士から包みを受けとり、控えの間に案内する。長頼は高台院を先導して奥へとすすんだ。

渡り廊下に差しかかったとき、中庭の植え込みにふと視線が吸いよせられた。最期にあるじの目を楽しませたであろうつつじの花はすでに散ったが、あとにのこった緑の葉が匂やかに昼下がりの日ざしをあびている。これはこれでうつくしいもののように思えた。

いくたびも訪れた障子戸のまえで腰を落とす。おまつさまは、いまも大殿の居室で寝起きしているのである。

「豊後でござる」遠慮がちに声をかけた。「高台院さまがお見えで――」言い終えぬさきに戸がひらき、法体《ほったい》のおまつさまがまろび出てきた。受けとめるように高台院が駆けより、長頼が呆然としているうちに、そのままおまつさまを抱擁する。墨染《すみぞめ》の衣がふたつ重なったかとおもうと、身を揉むようなはげしい声があがった。

友の胸もとに顔をうずめ、おまつさまが泣いているのである。高台院は手に力をこめ、いたわるように背をさすりつづけた。

長頼はひざまずいたままの姿勢で、その光景を見あげている。

大殿亡きあと、おまつさまの涙を見るのははじめてであった。悲しみにしずんだ表情をしていても、涙をうかべることはなかったのである。さすが気丈な、と感心していたが、やはり無理をしていたのだろう。童のように泣きじゃくるおまつさまを見て、かえって安堵した心地になった。かるく頭をさげ、包みを残してその場をはなれる。

――友垣《ともがき》とはよいものじゃな。

振りかえりながら、そんなことを思った。ふたりの姿は、まるでひとつの岩にでもなったように、かたく抱きあったままである。

ふっと亡きあるじの面影が瞼の裏をかすめた。どうしてなのかは自分でもわからぬ。ただ、利家とおのれにも、女人ふたりにおとらぬ結びつきがあったのだという思いは浮かんでいた。

――さはいえ、友垣などというて思いだしては、大殿に叱られよう。

広縁をすすみながら、長頼はわずかに唇もとをゆるめる。笑うのは久しぶりだとおもった。


用部屋にもどり、さして急ぐわけでもない雑事を片づけたりしているうちに刻がうつったらしい。すでに日もさかりをすぎ、かすかな赤みが光のなかでふくらみはじめている。縁側から声がかかり、こたえると先ほどの供侍がそっと障子をあけた。

ふわりと会釈して高台院が足を踏み入れる。腰をおろすと、くだんの風呂敷包みを長頼に差しだした。首をかしげていると、手ずから結び目をほどき、あらわれた重箱の蓋をあける。

大ぶりな餡《あん》ころもちが三つ入っていた。もともとは箱いっぱい詰めてあったらしく、朱い塗りのところどころに取りきれぬ餡がのこっている。

「よろしければ召し上がれ――残りもので相すみませぬが」

高台院が目もとをほそくして笑った。「わたくしがつくりましたので、おいしいかどうかわかりませぬけれども」

「御みずから、でござりますか」

長頼が困惑していると、おかしげに破顔する。

「さほど驚かれずとも……むかし長頼どのにも、あれこれこしらえましたでしょうに」

たしかにそうであった。森部のいくさが起こる前、幾日か秀吉のもとに逗留し、世話になっていたのである。あのころはねねたちも貧しく、簡単な煮物や汁のようなものが多かったが、やたらとうまかった覚えがある。

「……では、遠慮のう」

一礼して手をのばす。餅はたっぷりと大きく、持ち上げるとまわりの餡がこぼれそうになったが、かまわず口もとへはこんだ。

やわらかく煮られた小豆に、ほどよい歯ごたえが残っている。ゆたかな甘みが口いっぱいにひろがり、あとからあとから唾が湧きだした。夢中で食べおえると、高台院が楽しげにこちらを見つめている。

「お気に召しましたか」

「おおいに召しましてござる」

ふたりして笑いあった。高台院がそのまま語を継ぐ。

「おまつさまも、おいしいおいしいと食べてくださって……悲しいときは甘いものでも食すがいちばんの薬でござります」

「それで、お手ずから」

長頼が指についた餡を舐《な》めながらうなずいていると、

「太閤殿下が亡くなられたおりは、わたくしもずいぶんと食べました」めずらしく苦笑めいたものを浮かべる。「おかげでいっそう太ってしまいまして」

おもわず吹き出しそうになるのをこらえていると、

「では、わたくしも」

高台院はさっと手をのべ、餅にかじりついた。がつがつ貪《むさぼ》っているわけでもないのに、あっというまに平らげてしまう。

「そなたも、あがるがよい」

懐紙で口をぬぐいながら、供の侍に重箱を手渡した。もうひとつ欲しかったという心もちが顔に出たのか、長頼を見て高台院があかるい笑声をあげる。

「また、お越しくださいませ。餅くらい、いくらでもつくって進ぜましょうほどに」

「いや、されど」

気もちはうれしいが、むかしとは立場がちがう。そのようなわけにもいかぬであろう。

が、高台院はどこかさびしげに微笑むと、首を横にふった。

「わたくしも、そのうち身軽になりましょうゆえ――」

ふたりが辞去したあとも、そのことばが耳にのこった。ふかく考える必要はないのかもしれないとおもったが、陽気な女性《にょしょう》がかすかにたたえた寂寥のようなものが気にかかったのである。

――大坂の城も、居心地よいものではなかろうな。

それくらいのことは長頼にも察しがつく。

いまは西の丸が高台院の住まいであった。秀頼とその生母・淀の方に本丸をゆずったのである。

秀頼は「まんかかさま」などと呼んでなついていると聞くが、生みの母には及ぶべくもなかろう。淀の方もあの気質からして、高台院に手厚い配慮をしているとはおもえなかった。

――いずれ、城を出られるおつもりやもしれぬ。

いたましさに胸がうずいた。高台院が子をなしていれば、いまの豊臣家はずいぶんちがったものとなっていただろうに、と長頼はおもう。ようやくもうけた子を溺愛するあまり、太閤は晩節をけがしたという気がしてならない。

鶴松をうしなった絶望のなかで、秀吉は甥の秀次を跡継ぎとさだめ、関白の位をゆずった。が、ほどなく秀頼が生まれたことにより、すべてが狂いだしてゆく。わが子の将来を案じて秀次を疎《うと》んじるようになり、ついには高野山《こうやさん》へ追放し腹を切らせた。のみならず、その妻妾子女三十余人までをも斬首に処したのである。

完全に常軌を逸したふるまいであり、秀次と親しかった前田家も連座する危険があった。もはや、暴挙を諫める余地などあろうはずもない。その狂気を引きずったまま、豊臣家は再度の朝鮮出兵に突入したのである。

言うても詮ないことだが、もしいま豊家に利長とおなじ年配の後継者がいれば、世上にこれほど不穏な空気が流れはしないだろう。

――とはいえ、あの殿でお家が安泰かどうか……。

長頼は近ごろすこし肉がついてきた利長の相貌を思いえがく。やたらにひょろりとしていた若いころから見れば恰幅はよくなったが、のんびりして頼りなげなのは相変わらずだった。一騎当千のつわものでもなければ、神算鬼謀《しんさんきぼう》の智将でもない。要はどこにでもいる、きわめて平凡な人物のように感じられる。

が、いまはその利長に前田家の行く末がかかっているのだった。案じだすと切りがないが、ここで気を揉んでもどうなるものでもない。そろそろ刻限でもあるので退出の仕度をはじめることにした。

小者ひとりをつれて屋敷を出たときには、まだじゅうぶんな明るさがあたりにのこっている。それでも長頼は油断なく全身に気をくばり、身がまえながらことさらゆっ

たりと歩をすすめた。むろん、例の不穏な気配を警戒してのことだが、

「……おみ足でも痛うござりまするか」

案じるような声を小者からかけられてしまう。苦笑していつも通りあゆむこととした。時刻が早いせいか、今日はとくにあやしげな空気も感じられぬ。

ともあれ、ただの留守番とはいえ、ひさかたぶりのお役を果たした心地よさもあり、上機嫌で帰途についた。

――みうに酒の相手でもしてもらうとするか。

そのようなことを考えながら我が家の玄関に立つと、ちょうど奥から進みでてきた者がある。面長な顔つきをした、三十すぎの侍であった。長頼を見て、きまりわるげな表情をうかべている。

嫡子の出雲守《いずものかみ》長次であった。十五、六のころは頰や額のあたりに面皰《にきび》が目立っていたが、さすがにいまは跡形もない。背丈もおのれより拳ひとつ分は高くなっていた。

長次は利家とまつの次男・孫四郎利政づきを命じられているゆえ、おなじ大坂にいてもふだんは会う機会がない。近ごろでは大殿の見舞いに幾度か訪ねてきたおり顔を合わせているが、わざわざ父のところへ寄ったりはせぬ。

長頼はむしろ、次男・勘十郎とのほうが気安かった。いまは大殿の葬儀で太刀《たち》持ちの役を仰せつかり金沢へ下向している勘十郎長明だが、じつは養子である。賤ヶ岳で

戦死した木村三蔵の息子なのだった。その前年に生まれたばかりで、後ろ盾となる親類もなかったため、家が絶えた。それを惜しんだ長頼が、大殿と相談して養子に迎えたのである。いずれ木村の家を再興させてやるつもりなのだが、当人は気楽なもので、

「それがしは村井のままがようござるなあ。木村と村井、たいしてちがいませぬ」

などといって、けらけら笑っている。よほど母が美貌だったのか、実父にも養父にも似ぬうつくしい貌だちをしているが、呑気なところは三蔵ゆずりと見た。

おたがいかすかな遠慮があるせいか、かえって気もちのゆきちがいが少ない。それにくらべると、仲がわるいということはないものの、長次とはどことなく距《へだ》てがあった。いまもあきらかに表情がこわばって見える。父をはやく亡くした長頼にしてみれば、そのような関係がふつうなのかどうか、よくわからぬ。まずはそうしたものであろう、とひとりぎめするだけである。

「……お戻りなされませ」

観念したのか、式台に膝をついて長次が頭をさげた。

「これはまた、ひさしいの」

虚をつかれ、いくぶんぶっきらぼうな物言いになった。「なにか用向きあってか」

長次はいちだんと面を伏せるようにしてこたえる。

「めずらしくも、母上がお越しとうかがい――」

顔を見に来たということらしい。居心地わるそうな声になっているのは、ふだん父のもとへ寄りつかぬことを自覚しているからだろう。きょうも留守を見すまして訪れたにちがいない。まことは、長頼が帰ってくるまえに退散するつもりだったはずである。

「奈加《なか》はいかがしておる」

思い切って問うた。長次が妻のことである。

「――ようよう床を離れまいたゆえ、ご心配にはおよびませぬ」

長次はうつむいたまま、こもりがちな声でこたえた。無言のまま、うなずきかえす。

奈加は成敗された片山伊賀の娘である。取り持つ者がいて縁を結んだのだが、長頼と伊賀がさして親しくならなかったこともあって、頻繁な往き来はなかった。奈加自身は口数が少なくおとなしい女で、まだ子はなかったが長次とのあいだは悪くないらしい。

こたびの件ではさっそく見舞いに出向こうとしたが、みうに止められた。すこし落ちついてからのほうがいいというのである。とりあえずはそれにしたがい、ちょっとした品物を送ることにとどめたが、長次の来訪はおそらくその礼も兼ねていたのだろう。

いずれにせよ、妻の父が上意討ちに遭《あ》うとは、ただごとでない。長次の身にも累がおよばぬか案じられるし、そろそろいちど話しあっておくほうがよいと思えた。

「たまには酒でも呑んでいくか」

いいながら式台へ腰をおろす。が、長次は入れちがいに身をすべらせ、履物をつっかけていた。

「まだお役目がござりますれば、いずれあらためまして――」

一礼するや、そそくさと去ってゆく。

――役目あるものが、のんびり母の顔など見にくるとか。

長頼は苦笑して、空っぽになった玄関を見やる。お帰りなされませ、と奥から声がひびき、みうの足音が近づいてきた。

三

蒼天のいただきで悠々と風にのっていた多聞丸《たもんまる》が、突然ぎっという叫びをあげた。鷹はするどい動きで翼をはばたかせると、胡麻つぶのごとき黒い点にむかって突きすすんでゆく。大小ふたつの影が白い雲を背にぶつかりあい、悲鳴のような啼き声がひびいた。

と思うまに、目で追いきれぬほどの速さで多聞丸が降りてくる。その嘴《くちばし》には、雀とおぼしき茶色い小鳥が咥《くわ》えられていた。

鷹は長頼たちの頭上までひといきに近づくと、風を孕むようにおおきく翼をひろげる。そのまま葦毛へまたがる利長の拳にふわりと止まった。若いあるじは仕止めた小《こ》禽《とり》を受けとり、かわりに多聞丸の口へ褒美の肉を近づける。お気に入りの鷹は嘴でさっと咥えると、紅い塊をひとくちで呑みこんだ。利長はその様子を満足げに眺めている。

村井長頼は、かたわらで若いあるじの横顔を見つめていた。

供を仰せつかって、明石《あかし》の野まで鷹狩りに出向いたのである。ほかには富田重政をはじめ、五名ほどの扈従しかおらぬ。

微行《しのび》なのであった。大殿利家の葬儀もぶじにすみ、ひとくぎりついたということか、近ごろ利長はしきりと鷹野へ出張っている。武人のたしなみというが、そうした趣味をもたぬ長頼には、遊んでいるとしか見えぬ。というよりは、鷹狩りを好むという内大臣家康に阿《おもね》っているのではないかと感じられてならなかった。

「――鷹野はきらいか」

利長が綾藺《あやい》笠《がさ》の下からこちらを見やって、苦笑まじりにいった。どうやら、渋い顔になっていたらしい。

「滅相もない」さすがに大人げないと思い、かぶりをふった。が、つい言わでものことを付けくわえてしまう。「好きで好きでたまらぬ、ということもござりませぬが」

ぷいと馬首をあらぬ方角へむけ、若いあるじが言い捨てた。「ついて参れ」

真夏の野を分けて利長の駒が奔ってゆく。長頼も馬腹を蹴ってあとにつづいた。燃え立つような草のにおいが鼻をつく。

多聞丸はいつの間にか、ふたたび天に翔けのぼっていったらしい。

利長は憑《つ》かれたように葦毛を駆り、振りかえることなく野をわたってゆく。長頼もこれほど速く馬を走らせるのはひさびさのことであった。

炎熱のもとで駆けとおし、いくぶんつかれを覚えはじめたころ、利長が馬速をゆるめた。行く手はちいさな中洲にさえぎられ、その手前でほそい流れが水音をたてている。長頼も腿に力をいれて栗毛の腹を締め、並み足へと落としてゆく。

そのときはじめて、他の者たちから遠く離れてしまったことに気づいた。若いあるじは五間ほどむこうで、長頼が近づくのをじっと見つめている。なにかを窺うような色がそのまなざしに潜《ひそ》んでいる気がした。

――これは……。

長頼は手綱をひいて、馬の歩みを止めた。栗毛がさかんに鼻息をもらす。夏草のなかを風がわたり、熱い空気が貌に押しよせてきた。

唐突に、不審な気配の一件が頭をかすめる。あれからも、しばしば何者かに見張られているような感覚に見舞われていた。ここ二十日ほどはなくなっていたので、そろそろ忘れかけていたが、あれはやはり、おのれの老耄《ろうもう》などではあるまい。

利長は馬上のまま、呼びかけるでも引きかえしてくるでもなく、ただこちらに目を向けている。心なしかその表情が強張っているようにおもえた。

長頼はそっと唾を呑みこんだ。長次とはあれきり話ができぬまま、こんにちに及んでいるが、ひとつながりのように片山伊賀の成敗を思いだしてしまう。不吉な想念を追いはらうごとく、首を横にふった。

代替わりのさい、先代の寵臣が粛清されるのは、よく聞くはなしである。

片山がそこまで重用されていた記憶はないし、おのれも寵臣などと呼ばれるのはいささか気色わるいが、世人の思惑はまたべつであろう。いや、むしろ村井長頼につながる者として、まず片山が屠られたということもありうる。

――よもや……。

息を詰めたところへ、あたらしい馬蹄の轟きがあがった。

視線をとばすと、富田重政が黒い馬体へまたがり、夏の野を薙ぐようにして駆けてくる。

つかのまほっとしたが、ただちに頬の引きつるのが自分でもわかった。

おもてを伏せぎみに疾駆する重政の右手が、するりと手綱をはなれる。そのままさりげない動きで、腰のものに伸びていった。

同時に、殺気としか呼びようのない禍々しいにおいが滲みだし、あたりを浸すようにしてこちらへ向かってくる。

その瞬間、理解した。くだんの気配はこの男のものだ。だからこそ、利長の供をして伏見へおもむいた日には感じなかったのだろう。

とっさに馬から滑りおりた。鞍に跨ったままでは、腰が据わらぬ。あの太刀を受けきることはできまい。

が、いそぎ抜刀したときにはすでに重政がせまり、追いすがりざま馬上から一撃をはなってくる。重い衝撃をかろうじて横に払い、構えなおしたところへ、対手もすばやく馬からおりた。そのまま隙のない足運びで、ずんと近づいてくる。退きたくなるのをやっとの思いでこらえた。大刀の柄をいそいで持ちなおす。掌は汗にまみれていた。

間合いに入った、と思った途端、寸時の躊躇もなく重政の切っ先が上段にあがり、烈しい気合とともに振りおろされる。

絶叫でこたえた長頼の剣先が、天を斬るごとき弧をえがいて銀色の閃光にぶつかってゆく。

甲高い響きがあたりを圧した。同時に、折れた刀身がざくりと音をたてて足もとの夏草を突き破っている。

長頼はすばやく飛びのくと、ほとんど柄だけになった大刀を忌々しげに投げ捨てた。

「……なんの真似じゃ」

正眼にかまえたまま身じろぎひとつせぬ重政を睨《ね》めつける。対手の貌からは、いっさいの感情が読みとれなかった。

「笑えぬ冗談は、大殿だけでじゅうぶんと言うておる」

つづけて言い放つと、重政がわずかに瞳を見ひらき、注意ぶかく視線を横へすべらせる。いつの間にか、すぐそばに肥前守利長が立っていた。眉をよせ、口髭をもてあそんでいる。

「もうよいぞ」

若いあるじがみじかく告げた。

「はっ」重政ははじめて安堵めいた色をうかべ、流れるごときしぐさで刀身を鞘におさめた。このような折でありながら、その動きのなめらかさに、つい目をうばわれてしまう。

「なぜ悪戯じゃと気づいた」

利長が計るような視線を向けてくる。長頼はむっとした顔を隠そうともせずこたえた。「——重政ほどの者なれば、へし折った刀ごと、それがしを真っ二つにしておるはず」

若いあるじが感に堪えたごとくうなずく。「さすがは村井豊後……見損のうておったわ」

長頼はふっと息をついて背の強張りをといた。ひとまず、いのちの切所は遠のいたと見てよい。

「ゆるせとはいわぬが、存念はつつまず明かそうゆえ、聞いてもらおう」

利長はそのまま背をむけると、中洲のほうへ歩きだした。長頼もあとにしたがう。若いあるじは小流れのそばに腰をおろすと、こちらをむいて目でうながす。長頼も手ごろな石のうえに座った。利長とは、あいだに二、三人入れる程度にあいている。ふりかえると、声がとどくかどうかという微妙なへだたりをおいて重政がたたずんでいた。

足を浸せるほど近くに、ほそく透きとおった川がながれている。利長の駒は、いつのまにかそこまで分けいって水を呑んでいた。川のおもてへ覆いかぶさるようにして葦のしげった中洲が横たわっている。さらにむこうには本流がひろがっているらしく、ゆたかな水音が耳朶をにぎわしていた。

「わしは来月、国もとへかえる——内府の勧めでな」

若いあるじはなにげない口調で告げたが、長頼は耳をうたがった。内府とは内大臣、すなわち徳川家康その人をさす。近ごろしきりと諸大名に帰国をすすめているという話は聞いていた。いまは領国の安寧こそが天下静穏の道などと、もっともらしい理由をあげてはいるが、ようは京大坂を思うさまおのれの色に染めるつもりであろう。じっさいそれにしたがい、京畿をはなれる者が相次いでいるという。

が、利長は亡父のあとをうけて大老に任ぜられ、かつ秀頼の傅役《もりやく》でもあった。太閤秀吉につづき、加賀宰相利家までうしなった豊臣家をだれより守りたてねばならぬ立場である。帰国している場合ではなかった。

けわしい顔つきになっていたのだろう、こちらを見て利長がおどけたしぐさで頭をかかえる。「剣呑、剣呑——まあ、言いたいことはわかるが、最後まで聞け」

長頼は無言でうなずいた。手をおろすと、利長は声の調子をあらためて告げる。

「それで、そなたに京大坂の留守居を託したいのじゃ」

一瞬面喰らい、若いあるじの貌に呆然と見入った。しばらくは言葉もなくそうしていたが、利長が意味ありげに浮かべた笑みを眺めているうちに、ようやく声が出た。

「つまり、それがしがまだ使いものになるかどうか、重政に見張らせておられたと……」

「ゆるせ――とは言わぬ約束であったな」利長がきまりわるげに笑う。「豊後の剣気いまだおとろえず、と復命をうけた」

ふりかえると、さきほどとおなじ場所に当の重政がしずかな眼差しをたたえて控えている。肚の底からおさえきれぬ吐息がもれた。「きょうは仕上げというわけでござるか……まんいち、それがしがかの者を返り討ちにしていたら、いかがなさるおつもりだったので」

利長は眉を八の字にひそめ、重政のほうへ目くばせした。そちらを見やると、いつも冷静な貌をくずさぬこの遣い手が、困《こう》じ果てたような表情をうかべている。

「まこと不躾《ぶしつけ》な言いようながら」重政は額のあたりへ手をやった。「それはまずありえぬと存じまする」

「申すことよ」長頼は苦笑して面をもどした。「……なんとも念の入ったことでございますな」

「それくらいせねば生きのこれぬ」利長が真顔でいった。「わしは弱いゆえな」

長頼はめずらしい生き物でも目にする思いで若いあるじに見入る。もののふの道をあゆんで四十年以上になるが、自分のことを弱いという武士に逢うのは初めてであった。

「わしは弱い」利長はおのれにむかって確かめるごとく、いま一度つぶやいた。「武勇も知略も、とうてい父上には及ばぬ……むろん、そなたや重政にも」

どう応じてよいものかわからず黙っていると、利長がずいと近づき、手をのばせば届くほどのところに座りなおした。これまで見せたこともないほど強い視線を向けてくる。「が、それでいて、わしは強い——なぜか分かるか」

「禅問答は不得手でござる」長頼は途方に暮れた体で首をかしげる。このようにややこしいことを言うお方であったろうかと記憶をまさぐったが、思い当たるものはなかった。というより、この若いあるじに関心を向けたことがほとんどなかったと気づく。

「おのれが弱いことを知っておるゆえじゃ」利長は唇もとに笑みをにじませた。不敵とさえいえるほどの面がまえとなっている。「それに関しては、何人《なんぴと》にも引けをとらぬ」

長頼は毒気を抜かれたようになって若いあるじの言に翻弄されてしまう。利長が口にすることすべてが思いがけぬもので、まるで違う国から来た人間が発しているようであった。

「わしは……いや、前田家は徳川につく」さりげない口調で利長が付けくわえる。きわめて重大な宣言だが、さきだって投げかけられた言葉のかずかずに頭がしびれたようになっており、

「さようでござりまするか」

とっさに間のぬけた答えをかえしてしまう。口に出してからあわてて言いなおした。「豊家に弓ひくおつもりで」

「さようなこともあるかもしれぬ」利長はさらっとこたえた。その声には、後ろめたさもなければ、新たな道をえらぶという昂揚すらうかがえない。「が、当面それはあるまい」

「……と申されるゆえんは」

「内府はまだ、そこまでせぬ」

言いきった口調にはよどみがない。同意できるかどうかとはべつに、いま話していることが熟考を経たものであるとは察せられた。「秀頼ぎみを敵とせば、加藤・福島ら豊家の子飼いを取りこめぬゆえ」

「されば、内府はだれと弓矢をまじえまする」言いながら、さすがにこれは愚問だったと気づく。

「そなたが呆けておらぬことは、とうに明らかぞ」若いあるじも苦笑をうかべた。

「石田治部に決まっておろう」

むろん、そうにちがいない。佐和山に引っこんだとはいえ、このままおとなしく生涯を終える男とはおもえぬ。豊臣家を、否、亡き秀吉が築いたものを守ることこそが、かの者の生きるようすがなのだ。家康が天下を望むなら、はばまぬわけはなかった。

いっぽう長頼からしてみれば、まずは前田の安寧こそがだいいちである。突き詰めてしまえば、天下の権をにぎるのは豊臣でも徳川でもよかった。が、豊家の世に関しては大殿利家こそがその一翼をになってきたのである。やはり、その衰滅を惜しむ気もちはあった。

「三成につこうとは思われませぬので」愚問ついでと開きなおってぶつけてみる。

「つく理由がない」利長は淡々とした口調でかえした。「石田にては天下が平らかならざること、はや歴然……騒ぎをおさめたは、ほかならぬ内府であろう」

七将との紛擾《ふんじょう》をいっているのだ。夜の向こうへ去っていく頑なうしろ姿が脳裡をよぎった。三成の誠はうつくしいが、あまりにもせまく険しい。たしかに、天下の輔《ほ》弼《ひっ》としては悲壮のにおいが濃すぎた。

長頼は腕を組みながら、利長の言を二度三度と反芻する。そこへ、唐突にことばがつづけられた。「と言いながら」

「は――」

とまどって若いあるじを見やると、唇をねじるような笑いをうかべている。「さらなる備えもこれあり」

長頼は首をかしげた。あれほどはっきり家康へつくと言いきっておいて、さらなる備えとはなんであろう。

「弱き者は、一にも二にも用心が肝要でな」幼な子に言いきかせるがごとき口ぶりで利長はいった。「なにゆえ長次を孫四郎につけたか、考えたことはあるか」

いきなり息子の名前を出され、ことばに詰まる。

利家とまつの次男・孫四郎利政は能登二十二万石を領しているが、完全な分家というわけではない。賤ケ岳のころは当の利長が似たようなかたちで越前府中を預かっていたのである。家臣の往き来もゆるやかであるから、長次が利政づきとなったについても、とくに疑問をいだいたことはなかった。

「知ってもおろうが、孫四郎は豊臣びいきでの」利長はまなざしをあげ、思いをめぐらすように口髭をもてあそんだ。「うまくつかえば、どう転んでも前田の家は残る」

まるで徳川の家来じゃの、と吐き捨てた若い声が耳朶によみがえる。長頼は応えをかえすことも忘れて、若いあるじの貌を見つめた。利長は、ひとつひとつことばを選ぶようにして語を継ぐ。

「その舵とりを長次に託したのじゃ――利《き》け者ゆえ、な」

「利け者……」切れる男だ、と言っているのである。が、そのことばが、すぐには頭のなかへ届いてこない。屋敷の玄関で逃げるように帰っていくさまだけが浮かんでいた。「せがれが、でござりまするか」

「そなたは知るまい」利長はいたましげに目を伏せ、こうべをふった。「いや、知ろうともせなんだはず」

いきなり胸倉をつかまれたような衝撃をおぼえ、長頼はかるい目眩《めまい》におそわれた。たしかに、若いあるじ同様、長次のこともたよりなき未熟者と決めつけ、その奥に何かがあるなどとは考えもしなかったのである。

「……ま、親がえらいと、子はなかなかたいへんでの」

押し黙ってしまった長頼をさし覗くと、利長は剽《ひょう》げた声をあげた。「彼奴とは、ようそんな話もした」そこまでいって、やわらかい笑い声をたてる。「同病相憐れむ、とは言うでないぞ」

長頼はふかい溜め息をついて碧い空を見あげた。多聞丸の影はなかったが、かわりに鷺《さぎ》が一羽、白い翼をはばたかせて中洲のほうへおりていく。生い茂った葦がかわいた音をたてた。

かるい虚脱感が全身をおおっている。が、おそらくは知らぬうちにおのれが追い込んでもいたであろう倅を、この若いあるじがたしかに認め、受けとめてくれていたことに、どこか救われた思いもいだいていた。

「——もはや、異をとな

利長がうなずきかえす。「ありていにいえば、そういうことになる」

「が、それでも大殿の意に背くは不承知と申したら」長頼はまっすぐに若いあるじを見据えた。「こたびこそ、まことに成敗なされまするか――片山伊賀のごとく」

「片山……」

やけに間のびした声が、利長の喉から発せられた。

一瞬の間をおき、笑声がこぼれる。まことおかしくてたまらぬ、というふうな邪気のない笑いかたである。長頼は呆気にとられたまま、なすすべもなく髭をしごいていた。ひとしきり笑うと、若いあるじは頬をゆるませたまま告げる。

「彼奴の成敗は、亡き父上の置き土産よ」

とっさには二の句がつげぬ。長頼は不審の色を満面へあらわすようにして眉をよせた。

若いあるじがことばをつづける。「片山は内府に通じておった」

おもわず絶句した。ふりむいて重政を見ると、おもてを伏せながらもはっきりと頷きかえしてくる。長頼は詰め寄るように若いあるじへ問いかけた。「間者ということでござりますか」

「そこまでではない」利長は忌々しげにかぶりをふった。「金子と引きかえに、たびたび当家の内情を洩らしておった。その金は道楽につぎこんでおったようでの」

言われてみれば、茶器や住まいの造作によく金がつづくものと感心したおぼえがある。それ以上は穿鑿もしなかったが、考えてみれば迂闊なことであった。間者や内通は、それこそどこにでもある話なのだ。もはや遠いむかしのことだが、若き利家と長頼の流浪も今川の間者を斬り捨てたことからはじまったのである。

「たわいないともいえるが」若いあるじが唇元をゆがめた。「むろんそのままには捨ておけぬ。尻尾をつかんだは今年にはいってからじゃが、父上は手を下されなんだ」

「なにゆえでござります」

長頼はいぶかしげな声をもらした。獅子身中の虫を放っておく利家でもないはずである。

「いまは内府との和談が先決ゆえ波風たてるは下策、と申された……一見もっともじゃが」利長は顎のあたりへ手をやり、考えこむように髭をまさぐった。「まことのところはちがう、とわしは思うておる」

「——と申されますと」

「そなたよ」利長がいきなり顔をあげ、真正面からこちらを見つめてくる。「片山は村井と縁を結びしものなれば」

「まさか」長頼は失笑した。「そのようなことで躊躇《ためら》われる大殿ではございませぬ」

「弱っておられたのじゃ」利長がさびしげな笑みをうかべた。「むごきことをなすには気力が要ろう。そのお力が、もうなかった……ほかならぬ、そなたにかかわることゆえ」

「…………」

「が、わしはそれを不甲斐ないとはおもわぬ。つねにおのれへ厳しかった父が、最後の最後で情に負けた……子として、むしろほっとするわ」

ふいに利長がくすりと笑った。大殿と似たところのないお方、と思っていたが、その笑いかただけは瓜ふたつといってよかった。「おかげでわしが長次へむごい役をになうことになったがの」

「……おそれいりまする」

長頼はこうべをたれた。若いあるじと倅のあいだにどのような遣りとりがあったのか、うかがうすべもない。が、利長がごまかしなく長次と向き合ったであろうことだけは想像できた。

「始末するなら、代替わりのどさくさがよくある話」

若いあるじがひとりごつようにつぶやく。それは当を得た思案であるとおもえた。なにしろ、おのれもそのようにして斬られるのだと覚悟したばかりなのである。

「さはいえ」利長は苦笑をもらした。「内府も気を揉んでおろうから、さっそく伏見に出向いて逆意なきところをしつこく見せておいた」

高台院がたずねてきた折のことであろう。利長は利長なりにぎりぎりまで己の持てるものを注ぎこんで家を守ろうとしているのだ。

とつぜん頭上でするどい啼き声がとどろいた。いつの間に近づいていたのか、多聞丸が獲物をもとめて大空をめぐっている。長頼も利長も、力づよくはばたく翼につかのま目を吸い寄せられた。

「――秀頼ぎみをお守りせよとのご遺言はいかがなされまする」

ややあって発した声は、われながら弱々しいものだった。おまつさまが口伝えで書きとった遺書には、秀頼公へ謀叛をくわだてるものあれば利長・利政そろってこれにあたるべし、という一節があったのである。

「詭弁《きべん》と聞こえようが」おだやかな口調になって、若いあるじが告げた。「父上のお立場からは、そうとしか書けまい。盛者必衰《じようしやひつすい》のことわりは、だれより弁《わきま》えたるお方……わしには、あの父がどうでも遺言にたがうなと眉つりあげておっしゃるさまは思いえがけぬのだ」

長頼は面を伏せて黙りこんでしまう。利長の言い分すべてに納得したわけではないが、そこに抗うことのできぬ勁《つよ》さがひそんでいるのもたしかだった。

「さきほども申したように、こたびは内府と石田のあらそいとなろう。まず秀頼ぎみに累はおよぶまい……そのさきは」利長はかすかに苦い色を頰のあたりへよぎらせた。「できのわるい倅がご遺言をないがしろにしたということでよい」

「…………」

「生きのこるためなら」若いあるじは、声に力をこめていった。「この利長――内府が足の裏まで舐めてやろうわえ」

長頼は息をとめた。しばらくは身じろぎすることもできぬ。やがて、溜めに溜めた息をようやく吐きだした。あるじに向きなおり、ふかぶかと低頭する。「残りどれほどか分かりませぬが、このいのち、いかようにもお使いくだされ」

「――そうさせてもらう」利長がうなずき、右手を差しだしてきた。長頼は目を見ひらき、ぞんがい大きなその掌をみつめる。あるじがいたずらっぽい笑みを口辺にたたえた。

「そなたは知らぬか……むかし安土の南蛮寺でな」

言い終わらぬうちに、長頼はおのが腕をのばし、利長の手をとる。もののふにしてはやわらかく、指さきもほそかったが、握った感触もどこか利家に似ている気がした。「……神父《パードレ》に教わられたのでございますな」

おどろきの色を見せた利長が、やがて満面の笑みをうかべ、にぎった手へ力をこめてきた。

四

目のまえの侍が憔悴しきっているのは、ことばを交わすまでもなく明らかだった。眼窩《がんか》は落ちくぼみ、頰は無残なまでに削げている。ようやく三十を出たところのはずだが、知らなければ五十手前くらいに見えてしまうだろう。心なしか髷のなかにちらほらと白いものさえ混じっているようにおもわれた。

「まずは白湯などひとつ」

長頼がすすめると、放心した体で湯吞みを取ったものの、口へはこぶでもなく胸のあたりでとまってしまう。

国もとから出てきた士で、横山長知《ながちか》という。利長腹心のひとりであった。本能寺の変がおこった年、十五歳で父・長隆とともに利家へつかえたが、ほどなくその父が賤ケ岳の退却戦で落命し、若くして家を背負うこととなる。そのためか、胆のすわったもののふで、漢籍にも通じ武芸も精進をおこたらぬ。長頼などは、

――いささか、できすぎであるわえ。

と揶揄のひとつも投げてみたくなるが、これはひがみというものであろう。

が、いまはそれどころでない。お家の存亡がこの横山長知とほかならぬ村井長頼に

かかっているのだった。

利長が帰国したのを見澄ますようにして、家康が大坂城へ入ったのはさる九月のことである。高台院が明けわたした西の丸に腰をすえ、天下の執政として諸大名に号令をはじめた。かねて覚悟をさだめていたのだろう、整然と城を出た高台院はそのまま京の屋敷へうつったという。

すかさず讒訴《ざんそ》におよんだのは、五奉行のひとり増田長盛《ましたながもり》だった。利長が淀の方と密通し、いずれ夫婦となって天下の権をにぎる腹づもりで兵を養っているというのである。

あまりに馬鹿馬鹿しい流言で、まともに抗弁する気もおこらぬようなものだが、家康はこれにのった。密通うんぬんは聞き捨てにし、加賀に謀叛のたくらみありと決めつけたのである。

訴えたほうも取り上げたほうもどうかしていると長頼はおもうが、奥村助右衛門などは、どちらも承知のうえでの狂言だという。徳川としては百万石になんなんとする広大な領地と利家以来の強兵は、目ざわり以外のなにものでもない。口実さえあれば、よろこんで潰しにかかりたいのだ。

いっぽう、増田は佐和山への籠居《ろうきょ》を余儀なくされた石田三成の同志である。これは推測の域を出ぬが、大乱をおこして家康自身の出征に持ちこみ、その隙をついて石田が兵をあげる肚ではないか。

いずれにせよ、前田家としては徳川・石田の双方から責めたてられるかたちになったわけで、だれにも頼ることができぬ。

急を報《しら》せてきたのは五大老のひとり宇喜多秀家《うきたひでいえ》だった。利家の娘で太閤の養女となった豪を妻としている縁で、いちはやく加賀へ使いを立ててくれたのである。仰天した利長は、すぐさま弁明の使者として横山を上洛させた。

が、家康はいっこう聞く耳をもたぬ。

「あかしなくば、信ずることあたわず」

の一点ばりで、門前払いにひとしいあつかいをうけた。

さはいえ、企みなきことをあかしだてるは至難というものである。

むろん、家康もそんなことは分かっているにちがいない。承知のうえで前田を追いこんでいるのだ。

――だったら、いっそひと戦つかまつらん。

長頼はそうした気にもなるのだが、利長の絶対恭順はかわらぬ。ぶれのなさは徹底していて、むしろ感嘆してしまうほどである。

――さすがに、足の裏まで舐めるというだけはある。

それでいて、最悪の場合にそなえ、こっそり城の堀を深くしてもいるというから、ぬかりがない。これはこれで大したお方だと、しんじつ思うようになってきた。横山長知も一度でくじけるような男ではなく、年末にふたたび上洛したが、結果はおなじであった。

いや、より悪い。家康は会ってもくれなかったのである。

年もまたいで、こたびは三度目となる。はや北国の雪もあらかたはとけている。ここでしくじれば、遠からず大軍を差し向けられることになろう。横山の憔悴も無理はなかった。

「こたびは、副使として村井豊後をともなうべし」

というのが、あるじ利長の命である。

横山は元来、おのれを恃《たの》むことつよい男である。これまで使者に立ったおりも、この大坂屋敷へ顔を出しはしたが、ろくろく挨拶もせずに引きあげていった。こたびのあつかいはさぞ不本意に相違ない。どれほど不機嫌な面つきであらわれることかと身がまえていたのだが、いざ対面してみるとほとほと疲れきっているらしく、もはや表情というものが失せていた。

「……なにとぞよろしゅう」

ようやく発した声も、病人のようにしゃがれている。横山は湯呑みを口もとへはこぶと、どうにかひとくち含んだ。八畳ほどの間にずずっという音がこぼれる。

「ま、なにかあれば、それがしが皺腹《しわばら》切って殿に詫び申すゆえ、まずはこころ平らかにな」

気を引きたてるつもりで言ってみたが、耳にもほとんど入っておらぬらしい。木偶のように、こくりこくりと頷きかえすだけである。

そこでうなずかれても困るが、と長頼も腕組みをして考えにふけってしまう。

あるじ利長がおのれに副使を命じたのは、むろん家康への足がかりとなることを期待してであろう。

が、むかしからの知り人だからというて気をゆるすほど、甘い相手であるわけもない。のこのこ出向いていっても、ふたりして追い返されるのが関の山である。長頼とて交渉ごとが得手なわけでもない。途方に暮れる思いで、横山とふたり黙りこんでしまう。大殿ご存生なればこんなことにもなるまいに、と愚痴めいたものがこぼれかけたが、ふいに違うほうへ思いが向いた。

――大殿であれば、どうなさるかのう。

家康と互角に渡りあえたのは、信長・秀吉をのぞけば利家だけである。それはむろん地位や立場といったこともあろうが、長頼には、このふたりが人としてそういう組み合わせであった気がしてならぬ。おそらく、家康はどこか利家に頭のあがらぬようなところがあったのだ。

とくに浮かぶのは肥前名護屋で家康を抱きこみ、太閤の渡海を阻止したおりのことである。今にしておもえば、徳川としてはむしろ秀吉が朝鮮へわたり、不測の事態にでも遭ってくれたほうが好都合だったはずなのだ。

「あの仁《じん》はおのれを御《ぎょ》すること、おどろくほど巧みじゃが」あのあと、しばらくしての茶飲み話に大殿がつぶやいたものである。「懐へ飛びこまれると、ぞんがい退けぬところがある」

そのときは、ふむふむと聞いていただけであるが、なんらかの活路につながらぬものでもない。七将に追われた三成が徳川屋敷へ逃げこんだという風説も、家康のそうした一面があればこそだろう。

横山にその話をしてみると、死んだようであった双眸へわずかにかがやきがもどってきた。にわかに身を乗りだして問いかけてくる。

「飛びこむ、とはどのようにして」

「それはわからぬ」

あからさまに落胆の色をうかべた横山を尻目に、長頼はひとりごつようにつぶやいた。

「ここはひとつ大殿流で……。はて、大殿といえば、まずはなんであろうかの」

利家だのみはいささか情けないが、なんとしてでもこの隘路を開かねばならぬ。

「やはり槍の又左……でござろうか」

気を取りなおした風情で横山が口をひらいた。長頼もしきりとうなずいたが、すぐに首をひねる。

「こたびはいくさを避けるためゆえのう……ほかには」

「算盤にも通じておられた」

「そこはにわかに真似できるものでもない」

溜め息をついてかぶりをふる。

「──女子にも好かれるたちでござった」

思いつくまま発した横山のつぶやきに、おもわず苦笑する。「ますます真似できぬわ」

そう言い捨てた刹那、なにかが右から左へこめかみをつらぬいて通りすぎたように感じる。

「いかがなされた」

急に黙りこみ、髭をひねりはじめた長頼へ、横山が訝しげな眼差しをそそぐ。長頼はこたえを返すのもわすれ、脳裡にうかんだ考えを最初から検めはじめた。

通されたのは二十畳敷とおぼしき広間である。大坂城西の丸のなかでは、中くらいといった大きさだろう。待つほどもなく、ふたりの武士がいかにもしぶしぶといった足どりで入ってきた。明らかに立腹した顔つきの五十年輩が本多忠勝、ほっそりと品のある顔だちを不機嫌そうにしかめている四十がらみが井伊直政《いいなおまさ》である。忠勝とはいくぶん因縁があるし、直政ともたがいに顔くらいは見知っていた。どちらも家康の股肱《ここう》というべきもののふである。

「……うぬのしわざか」

腰を下ろす間ももどかしい、といった調子で忠勝が吐き捨てる。いくらなんでももう少し丁重に話せんのか、と言いかえしそうになるのを長頼は呑みこんだ。横山はすでに額へ汗をうかべ、不安げにこちらを見やっている。

「はて、貴公をお呼びしたおぼえはないが」

空とぼけてこたえると、忠勝は懐からなにかを取りだし、叩きつけるように畳へひろげた。「こんなものを寄こしおって、なんのつもりじゃ――」

長頼は目のまえに置かれたおんな文字の書状を見おろす。笑みが浮かびそうになるのをかろうじてこらえた。

京へ隠棲《いんせい》した高台院にいそぎ使いをおくり、書いてもらったものである。井伊直政あてに、横山・村井と面会するよう乞う内容であった。

女子と聞いてとっさに思いついた手だが、むろん直政と高台院につながりなどあろうわけもない。さぞかし驚愕したであろうことはたやすく想像できた。

家康あてでないのは、高台院をじかに騒動へ巻き込まぬためであるが、「多忙につき……」とか「おりあしく病中にて……」などと逃げられぬためも大きい。陪臣であれば、身分のつりあいからして、ないがしろにはできぬであろう。

あまたいる徳川の家中から直政をえらんだのは、この男が三河の出ではないからである。井伊家はもともと遠江の豪族で今川家に属していたが、義元の子・氏真に謀叛のうたがいをかけられて父が殺され、おさない直政は親族のもとへ身をかくした。家康に見いだされ、仕えることになったのは十五歳のときと聞いている。またたくまに頭角をあらわし、いまや本多・榊原と並び称される勇将だが、根からの譜代でないぶん、どこかしら徳川にとらわれないものの見方をしている印象があった。

逆にいえば、そこへつけこんだ。この書状を粗略にあつかえる男ではない、と踏んだわけである。交渉の場へ引きずりだすためのたくらみと分かっていても、応じずにはいられまい。むろん、本多か榊原あたりが同席することも織りこみずみである。ようは談義の席が持てればそれでよいのだった。

――ここまでは策のとおりじゃが……。

長頼はかたわらへ目くばせした。うなずいた横山がひとひざ進みでる。すでに精悍な面がまえを取りもどしていた。

「旧年来、再々内府公へ釈明つかまつった件についてでござりまするが」

「くどい――」

さっそく猛りたつ忠勝を制するように手をあげ、直政が冷ややかな目を向けてくる。「その儀については、われらあるじがすでにお答えしておりまする」

「証をもて、との仰せでござりましたな――」

横山が語尾を呑みこむようにしてうつむいた。ここからさきに話がすすまぬのである。長頼は咳ばらいをひとつすると、おもむろに口をひらいた。

「逆にお尋ねいたしまするが」

警戒するように直政が眉をよせる。横山も案じ顔でこちらをうかがった。

「あるじ利長が謀叛をたくらんだという証はいずこに」

「周知のごとく、五奉行がひとり増田どのより注進あり」

直政は淡々とした口調でかえした。

「この世には讒訴というものがござる……ほかには」

瞳を半眼のようにして、直政が口をつぐむ。このままやり過ごすつもりなのだろう。さすがに肝が据わっている。が、長頼はかまわずつづけた。

「謀叛の証なきことこそ、なによりの証にて」

「言いのがれはよせっ」

忠勝が咆哮する。本気で怒っているらしく、こめかみのあたりがびくびくふるえていた。

「――詭弁は見苦しゅうござる」

直政がしずかに言い放った。長頼はゆるやかにこうべをふる。「実際おこったことの証なればなんとでもして探しだしましょうが、なかったことの証は見いだすすべなきが道理」

皮肉めいた笑みをたたえて直政がつぶやく。「それでは埒が明き申さぬ」

「いかにも」ことさら幾度もうなずいてみせる。「ゆえに、べつの証を差しだしたく存ずる」

「……そはなんじゃ」

忠勝が頰のあたりを歪ませたまま、こちらを注視する。長頼はこたえるかわりに腰の小刀へ手をのばした。とっさに直政と忠勝が身がまえる。が、長頼は左手をあげてふたりを制すると、小刀を鞘ごと帯から抜き、目のまえの畳においた。

「なんの真似でござろうか」

直政の声は平静をたもっているが、あきらかに困惑の気配がふくまれている。

「罪なき証として、それがしの首を差しだし申す。さ、ひといきに突かれるがよい」

長頼は小刀に手をそえ、柄のほうを対手へ向けて押しやった。横山が啞然とした表情を顔に張りつかせている。

――おそらく、これが傾奇者のやりよう。

自分なりに利家流を咀嚼《そしやく》しているつもりなのである。徳川には勇将も智将もそろっているが、傾いた家風はなかった。いくぶんなりとも、そこに戸惑いが生じるはずである。

おのれの柄ではないと思っていたが、やってみるとぞんがい面白い。こんなことなら、若いころにすこし傾いてみてもよかったと考えていると、

「罪を負うて腹切るはよくある話なれど」直政がうんざりした声を発した。「潔白なる証として、われらに斬れとは無茶がすぎよう」

長頼は肩をそびやかして対手をにらんだ。「がんらい理にあわぬ疑いゆえ、証も理不尽たらざるを得ず」

「武人のくせに屁理屈をこねおって――」

忠勝が吐き捨てるようにいったとき、縁側でみしりという音がひびいた。座の四人がいっせいに口をつぐむ。その音は少しずつ動いているらしく、板をきしませながら、こちらへ近づいてくる。

じわじわと重い足音が迫り、障子に淡い人影が差した。その影は長頼たちのかたわらを行きすぎ、止まらずにすすんでゆく。通りすぎるのかと思って背筋をゆるめそう

になったとき、後方の戸がゆっくり開く音がした。徳川のふたりがそちらへ目をやり、あわてて面をさげる。

長頼は振りかえることもできず、ただその気配が近づいてくるのを感じていた。

全身の毛穴がひらき、脂汗がにじみでそうになる。呼吸があらくなり胸が上下しはじめたとき、厚い掌が肩におかれた。

「酷《むご》いようじゃがの、豊後」ささやくような声が耳もとへ落ちかかる。「そなたの首に、もはやそこまでの値打ちはない」

内大臣・徳川家康であった。

――ついに来た。

これまでの遣りとりは、むろんこの男に天《あま》の岩戸から出てきてもらうための空騒ぎである。

家康は長頼たちのあいだを通りぬけると、ゆったりした足どりで歩をすすめ、上畳に腰をおろした。直政たちが向きなおり、あらためて低頭する。

「……なきことの証は見いだすすべなし」粘りつくような声で家康がつぶやく。「うまいことをいいおる」

「殿っ」

本多忠勝が苛立ちまじりの声をあげた。とりあわずに重い息をはいた家康は、空へむかってささやきかける。「べつの証……これまた、なかなかよい」

「おそれいりまする」

長頼は膝に両手をあてて頭をさげた。

「が、なんであれば証となろうかの」

「は――」

こうべをあげて、つづくことばを待ったが、こたえはなかった。まるでだれもいないかのごとく、内大臣家康は周囲を見わたしながら首をまわしている。骨の鳴る音が昼下がりの大気に吸いこまれていった。

――こちらから示せ、と言うておられる。

そう解した。

家康とて、利長に野心なきことは端からわかっているだろう。そのうえで、なにかしら恭順の印をもとめているのだ。徳川としてみれば、前田をつぶすも利だが、加賀大納言の倅が率先してくだってくるのも利である。おそらく諸侯の帰趨にもおおきな影響をおよぼさずにはいないはずであった。

が、印とはなんであろう。

――人質。

思いつくのはそれである。が、むろん誰でもよいわけはない。村井長頼のいのちでは不足、と早々に釘をさされてしまっている。天下が、というよりは家康が納得する人物でなければならなかった。ようは、対手がなにを重んじているか、ということである。

――このお方の胸中へ分け入らねばならぬ。

そっと溜め息をついた。こうした忖度《そんたく》はなにより不得手である。だが、いまはそれをせねば利家の築いてきたものが滅びてしまう。

――大殿……。

もしまだ、魂魄《こんぱく》のひとかけらなりと現《うつ》し世《よ》に残っておられるなら、それがしに力をお貸しくだされ、と頭の隅で念じながら、懸命に利家や家康との来し方を思いかえす。ふかい沼をさらうようにして記憶をひもとくうち、さまざまなことばや場面が脳裡に浮かびあがってきた。

肥前名護屋で、「子をなくすは、ひとの悲しみのうち最たるもの」といったのは利家である。家康もまた、その悲しみを知るものであった。

――お子を差しだせばよいのだろうか。

が、幸か不幸かあるじ利長には実子がない。いずれは庶弟《しょてい》の猿千代を養子にして家督をゆずるつもりだと、金沢へ帰国するまえに聞かされた。大殿の側室・千世が生んだ子である。長頼はほとんど会ったことがないものの、利長によるとなかなか見どころのある少年だという。

とはいえ、いまはただの庶弟にすぎぬ。人質としてはやはり不足のそしりをまぬかれまい。だれならご満足か、と聞ければ苦労はなかったが、すでにその段階はすぎている。むろん、だれが人質かなどおのれが決めてよいわけもないが、今日を逃せば、もう家康を引きずりだすことはできぬであろう。ここにいたっては、最初に見せる札が同時に最後のものともなる。長頼は汗をぬぐうこともわすれ、拳をにぎりしめた。

――子でなくば、ご内室か。

利長の妻は亡き信長の娘である。格としては申し分ないはずだった。が、家康はよろこんで受けとるだろうか。なにかが胸につかえていた。

――このお方は、女子というものを重く見ておられるであろうか。

そこに確信が持てぬ。家康の正室はふたりいたが、どちらもすでに亡い。ひとり目は今川家重臣の娘で築山殿と呼ばれていた女性である。信長に謀叛のうたがいをかけられ、嫡男信康とともに死をあたえることとなった。ふたり目は、秀吉のいもうと旭《あさひ》姫《ひめ》だが、嫁いで数年のちに病没している。

築山殿とはあまり反りがあわなかったとも聞くし、旭姫にいたっては前夫と離別させてまで取りまとめた露骨な政略結婚である。そこに哀憐の気もちがうすいように感じるのは、おのれだけであろうか。側室とてあまたいるとは聞くものの、淀の方のごとき寵姫の噂はついぞ耳におぼえがない。

――女子にふかく心を寄せぬたちなのではあるまいか……。

そのように思えてならぬのである。

長頼は家康のおもてをうかがった。ながい沈黙に動じるようすもなく、悠然とこちらを見つめている。四十年まえにも、こうして若い家康と対面した。岡崎城の大広間である。「小そうなって生きてまいったゆえ」――かふかふと異様な音をたてて爪を嚙みつづけていた姿は、いまでも忘れられぬ。まるでいたいけな童のようであった。

――童……。

長頼はせわしげに髭をしごく。「はやく老いた」と名護屋で家康はいった。そうせざるをえない生き方を送ってきたのだろう。が、なればこそ、重厚そのものと見える外貌の奥に、どこか捨てきれぬ幼童の部分をのこしてはいないか。

わらべはなにを好むであろうか、と長頼はいきなり突拍子もない想念にとらわれる。さきほどから、横山が焦りに充《み》ちた視線を送ってくるが、あえて無視した。井伊や本多も黙りこくってしまった長頼から訝しげなまなざしをそらさぬ。

――菓子か、玩具か、あるいは虫とりか。

おのれが童だったころのことは、あまりに昔すぎてすぐには思いだせない。胸もとを汗のひとつらなりが流れおちた。

——長次はどうであったか……。

できれば思いかえしてやりたいが、いくさに次ぐいくさで、ろくに遊んでやった記憶もない。歯嚙みする思いで額ににじむ脂をぬぐった。うかぶのは、おとなになってからの倅ばかりである。

——めずらしくも、母上がお越しとうかがい……。

そそくさと去ってゆく背中が瞼の裏をよぎった。

その瞬間、長頼は閃光につらぬかれた心地で、おもわず片膝をたてている。井伊たちが顔をこわばらせ、腰のものに手をのばした。

——母じゃ。

童になくてならぬのは、母でなかったか。長次は、おのれに話せぬことも、みうになら距てなく口にできるのだろう。家康とて、生き別れた母に会うべく、桶狭間の前夜、再嫁した先までたずねていったと聞く。いかにしても要請にしたがわず、こばんでいた上洛をついに受けいれたのは、秀吉が母の大政所を人質に差しだしたからであった。

——だとすると……。

「芳春院さま……」

家康の貌を真っ向から見据え、押しだすように長頼は発した。もはや問いを忘れるほどながい沈黙を経ていたが、なにを証とするか、という応えのつもりである。徳川のふたりはもちろん、横山もなんのことやらわからぬらしく、戸惑った表情をあらわにしている。

半眼になっていた家康が、ゆっくりと瞼をひらいた。室内に漏れ入る日ざしの加減か、その瞳がみょうに茶色がかって見える。家康は、そのまなざしをわずかに細め、そっとうなずいてみせた。

五

見なれた明り障子が目のまえいっぱいに広がっている。顔を近づけすぎているから、そうなるのだった。

村井長頼は広縁に腰をおろしたまま、何度目かの溜め息をついた。戸のむこうへ声をかけんとするものの踏んぎりがつかず、さいぜんから膝をついたまま、吐息ばかりをむだに繰りかえしているのである。

障子をへだてた室内にいるのは、むろん芳春院おまつさまである。ことのしだいを報告せねばならぬが、いかにも気重であった。

当主・利長の母であるおまつさまを江戸へ人質として差しだせば、潔白の証左としてみとめるであろう、というのが徳川方からの最終回答である。

長頼がおもうように、家康のなかに残っていた童がそれを受け入れたのかどうかはわからぬ。横山長知は、「なるほど、諸侯ご正室のなかでもかくべつ重んじられておる芳春院さまなれば、徳川とて不足はございませぬの」と上気した顔で言っていたから、あるいはその辺りが正解なのかもしれない。が、おそらく当の家康にもしかとは答えられぬところなのではあるまいか。

さっそく横山を金沢に下向させ、あるじへの復命をゆだねた。

利長はむろん応じるであろう。もはや、ほかに生き残るための方途はない。問題はおまつさまである。この話を聞いて、どのようなこたえを返されるか、予想がつかぬ。

なにしろ亡夫利家とともに乱世を乗り越えてきた女人なのである。おとこどもの不甲斐なきこと、と謗《そし》られてふしぎはない。

そのような叱責は長頼が引きうければすむことだが、かなめとなるのは江戸下りを承知してくださるかどうかである。

聡明なお方であるから、いやじゃいやじゃと子どものように否むさまは想像できぬ。長頼がおそれているのは、

「これ以上、お家がすたれゆくさまを見るは耐えがたし」

と自害されはせぬかということであった。

真冬に逆もどりしたかのような風が吹きぬける縁側に坐しながら、あとからあとから厭な汗が首すじのあたりに湧いてくる。ときおり侍女や家中の者らが不審げなまなざしを向けて通りすぎてゆくので、なおさらいたたまれぬ心地であった。

――いつまでもこのまま、というわけにはいくまい。

覚悟を決め、おおきく息を吸ったとき、

からり

と音がして戸がひらいた。

身をすくめて見あげると、法体のおまつさまが困ったように眉をひそめてたたずんでいる。

「あまり長う座っておられると冷えまするよ」

「……ご存じでござりましたか」

「障子に影がうつっておりますゆえ」

淡々とした口調で言い添えると、身をひるがえして部屋のうちへもどってゆく。墨染の衣が畳を撫で、やわらかい音をたてた。

目通りをゆるされたと解し、長頼は一礼して室内へ膝をすすめた。なかは火鉢の熱でほどよくあたためられている。気もちとは裏腹に、すこし軀がゆるむのを感じた。

利家の居間であり、病をやしなってもいた十二畳ばかりの一室である。文机などの調度は生前のまま保たれ、おまつさまはほとんど外へ出ることもなくここで起き伏ししているのだった。もともと快闊なご気性だけに、哀しみのふかさが分かろうというものである。

「まずは、あたたまりなされ」

そういって、おまつさまは白湯の入った湯呑みを長頼のまえにおいた。目礼して手にとる。ほどよい熱がかじかんだ手指に染みとおっていった。

「さきほど、早馬の立つような音がいたしましたなあ」

唐突におまつさまがつぶやいた。全身がびくりとふるえ、長頼は湯呑みを取りおとしそうになる。

おそるおそる目をやると、おまつさまがしずかな眼差しでこちらを見つめていた。齢とともに少しずつ脂もぬけ、皺も増えてはいるが、いつもなにかに驚いているようなきらとした瞳は若いころからかわらぬ。美貌というても、へつらいにはならぬであろう。その姿を尼僧の衣につつみ、すべてを見透かすような視線を向けられると、なにやらこの世ならぬ者と対しているようで、かすかな威圧感すらおぼえてしまう。

動悸をおさえかねるままに、

「横山長知どのが国もとへ向かわれまいてござりまする」

どうにか返答した。

「──ただちにお留めなされ」

はっとするほど厳しい声でおまつさまがいった。長頼の肩がぴくりと撥ねる。

「不甲斐なき伜に、言うてやらねばならぬことがあります」

おまつさまは詰め寄るように膝をすすめた。気圧される体で長頼の上体がくずれ、とっさに左手をついてささえる。

そのままの姿勢でおまつさまと向き合った。吸う息吐く息がわかるほどの近さである。見開かれたおおきな瞳に、はっきりと熾火《おきび》がうつっていた。火鉢ひとつの部屋が蒸し風呂のように熱く感じられる。

「この母を捨てよ、と」おまつさまはひといきに言いきった。目がこわいほど輝いている。「そう利長に伝えるのです」

「芳春院さま……」長頼は荒い息を吐きだした。まるで重政と斬りあったときのような重圧を覚えている。「なにもかも、ご承知でおられますのか」

おまつさまは、ふっと表情をゆるめた。居ずまいをただすようにして、もとの位置へなおる。「ここに籠っていても、たいていのことはわかりまする……頼みもせぬのに、噂好きな侍女たちがいろいろと教えてもくれまするし」

「さようで……」長頼は呆けたようになって力の抜けた声を発する。それでも、すぐに気を取りなおし、ことばをかさねた。「が、今日のなりゆきは、いまだそれがしと横山しか知らぬはず」

かろやかな笑い声がおまつさまの唇から漏れた。「長頼どのがあんまりながく縁側で躊躇っておられますゆえ、すっかり見当がつきました」

「……おそれいりまいてござる」背中から力がぬけた。大殿もたいがい並はずれていたと思うが、おまつさまにもまるきり歯が立たぬ。この方が男であればと思いかけ、すぐ胸のうちでこうべをふった。女子であるからこそ、おまつさまはかほどに慧《さと》く、勁いにちがいない。

「わたくしが江戸へいけば、前田のお家は救われる、ということでございましょうか」声音をあらためて、おまつさまが問うた。長頼は背筋をのばし、おもい声を絞りだす。

「仰せのとおり……まこと、われらみな面目なき次第にて」

おまつさまはゆるやかにかぶりを振った。

「生きてゆこうと思えば、不甲斐なきことも呑まねばなりますまい」なにかを思いおこすように目を伏せ、語を継ぐ。「大殿とて、そうしたことはあまた味わわれたはず」

長頼はわずかにうなずき返した。秀吉をえらんだことにあるじが悔いをいだいていたとは思わぬが、意に染まぬことは無数にあっただろう。が、それでも利家がおのれの果たすべき役割を投げ出さなかったことは誰よりも知っているつもりだった。

「されど、この先もしも徳川どのと手切れのときは――」透きとおった瞳が長頼に向けられる。「遠慮のう、この母を見殺しにせよ、と伜にお伝えくださりませ」

長頼は無言のまま、目のまえに坐す小柄な尼僧を見つめる。滅相もない、とか、そのようなことは断じてありませぬ、などと答えるべきかと思ったが、取り繕ったことばをいくらならべてみても、この女人の覚悟をけがすだけのような気がした。すっと息を吸いこみ、おのれの膝につくほどふかく頭をさげる。

「しかと承って候」

顔をあげると、ふしぎなほど晴れやかなおまつさまの笑みが眼前にあった。その微笑にむけて言い添える。「なれど、お方さまのみを行かせはいたしませぬ」

「え……」

虚をつかれたという表情で、おまつさまが驚きの声をもらした。長頼はことさらほくそ笑んでみせる。

「ようやく驚いていただけまいたな……今日はこちらが肝を抜かれてばかりゆえ」

「ま――」おまつさまが楽しげに笑った。

「村井長頼、江戸へお供を願いでる所存にて」

それは帰る途々《みちみち》ずっと考えていたことであった。やむを得ぬことではあれ、おまつさまの名を徳川へ示したのはおのれである。送りだして知らぬ顔というわけにはいかなかった。並はずれた女性とはいえ、五十もなかばとなってから見知らぬ土地で暮らすのである。なにほどの役にたつとも思えぬが、昔からの家臣であるおのれがそばにあれば、いくらかでも心丈夫なのではないか。

「………」

おまつさまは、しばし考えこむ風情で手もとに目を落としている。わしではご不満であったろうかと案じはじめたころ、ようやく視線があがった。

「ひとつだけ、お願いがござりまする」瞳がいたずらっぽくきらめいている。

「なんなりと」

こたえながら頭をかしげた長頼にむけ、おまつさまが言い放った。

「――みう殿もお連れなされませ」

喉の奥で呻き声が出るのを抑えられなかった。長頼は口を半開きにしたまま、おまつさまを見つめる。いつの間にか、すっかり以前のような血色をとりもどし、上気した頬はまるで若い子守り女かなにかのようでさえあった。

――聞きちがいか。

と思いたいが、むろんそうではない。たしかに、みうと言った。が、嫁入りのとき、はまと名をあらためたきり、外向きでべつに名のったことはないのである。

長頼はもはや何度目かわからぬ大きな吐息をつく。どこまでご承知で、と聞きそうになったが、やめておいた。それこそ藪蛇というものであろうし、この方のことである、おそらく何から何までご存じなのにちがいない。

「こう申しては失礼ながら」おまつさまが真顔になってつづけた。「長頼どのもよいお齢……そろそろ女房孝行でもなされませ」

「……………」

「われらは大殿が病となられ、ようやく夫婦《めおと》らしい刻をもつことができました」白い尼頭巾のなかで、おおきな目がすこし寂しげな色を帯びた。「それもしあわせではござりましたが……そうした暮らしがもう少しながくとも、罰はあたりますまい」

「そのとおりではござりますが……」

とまったはずの汗がまた滲みでてくる。おまつさまはかまわずに膝をすすめてきた。

「江戸でのつれづれに、みなで大殿の思い出ばなしなどいたしませぬか」

「いや、それはいくらなんでも……」

うなだれそうになる額をかろうじて掌でささえた。たのしげな笑い声があがる。

「もう妬《や》くような齢でもござりませぬよ……側室もたんとおつくりになられましたしね」

「いかさま」長頼はおもわず破顔したが、すぐに容儀をあらため、背筋をのばした。

「まことにありがたき仰せなれど、その前にお方さまへ詫びねばならぬ儀のこれあり」

「なにごとでござりましょうか」首をかしげた拍子に白い頭巾がふわと揺れる。

「……ほかでもない、大殿のみまかられし前日、みうをつれて参上つかまつった折のことにて」

おまつさまが別室でやすんでおられると篠原出羽から聞き、とっさに利家とみうをふたりにしたことである。かすかな、それでいてたしかな後ろめたさをずっと感じつづけていた。

尼頭巾にくるまれた顔がほころび、おだやかにこうべをふる。「詫びることなどありませぬ」

「されど――」

口をひらいたところへ、おまつさまのやわらかい声がかぶさった。「わたくしが座をはずしたのですから」

あの日、長頼とみうが訪れたと聞き、すこし休むと称して引きあげたのだという。

「さすがに、長頼殿があそこまでなさるとは思うておりませなんだが」なにかを思いだしたらしく、こらえかねたという体で笑声をもらす。「もどってきましたら、出羽殿がなにやらあわあわしておられまして」

尋ねたところ、苦もなく白状したという。長頼は内心で舌打ちした。事情を知らぬゆえ無理もないが、まこと気の利かぬ男である。もしもふたたび会う機会があったなら、厭味のひとつも言うてやらねばならぬと思った。

「わたくしの方こそ、みう殿に詫びねばなりませぬ」ふいにおまつさまが笑みをおさめ、そっと頭をさげた。長頼は面喰らってことばも出ぬ。それこそ、あわあわと狼狽《うろた》えるばかりであった。

「あの方が荒子へこられたとき」おまつさまはするどい痛みに耐えるごとく顔をしかめた。「わたくしは知らぬふりをいたしました……あのときは、いいえ、あのときだけは、どうしても他の女子にいてほしくなかったのです」

「お方さま――」

長頼はおもてを伏せた。あのときだけは、というおまつさまの気もちが苦しいほど分かる気がする。長い流浪のあとに、ようやく親子そろって暮らせるようになった折であった。

「お側へあがれるよう、はからわねばならなんだのに……お赦しなされてくださりませ、もののふの女房にあるまじき、こころの狭さでござりました」おさない少女がいやいやをするように頭をふる。白い尼頭巾がはげしくみだれた。

「――詫びることなどござりませぬ」

長頼は、うつむいたおまつさまを包みこむように、そっと両肩に手をそえた。むろん作法を越えた振る舞いだが、いまだけはお許しくだされ、と胸のうちで利家に語りかける。

おまつさまがふしぎそうに顔をあげ、問いかけるようなまなざしを向けてきた。長頼はその視線を受けとめ、にこりと笑いかえす。

「おかげでみうは、それがしと添え申した――これぞ、あの者の果報にて」

「まあ」おまつさまが目もとにたまった滴を指さきではらって吹きだした。「長頼どのもいつの間にやら、粋《いき》な殿御になられましたなあ」

「なんの」照れかくしに顔をしかめ、しきりに長い髭をしごく。「この村井長頼、日の本いちの無粋《ぶすい》者でござりまするわい」

六

左右に寺院の甍《いらか》が建ちならぶ街道をゆっくり進んでゆくと、右手のほうにやや細い脇筋があらわれた。

長頼は馬上からその方角を振りあおぐ。なだらかな上りとなっているその道は、利家が眠る野田山《のだやま》の墓地へ通じているのだった。さっそく明日にも詣でることとなっている。

江戸行きを来月にひかえ、身辺の整理をかねて金沢へ帰国したのである。口には出さぬが、この町にもどることはもはやあるまいと思いさだめていた。

「――つかれてはおらぬか」

かたわらの駕籠に声をかける。するりと乗りものの戸がひらき、面映げな表情をうかべたみうが顔をのぞかせた。

「このようなものに乗せていただき、つかれる道理もござりませぬ……まこと、罰があたりはせぬでしょうか」

なかば本気で案じているらしい声音に、おもわず苦笑する。

「なに、どうせ奥村へ返すついでよ。おおきな顔で乗っておればよい」

「とは申されましても……」

昨年、奥村助右衛門が国もとからみうを連れてきてくれた駕籠なのである。金沢へもどると聞いて、

「かさばるゆえ、持て余しておったところよ。ついでに我が屋敷までとどけてくれ」

例によって素っ気なく言い渡されたのだが、むろん、かの者なりの心づくしとわかっている。とはいえ、すなおにそうと認める男でもない。こちらがにやりとして、

「では、礼に加賀の酒でも持って帰るとしよう」

と応じると、

「呑まぬと知っておろうが――」

これまたつねのごとく、癖のある嗤いで返されたものであった。

「……それにしても、おまえさまは、すっかりおやさしくなられて」

みうが、からかうような口調でいう。駕籠を舁《か》いている中間どもが頬をゆるませそうになり、あわてて口もとを引きしめた。長頼はしぶい顔をつくり、ぷいと目をそらせる。

「そなたこそ、すっかり無駄口がおおくなった」言いながら、ねじるように髭をしごく。「だいいち、わしは、とうからやさしい」

軽口のつもりであったが、

「ほんに、さようでござりましたなあ」

まじめな顔でいくどもうなずきかえされ、なんともきまりがわるくなって、つづくことばが出なくなった。

犀川《さいがわ》へかかる木造りの大橋が近づいてくる。山なみをこえてきた水が流れているのだろう、ゆたかな瀬音がはっきりと聞こえていた。

――この橋も大殿がつくられた……。

むろん橋だけではない。じっさいに過ごした刻こそみじかいが、この町の縄張りに心をくだいたのは利家である。すみずみまでその魂が行きわたっているにちがいない。

ひとあしひとあしを惜しむように、長頼は馬をすすめた。橋へかかると蹄《ひづめ》が木のおもてを叩く音が心地よくひびく。かすかに靄《もや》のかかった大気のなか、朝のひかりをいっぱいにふくんだ川水が視界のかぎりを横切ってながれていた。

「豊後どのーっ」

急に名をよばれて我にかえり、前方を見やると、対岸にたたずむ二騎の影が目に飛びこんできた。

とおもう間に、向こうから橋をわたって近づいてくる。

高畠石見と篠原出羽であった。

「わざわざのお出迎えでござるか……恐れ入り申す」

綾藺笠の頭をさげると、ふたりも長頼とみうに黙礼をかえしてくる。出羽が待ちかねたように含み笑いをうかべた。

「石見どのが早う行こうと、うるそうござりましてな」

それにはとりあわず、高畠石見が告げる。「殿もお待ちかねじゃ――今宵は呑み明かそうぞ」

「明日は墓参でござるよ」

苦笑していなすと、めずらしく石見が食いさがった。「大殿とてお赦しくだされよう……足腰たたぬまで呑ませてやるわ」ふとその声が湿りをおびる。「江戸へなど行けなくなるほどにな」

「そうは参りませぬ」長頼はからりと笑った。「呑みくらべなら負けはいたしませぬぞ……が、まずは出羽めをつぶしてやらねば」

「なにゆえそれがしで」篠原出羽がきょとんとした顔で応じるので、おかしくなってつい吹きだした。

大橋をわたると、干物や桶、鋳物などを商っている小店がいくつもならんでいる。町人や商人たちが、朝からいそがしげに立ち働いていた。騒々しいまでの活気が町じゅうに満ちている。

――尾張へ帰りたいのう。

ふいに、賤ヶ岳で落命した小塚藤右衛門のことばが脳裡によみがえった。長頼も、以前はそう思うことがあったが、いまはその気もちが薄れているのを感じる。

「生まれた場所もだいじじゃが」長頼はひとりごつようにつぶやいた。「みなでたどりついたところはまた格別でござるの」

石見と出羽が顔を見合わせて首をかしげた。みうだけは、ただ夫を見あげてしずかな微笑をたたえている。

右かたへむけてゆるやかな坂をのぼってゆくと、小高い石垣のむこうに金沢城の天守がそびえていた。長頼は澄んだ日ざしにうかぶその影を食い入るように見つめる。瓦のひとつひとつや漆喰の白さまでこころへ刻むようにと、かたときも目をそらさずにあゆみつづけた。

＊

慶長五年五月、芳春院さま江戸ご下向なり。村井豊後守長頼、これに随《したが》ふ。この年七月にいたり、石田治部少輔三成、兵を挙ぐ。九月、神君《しんくん》家康公、関ヶ原《せきはら》にて勝ちを得られたり。

慶長十年四月、利長公、庶弟猿千代さまに家督お譲りのことあり。利常《としつね》公、これなり。

同年十月、村井長頼、江戸にて卒せり、齢六十三。

慶長十九年六月、芳春院さま人質の御役免ぜられ、ご帰国許さる。

慶長二十年五月、大坂の御陣にて豊家滅せり。七月、改元の儀あり。元和とさだめらる。

元和二年四月、神君家康公薨《こう》ず、御齢七十五なり。

元和三年夏、芳春院さまご上洛、高台院さまを訪《おとな》ひたまへり。芳春院さまに付きしたがふ尼ひとりあり。これ村井豊後が妻女なりといへるものありしかど、さだかには知るひともなし。

（「長頼記」）

解説

縄田一男（文芸評論家）

本書『いのちがけ　加賀百万石の礎』は、今年二〇二一年、第二作『高瀬庄左衛門《たかせしょうざえもん》御留書《おとどめがき》』によって全時代小説ファンの感涙を絞った砂原浩太朗の記念すべき第一著書である。

著者略歴にあるように、作者は一九六九年生まれ、兵庫県神戸市出身。早稲田大学第一文学部卒業後、出版社勤務を経て、フリーのライター・編集・校正者となる。二〇一六年、「いのちがけ」で第二回「決戦！小説大賞」を受賞。「決戦！小説大賞」とは、講談社が刊行していた書き下ろし歴史小説アンソロジー〈決戦！シリーズ〉に収録する作品を公募したもので、「いのちがけ」は『決戦！桶狭間《おけはざま》』（二〇一六年一一月刊）に収められた。

これが本書冒頭の壱之帖巻頭の「いのちがけ」である。この一巻は全部で参帖、計八篇の作品から成り立ち、前田利家とその股肱《ここう》の臣・村井長頼の二人が百万石の礎を築いていく様が描かれてゆく。

かくの如き秀れた一巻は、作品をして作品を語らしめるしかないので、物語の細部に触れる事がある。解説を読んでいる方は是非とも本文の方を先に読んで頂きたい。

壱之帖には「いのちがけ」と「泣いて候」の二篇が収められている。この帖において村井長頼はまだ未熟であり、武将としても男としても遠い存在である利家の傍《そば》近くに仕えるしかない。

前者では桶狭間前夜、利家が見捨てざるを得なかった丸根《まるね》砦の佐久間大学の死を長頼が「では――では、佐久間さまは犬死にでござりますか」と問うと「犬死になどない」「もののふは、いつもいのちがけじゃ。そなたとて、そうであろう」と武士の犬死にそのものを全否定されてしまう。

また、この話で、彩りとなっているのは寡婦《かふ》みうの存在である。彼女は長頼の支度を手伝い、その際胸元から、半分に折れた螺鈿《らでん》の櫛《くし》を落とす。この櫛が物語のラストで、長頼の淡い感傷を利家への憧憬《しょうけい》へと止揚する小道具となっている点が心憎い。

そして、平凡な容姿であると記されている、みうが、物語が進むにつれどのように変化していくかも読みどころの一つであろう。

また後者は、森部《もりべ》のいくさ場で臆病風に吹かれた長頼に利家は「うぬは――」「死にとうないと思うたであろう」と激怒する。そして「死にまする――つぎこそは死にまするゆえ」と言い訳をする長頼に「ちがうっ」「生きたい死にたいなど二の次」「ただ目のまえの敵を斃《たお》せ——それだけを考えよっ」と利家の怒りはおさまらない。

最後の一言「……とうに分かっておると思うていた」と言う利家の声が虚《むな》しく響く。長頼は「強う見えましょう」とはやしていたゆたかな顎髭を、まるで目の敵《かたき》にでもするかのように小刀で剃りつづける。

次の弐之帖は、初めに、長頼にとってどうにもいけ好かない利家の兄・利久の筆頭家老・奥村助右衛門が登場する。利久は人間としては好人物だが、武将としての器に欠け、信長をして「家督の儀は又左(利家)とせよ」と言わしめてしまう。

御家の落日にあって、この気に喰わぬ奴、助右衛門は利家も称讃するほどのもののふとしての気概をみせる事になる。

次の「不覚」は、竹中半兵衛が長頼に「村井どのは、なにゆえ髭を生やされませぬので?」と問い、絶句させるが、これが一つの伏線となっている。

前半は、有名な鳥居強右衛門の〝いのちがけ〟が語られ、後半は、明智光秀が具申する鉄炮の三段撃ちをとるか、竹中半兵衛の二段撃ちをとるかの話が描かれている。

そして、戦場で手傷を負った利家はあろうことか、長頼の肩を借りてしまう。そこで言うには「もうよいぞ」「生やしてよい、というておる」と、髭を生やすも生やさぬもその方次第だ、と主従の微笑《ほほえ》ましい会話で幕となる。

最後の「賤ケ岳」は、信長も、半兵衛もこの世にはいない後の秀吉と柴田勝家の主導権争いから、勝家の居城・北ノ庄《きたのしょう》炎上までが描かれている。

その中で長頼は、もののふの〝覚悟〟というものを思いしらされた佐久間大学を思わずにはいられない。その血族である佐久間玄蕃は勝家の甥であり、かつ、名将。そして、秀吉の家臣でもなく、勝家のそれでもない利家は、いずれにつくか迷いに迷う。が、結局のところ「心もちの、奥のおく」「信長さまに感じたものと、おなじでござった。筑前の、そのさきを見届けたいと……さよう思ってしもうたのでござりまする」と、武将として胸が躍《おど》るほうに与《くみ》したのである。

そして、勝家は「わしは、上様に胸躍りたることがなかった」と重い息と共に言葉を吐き出す。

最後の参之帖は――。

はじめの「影落つ海」は、秀吉の朝鮮出兵をめぐる物語である。何とかして秀吉の愚挙を止めんとする長頼の面構《つらがま》えに、かつての幼なさは微塵もない。死を覚悟した長頼に利家は「あやうく、そなたを犬死にさせるところであったわ」と言うが、当の長頼は「――犬死になどござりませぬ」と、遠い昔、あるじがおのれへ投げかけた言葉を返す事になる。

次の「花隠れ」は、醍醐《だいご》の花見から一年余、太閤秀吉もすでに亡く、老境の利家は遺物の分配に余念がない。その中で長頼は、自分にとって特別な二人、利家と正室まつについて思いをはせる。

一方、利家と長頼、そしてみうの艶めくも切ない思いもラスト、みうの一言によって見事に帰結する。

この参帖、八つの層に積み上げられた物語も、次の「知るひともなし」で幕となる。この話は利家が死んだ後の物語である。

大殿亡き後、加賀をどう守るか。前田家が徳川につく証《あかし》として、まつ、すなわち芳春院が人質として江戸に赴くのである。そして長頼も――。

これだけの物語が生き生きとした作中人物の躍動、巧緻繊細なたくまれた文体、そして極上の小説作法によって読者へ届けられたのである。

私は本書の初巻本の帯に
新人にして一級品。

歴史小説の新しい風が
心地よく頰を打つ。

確固たる文体の勝利である。

と記したが、この一文を認《したた》めた時の感動と興奮は、今もって消える事はない。

このような優れた第一作が発表されれば、当然、第二作への期待は高まるものだが、それを裏切る事なく刊行されたのが本稿の冒頭で触れた『高瀬庄左衛門御留書』

なのである。

物語の主人公は、神山藩《かみやま》で郡方《こおりかた》を務める高瀬庄左衛門。五〇を前にして妻を喪《うしな》い、今また息子を亡くす。そして、気随気ままに絵を描きながら、息子の嫁である志穂《しほ》とともに、ひっそりと暮らしている。が、そんな彼の元にも藩の政争はいや応なく押し寄せてくる――。

こう書くと、何やら藤沢周平めくが、砂原浩太朗は先達《せんだつ》の大きな壁を乗り越えようと最善の努力をしている。

作者の文体は、本書と同様、確かな重みで作中人物の心奥にいかりを下ろす。一例を挙げれば、物語の中盤、庄左衛門が、かつて自分が門弟であった道場主の娘・芳乃《よしの》と再会する場面はその好例である。

再会した芳乃の「おすこやかでおられましたか……あれから」という問いに即座に「幸せだったか、と聞いているのだ」と察した庄左衛門は、初めて過去のしがらみから現在を見はじめる。

このくだりは、物語の転換点とも言うべき重要さをもっているが、同時に、それぞれの作中人物の心の襞《ひだ》をも表している。

それは端的に言って、およそ人々が想像力というものを失なっている昨今、相手の心情を推《お》し量《はか》り、己の行動を律する、かつての日本人の美しさが如実に示されていると言っていい。

この二作目に関しても、書きたい事は多々あるのだが、未読の方の興を削《そ》ぐといけないので、この辺でやめにしておく。

ただ、これだけは言える。私は、砂原浩太朗がこれからの時代小説界をリードしていく存在になる事を信じて疑わない。

本書は二〇一八年二月に小社より単行本として刊行されました。

|著者|砂原浩太朗　1969年生まれ。兵庫県出身。早稲田大学第一文学部卒業後、出版社勤務を経て、フリーのライター・編集・校正者となる。2016年「いのちがけ」で第2回「決戦！小説大賞」を受賞。'21年『高瀬庄左衛門御留書』が第34回山本周五郎賞と第165回直木賞の候補となり話題に。同作で第9回野村胡堂文学賞、第15回舟橋聖一文学賞、第11回本屋が選ぶ時代小説大賞を受賞、「本の雑誌」2021年上半期ベスト10第1位に選出された。'22年『黛家の兄弟』（講談社）で第35回山本周五郎賞を受賞した。他の著書に『霜月記』（講談社）、『藩邸差配役日日控』（文藝春秋）などがある。

いのちがけ　加賀《かが》百万石《ひやくまんごく》の礎《いしずえ》

砂原浩太朗《すなはらこうたろう》

2021年5月14日第1刷発行
2023年12月8日第8刷発行

発行者──髙橋明男
発行所──株式会社　講談社
東京都文京区音羽2-12-21　〒112-8001
電話　出版（03）5395-3510
　　　販売（03）5395-5817
　　　業務（03）5395-3615

Printed in Japan

講談社文庫
定価はカバーに
表示してあります

KODANSHA

デザイン──菊地信義
本文データ制作─講談社デジタル製作
印刷───株式会社KPSプロダクツ
製本───株式会社国宝社

ISBN978-4-06-523462-4

講談社文庫刊行の辞

二十一世紀の到来を目睫に望みながら、われわれはいま、人類史上かつて例を見ない巨大な転換期をむかえようとしている。

世界も、日本も、激動の予兆に対する期待とおののきを内に蔵して、未知の時代に歩み入ろうとしている。このときにあたり、創業の人野間清治の「ナショナル・エデュケイター」への志を現代に甦らせようと意図して、われわれはここに古今の文芸作品はいうまでもなく、ひろく人文・社会・自然の諸科学から東西の名著を網羅する、新しい綜合文庫の発刊を決意した。

激動の転換期はまた断絶の時代である。われわれは戦後二十五年間の出版文化のありかたへの深い反省をこめて、この断絶の時代にあえて人間的な持続を求めようとする。いたずらに浮薄な商業主義のあだ花を追い求めることなく、長期にわたって良書に生命をあたえようとつとめるところにしか、今後の出版文化の真の繁栄はあり得ないと信じるからである。

同時にわれわれはこの綜合文庫の刊行を通じて、人文・社会・自然の諸科学が、結局人間の学にほかならないことを立証しようと願っている。かつて知識とは、「汝自身を知る」ことにつきていた。現代社会の瑣末な情報の氾濫のなかから、力強い知識の源泉を掘り起し、技術文明のただなかに、生きた人間の姿を復活させること。それこそわれわれの切なる希求である。

われわれは権威に盲従せず、俗流に媚びることなく、渾然一体となって日本の「草の根」をかたちづくる若く新しい世代の人々に、心をこめてこの新しい綜合文庫をおくり届けたい。それは知識の泉であるとともに感受性のふるさとであり、もっとも有機的に組織され、社会に開かれた万人のための大学をめざしている。大方の支援と協力を衷心より切望してやまない。

一九七一年七月

野間省一

講談社文庫　目録

鈴木英治　大江戸監察医
鈴木英治　望みの薬種〈大江戸監察医〉
杉本章子　お狂言師歌吉うきよ暦
杉本章子　大奥二人道成寺〈お狂言師歌吉うきよ暦〉
ジョン・スタインベック　齊藤　昇　訳　ハツカネズミと人間
諏訪哲史　アサッテの人
菅野雪虫　天山の巫女《みこ》ソニン(1)　黄金の燕
菅野雪虫　天山の巫女《みこ》ソニン(2)　海の孔雀
菅野雪虫　天山の巫女《みこ》ソニン(3)　朱鳥《あけがらす》の星
菅野雪虫　天山の巫女《みこ》ソニン(4)　夢の白鷺
菅野雪虫　天山の巫女《みこ》ソニン(5)　大地の翼
菅野雪虫　天山の巫女《みこ》ソニン　巨山《コザン》外伝〈予言の娘〉
菅野雪虫　天山の巫女《みこ》ソニン　江南《カンナム》外伝〈海竜の子〉
鈴木みき　日帰り登山のススメ〈あした、山へ行こう！〉
砂原浩太朗　いのちがけ〈加賀百万石の礎〉
砂原浩太朗　高瀬庄左衛門御留書
ラトナ・サリ・デヴィ・スカルノ　選ばれる女におなりなさい〈デヴィ夫人の婚活論〉
瀬戸内寂聴　新寂庵説法　愛なくば
瀬戸内寂聴　人が好き［私の履歴書］

瀬戸内寂聴　白道
瀬戸内寂聴　寂聴相談室　人生道しるべ
瀬戸内寂聴　瀬戸内寂聴の源氏物語
瀬戸内寂聴　愛する能力
瀬戸内寂聴　藤壺
瀬戸内寂聴　生きることは愛すること
瀬戸内寂聴　寂聴と読む源氏物語
瀬戸内寂聴　月の輪草子
瀬戸内寂聴　新装版　寂庵説法
瀬戸内寂聴　死に支度
瀬戸内寂聴　新装版　蜜と毒
瀬戸内寂聴　新装版　花《か》怨《えん》
瀬戸内寂聴　新装版　祇《ぎ》園女御《おんにょうご》(上)(下)
瀬戸内寂聴　新装版　かの子撩乱
瀬戸内寂聴　新装版　京まんだら(上)(下)
瀬戸内寂聴　いのち
瀬戸内寂聴　花のいのち
瀬戸内寂聴　ブルーダイヤモンド〈新装版〉
瀬戸内寂聴　97歳の悩み相談

瀬戸内寂聴　すらすら読める源氏物語(上)(中)(下)
瀬戸内寂聴・訳　源氏物語　巻一《まきいち》
瀬戸内寂聴・訳　源氏物語　巻二《まきに》
瀬戸内寂聴・訳　源氏物語　巻三《まきさん》
瀬戸内寂聴・訳　源氏物語　巻四《まきし》
瀬戸内寂聴・訳　源氏物語　巻五《まきご》
瀬戸内寂聴・訳　源氏物語　巻六《まきろく》
瀬戸内寂聴・訳　源氏物語　巻七《まきしち》
瀬戸内寂聴・訳　源氏物語　巻八《まきはち》
瀬戸内寂聴・訳　源氏物語　巻九《まきく》
瀬戸内寂聴・訳　源氏物語　巻十《まきじゅう》
先崎　学　先崎学の実況！盤外戦
妹尾河童　少年H(上)(下)
瀬尾まいこ　幸福な食卓
関原健夫　がん六回　人生全快
瀬川晶司　泣き虫しょったんの奇跡　完全版〈サラリーマンから将棋のプロへ〉
仙川　環《たまき》　幸福の劇薬〈医者探偵・宇賀神晃〉
仙川　環　偽装診療〈医者探偵・宇賀神晃〉
瀬木比呂志　黒い巨塔〈最高裁判所〉

瀬那和章 今日も君は、約束の旅に出る
蘇部健一 六枚のとんかつ
蘇部健一 六とん2
蘇部健一 届かぬ想い
曽根圭介 沈底魚
曽根圭介 藁《わら》にもすがる獣たち
田辺聖子 ひねくれ一茶
田辺聖子 愛の幻滅 (上)(下)
田辺聖子 うたかた
田辺聖子 春情蛸の足
田辺聖子 蝶花嬉遊図
田辺聖子 言い寄る
田辺聖子 私的生活
田辺聖子 苺をつぶしながら
田辺聖子 不機嫌な恋人
田辺聖子 女の日時計
谷川俊太郎訳 和田誠絵 マザー・グース 全四冊
立花隆 中核VS革マル (上)(下)
立花隆 日本共産党の研究 全三冊

立花隆 青春漂流
高杉良 労働貴族
高杉良 広報室沈黙す (上)(下)
高杉良 炎の経営者 (上)(下)
高杉良 小説 日本興業銀行 全五冊
高杉良 社長の器
高杉良 その人事に異議あり〈女性広報主任のジレンマ〉
高杉良 人事権!
高杉良 小説消費者金融〈クレジット社会の罠〉
高杉良 小説 新巨大証券 (上)(下)
高杉良 局長罷免―小説通産省
高杉良 首魁《しゅかい》の宴《うたげ》〈政官財腐敗の構図〉
高杉良 指名解雇
高杉良 燃ゆるとき
高杉良 銀行大合併〈短編小説全集(上)〉
高杉良 エリートの反乱〈短編小説全集(中)〉
高杉良 金融腐蝕列島 (上)(下)
高杉良 勇気凜々
高杉良 混沌《こんとん》 新・金融腐蝕列島 (上)(下)

高杉良 乱気流 (上)(下)
高杉良 小説会社再建
高杉良 新装版 懲戒解雇
高杉良 新装版 大逆転!〈小説 三菱・第一銀行合併事件〉
高杉良 新装版 バンダルの塔
高杉良 第四権力〈巨大メディアの罪〉
高杉良 巨大外資銀行
高杉良 最強の経営者〈アサヒビールを再生させた男〉
高杉良 リベンジ〈巨大外資銀行〉
高杉良 新装版 会社蘇生
竹本健治 新装版 匣《はこ》の中の失楽
竹本健治 囲碁殺人事件
竹本健治 将棋殺人事件
竹本健治 トランプ殺人事件
竹本健治 狂い壁狂い窓
竹本健治 涙《るい》香《こう》迷《めい》宮《きゅう》
竹本健治 新装版 ウロボロスの偽書 (上)(下)
竹本健治 ウロボロスの基礎論 (上)(下)
竹本健治 ウロボロスの純正音律 (上)(下)

高橋源一郎　日本文学盛衰史
高橋源一郎　5と3/4時間目の授業
高橋克彦　写楽殺人事件
高橋克彦　総　門　谷
高橋克彦　炎立《ほむら》つ　壱　北の埋み火
高橋克彦　炎立つ　弐　燃える北天
高橋克彦　炎立つ　参　空への炎
高橋克彦　炎立つ　四　冥き稲妻
高橋克彦　炎立つ　伍　光彩楽土　〈全五巻〉
高橋克彦　火　怨　〈北の燿星アテルイ〉(上)(下)
高橋克彦　水　壁　〈アテルイを継ぐ男〉
高橋克彦　天を衝く(1)〜(3)
高橋克彦　風の陣　一　立志篇
高橋克彦　風の陣　二　大望篇
高橋克彦　風の陣　三　天命篇
高橋克彦　風の陣　四　風雲篇
高橋克彦　風の陣　五　裂心篇
高樹のぶ子　オライオン飛行
田中芳樹　創竜伝1〈超能力四兄弟《ドラゴン》〉
田中芳樹　創竜伝2〈摩天楼の四兄弟《ドラゴン》〉
田中芳樹　創竜伝3〈逆襲の四兄弟《ドラゴン》〉
田中芳樹　創竜伝4〈四兄弟《ドラゴン》脱出行〉
田中芳樹　創竜伝5〈蜃気楼都市《ミラージュ・シティ》〉
田中芳樹　創竜伝6〈染血の夢《ブラッディ・ドリーム》〉
田中芳樹　創竜伝7〈黄土のドラゴン〉
田中芳樹　創竜伝8〈仙境のドラゴン〉
田中芳樹　創竜伝9〈妖世紀のドラゴン〉
田中芳樹　創竜伝10〈大英帝国最後の日〉
田中芳樹　創竜伝11〈銀月王伝奇〉
田中芳樹　創竜伝12〈竜王風雲録〉
田中芳樹　創竜伝13〈噴火列島〉
田中芳樹　創竜伝14〈月への門〉
田中芳樹　魔　天　楼〈薬師寺涼子の怪奇事件簿〉
田中芳樹　東京ナイトメア〈薬師寺涼子の怪奇事件簿〉
田中芳樹　巴里《パリ》・妖都変〈薬師寺涼子の怪奇事件簿〉
田中芳樹　クレオパトラの葬送〈薬師寺涼子の怪奇事件簿〉
田中芳樹　黒蜘蛛島《ブラックスパイダーアイランド》〈薬師寺涼子の怪奇事件簿〉
田中芳樹　夜　光　曲〈薬師寺涼子の怪奇事件簿〉
田中芳樹　魔境の女王陛下〈薬師寺涼子の怪奇事件簿〉
田中芳樹　海から何かがやってくる〈薬師寺涼子の怪奇事件簿〉
田中芳樹　白魔《びゃくま》のクリスマス〈薬師寺涼子の怪奇事件簿〉
田中芳樹　タイタニア1〈疾風篇〉
田中芳樹　タイタニア2〈暴風篇〉
田中芳樹　タイタニア3〈旋風篇〉
田中芳樹　タイタニア4〈烈風篇〉
田中芳樹　タイタニア5〈凄風篇〉
田中芳樹　ラインの虜囚
田中芳樹　新・水滸後伝(上)(下)
田中芳樹　幸田露伴 原作　運　命〈二人の皇帝〉
田中芳樹　土屋　守　「イギリス病」のすすめ
田中芳樹《ほか》文　皇名月 画　中国帝王図
田中芳樹　赤城　毅　中欧怪奇紀行
田中芳樹 編訳　岳　飛　伝(一)〈青雲篇〉
田中芳樹 編訳　岳　飛　伝(二)〈烽火篇〉
田中芳樹 編訳　岳　飛　伝(三)〈風塵篇〉
田中芳樹 編訳　岳　飛　伝(四)〈悲曲篇〉
田中芳樹 編訳　岳　飛　伝(五)〈凱歌篇〉

講談社文庫 目録

高田文夫 TOKYO芸能帖〈1981年のビートたけし〉
高村 薫 李歐《りおう》
高村 薫 マークスの山(上)(下)
高村 薫 照 柿(上)(下)
多和田葉子 犬 婿 入 り
多和田葉子 尼僧とキューピッドの弓
多和田葉子 献 灯 使
多和田葉子 地球にちりばめられて
多和田葉子 星に仄めかされて
高田崇史 QED〈百人一首の呪《しゅ》〉
高田崇史 QED〈六歌仙の暗号〉
高田崇史 QED〈ベイカー街の問題〉
高田崇史 QED〈東照宮の怨〉
高田崇史 QED〈式の密室〉
高田崇史 QED〈竹取伝説〉
高田崇史 QED〈龍馬暗殺〉
高田崇史 QED ~ventus~〈鎌倉の闇〉
高田崇史 QED〈鬼の城伝説〉
高田崇史 QED ~ventus~〈熊野の残照〉
高田崇史 QED〈神器封殺〉
高田崇史 QED ~ventus~〈御霊将門〉
高田崇史 QED ~flumen~〈九段坂の春〉
高田崇史 QED〈諏訪の神霊〉
高田崇史 QED〈出雲神伝説〉
高田崇史 QED〈伊勢の曙光《あけぼの》〉
高田崇史 QED ~flumen~〈ホームズの真実〉
高田崇史 毒 草 師〈QED Another Story〉
高田崇史 QED〈~flumen~月夜見〉
高田崇史 QED〈~ortus~白山の頻闇〉
高田崇史 QED〈憂《う》曇華《どんげ》の時〉
高田崇史 QED〈源氏の神霊〉
高田崇史 試験に出るパズル〈千葉千波の事件日記〉
高田崇史 試験に敗けない密室〈千葉千波の事件日記〉
高田崇史 試験に出ないパズル〈千葉千波の事件日記〉
高田崇史 パズル自由自在〈千葉千波の事件日記〉
高田崇史 麿の酩酊事件簿〈花に舞〉
高田崇史 麿の酩酊事件簿〈月に酔〉
高田崇史 クリスマス緊急指令〈~きよしこの夜、事件は起こる!~〉
高田崇史 カンナ 飛鳥の光臨
高田崇史 カンナ 天草の神兵
高田崇史 カンナ 吉野の暗闘
高田崇史 カンナ 奥州の覇者
高田崇史 カンナ 戸隠の殺皆
高田崇史 カンナ 鎌倉の血陣
高田崇史 カンナ 天満の葬列
高田崇史 カンナ 出雲の顕在
高田崇史 カンナ 京都の霊前
高田崇史 軍 神 の 血 脈〈楠木正成秘伝〉
高田崇史 神の時空《とき》 鎌倉の地龍
高田崇史 神の時空 倭《やまと》の水霊
高田崇史 神の時空 貴船の沢鬼
高田崇史 神の時空 三輪《みわ》の山祇《やまつみ》
高田崇史 神の時空 嚴島《いつくしま》の烈風
高田崇史 神の時空 伏見稲荷の轟雷
高田崇史 神の時空 五色不動の猛火
高田崇史 神の時空 京の天命
高田崇史 神 の 時 空 前 紀〈女神の功罪〉

高田崇史 鬼棲む国、出雲〈古事記異聞〉
高田崇史 オロチの郷、奥出雲〈古事記異聞〉
高田崇史 京の怨霊、元出雲〈古事記異聞〉
高田崇史 鬼統べる国、大和出雲〈古事記異聞〉
高田崇史 源平の怨霊〈小余綾《こゆるぎ》俊輔の最終講義〉
高田崇史 試験に出ないQED異聞〈高田崇史短編集〉
高田崇史ほか 読んで旅する鎌倉時代
団 鬼六 悦 楽 王〈鬼プロ繁盛記〉
高野和明 13 階 段
高野和明 グレイヴディッガー
高野和明 6時間後に君は死ぬ
大道珠貴 ショッキングピンク
高木 徹 ドキュメント 戦争広告代理店〈情報操作とボスニア紛争〉
田中啓文 件《くだん》〈もの言う牛〉
田中啓文 誰が千姫を殺したか〈蛇身探偵豊臣秀頼〉
高嶋哲夫 メルトダウン
高嶋哲夫 命の遺伝子
高嶋哲夫 首 都 感 染
高野秀行 西南シルクロードは密林に消える
高野秀行 アジア未知動物紀行 ベトナム・奄美・アフガニスタン
高野秀行 イスラム飲酒紀行
高野秀行 移 民 の 宴〈日本に移り住んだ外国人の不思議な食生活〉
高野秀行 角幡唯介 地図のない場所で眠りたい
田牧大和 花 合 せ〈濱次お役者双六〉
田牧大和 質 草 破 り〈濱次お役者双六 二ます目〉
田牧大和 翔 ぶ 梅〈濱次お役者双六 三ます目〉
田牧大和 半 可 心 中〈濱次お役者双六〉
田牧大和 長 屋 狂 言〈濱次お役者双六〉
田牧大和 錠前破り、銀太
田牧大和 錠前破り、銀太 紅蜆《べにしじみ》
田牧大和 錠前破り、銀太 首魁《しゅかい》
田牧大和 大 福 三 つ 巴〈宝来堂うまいもん番付〉
田中慎弥 完全犯罪の恋
高野史緒 カラマーゾフの妹
高野史緒 翼竜館の宝石商人
高野史緒 大天使はミモザの香り
瀧本哲史 僕は君たちに武器を配りたい〈エッセンシャル版〉
竹吉優輔 襲 名 犯
高田大介 図書館の魔女 第一巻 第二巻
高田大介 図書館の魔女 第三巻 第四巻
高田大介 図書館の魔女 烏《からす》の伝言《つてこと》(上)(下)
大門剛明 完 全 無 罪
大門剛明 死 刑 評 決〈「完全無罪」シリーズ〉
橘もも 原著 沖田×華 原作 安達奈緒子 脚本 小説 透明なゆりかご(上)(下)
橘もも 原著 ヤマシタトモコ 原作 相沢友子 脚本 さんかく窓の外側は夜〈映画版ノベライズ〉
橘もも 脚本 三木聡 大怪獣のあとしまつ〈映画ノベライズ〉
滝口悠生 高 架 線
髙山文彦 ふ た り〈皇后美智子と石牟礼道子〉
高橋弘希 日曜日の人々《サンデー・ピープル》
武田綾乃 青い春を数えて
武田綾乃 愛されなくても別に
谷口雅美 殿、恐れながらブラックでござる
谷口雅美 殿、恐れながらリモートでござる
武川佑 虎 の 牙
武内涼 謀聖 尼子経久伝〈青雲の章〉
武内涼 謀聖 尼子経久伝〈風雲の章〉
武内涼 謀聖 尼子経久伝〈瑞雲の章〉

講談社文庫　目録

武内　涼　謀聖　尼子経久伝〈雷雲の章〉
立松和平　すらすら読める奥の細道
高梨ゆき子　大学病院の奈落
珠川こおり　檸檬先生
陳　舜臣　中国五千年(上)(下)
陳　舜臣　中国の歴史　全七冊
陳　舜臣　小説十八史略　全六冊
千早　茜　森の家
千野隆司　大店の暖簾《のれん》〈下り酒一番〉
千野隆司　分家の始末〈下り酒一番(二)〉
千野隆司　献上の祝酒〈下り酒一番(三)〉
千野隆司　大《おお》酒《ざけ》の合戦〈下り酒一番(四)〉
千野隆司　銘酒の真贋〈下り酒一番(五)〉
千野隆司　追跡
知野《ちの》みさき　江戸は浅草
知野みさき　江戸は浅草2〈盗人探し〉
知野みさき　江戸は浅草3〈桃と桜〉
知野みさき　江戸は浅草4〈冬青《そよご》灯籠《どうろう》〉
知野みさき　江戸は浅草5〈春の捕物〉
崔《チェ》　実《シル》　ジニのパズル
崔　実　pray《プレイ》 human《ヒューマン》
筒井康隆　創作の極意と掟
筒井康隆　読書の極意と掟
筒井康隆ほか12名　名探偵登場！
都筑道夫　なめくじに聞いてみろ〈新装版〉
辻村深月　冷たい校舎の時は止まる(上)(下)
辻村深月　子どもたちは夜と遊ぶ(上)(下)
辻村深月　凍りのくじら
辻村深月　ぼくのメジャースプーン
辻村深月　スロウハイツの神様(上)(下)
辻村深月　名前探しの放課後(上)(下)
辻村深月　ロードムービー
辻村深月　ゼロ、ハチ、ゼロ、ナナ。
辻村深月　V.　T.　R.
辻村深月　光待つ場所へ
辻村深月　ネオカル日和
辻村深月　島はぼくらと
辻村深月　家族シアター
辻村深月　図書室で暮らしたい
辻村深月　噛みあわない会話と、ある過去について
新川直司 漫画／辻村深月 原作　コミック 冷たい校舎の時は止まる(上)(下)
津村記久子　ポトスライムの舟
津村記久子　カソウスキの行方
津村記久子　やりたいことは二度寝だけ
津村記久子　二度寝とは、遠くにありて想うもの
恒川光太郎　竜が最後に帰る場所
月村了衛　神《み》子《こ》上《がみ》典《てん》膳《ぜん》
月村了衛　悪の五輪
辻堂　魁《かい》　落暉《ゆうひ》に燃ゆる〈大岡裁き再吟味〉
辻堂　魁　山桜花〈大岡裁き再吟味〉
フランソワ・デュボワ　太極拳が教えてくれた人生の宝物〈中国・武当山90日間修行の記〉
手塚マキと歌舞伎町ホスト80人 from Smappa! Group　ホスト万葉集〈文庫スペシャル〉
土居良一　海翁伝
鳥羽　亮　金貸し権兵衛〈鶴亀横丁の風来坊〉
鳥羽　亮　提灯《ちょうちん》斬り〈鶴亀横丁の風来坊〉
鳥羽　亮　お京危うし〈鶴亀横丁の風来坊〉
鳥羽　亮　狙われた横丁〈鶴亀横丁の風来坊〉

2023年9月15日現在